西槇 偉・坂元昌樹◉編著

夏目漱石の見た中国

『満韓ところどころ』を読む

集広舎

『満韓ところどころ』の扉絵。
（津田青楓・作／画像提供：熊本大学附属図書館）

まえがき

西槇　偉

明治四二（一九〇九）年九月初めから一〇月半ばにかけ、夏目漱石は満洲（現・中国の東北部）と朝鮮半島を旅した。旧友で当時満鉄総裁をつとめていた中村是公の招待を受けた旅であった。帰国後まもなく、漱石は「満韓ところどころ」と題した紀行文を、同年一〇月末から年末まで『朝日新聞』に連載する。連載中、伊藤博文がハルビン駅頭で暗殺された事件が起き、関連の記事や特集で新聞紙面がふさがり、連載は中断を余儀なくされることもあった。連載第五一回、撫順《ぶじゅん》訪問に筆が及んだところで、年末になったためとの理由で作者によって打ち切られた。

「満韓ところどころ」と銘打たれて連載を開始したこの紀行文を、漱石は韓国まで書く構想を抱いていたであろう。にもかかわらず、わずかな言及はなされたものの、朝鮮半島については書かれず終《じま》いであった。未完に終わったこの作品は、周知のように漱石の作品のなかで評価が高いとは言いがたい。なぜなら、漱石は民族差別的な表現を用いて、明治日本の植民地政策に同調し、始終植民地統治者のまなざしから抑圧された現地の民衆をとらえたことなどに対して、強く批判されているからである[1]。この批判に対して、弁護の論も少なくはない。差別的な表現は諧謔的な文体が生み出したもので、漱石は植民地主義に嫌悪感を抱いても、周囲の状況によりそれを表現することはできなかったなどの論である[2]。

　両論を瞥見して、弁護の論には批判を覆すほどの説得力はないように見受けられる。紀行文『満韓ところどころ』のほか、旅行直後の談話「満韓の文明」や『満洲日日新聞』への寄稿「韓満所感」などを見ても、漱石の中国、朝鮮に対する姿勢は明らかであり、批判を免れることはできないだろう。

　しかしながら、批判を受けてきたためか、漱石の一か月半に及ぶ大旅行の内実を明らかにするような、現地の視点からの実証的研究は数少ない。その中で、長年にわたり漱石の足跡を訪ねてこられた原武哲氏の調査は貴重なものである[3]。

　旅先で漱石はなにを見たのか、それをどのように描いたのか。また、彼が見落としたものは何か、真実は何だったのか。それらを究明することで、作品に新たな光を当てることができるのではないか。このような問題意識は、本研究の出発点となった。

　筆者が勤務する熊本大学では、漱石研究への関心が高く、本研究を共同で推進し始めたのは二〇一七年であった。以降、本書共著者の坂元昌樹氏、劉静華氏、そして瀋陽工業大学の申福貞氏と筆者の四人でそれぞれ中国東北部における漱石の足跡をたどるなど、現地調査を数回行った。そこで得た知見を日本と中国の学会、研究会で発表し、論稿を総合文化誌『KUMAMOTO』(NPO法人くまもと文化振興会)に連載した。(4) この度、論集として書籍化するにあたり、雑誌での論稿を大幅に増補、改訂した。

七章からなる本書の内容を簡単に紹介しておきたい。第一章から第六章までは、漱石が滞在した街や都市ごとの章立てである。順に、大連・旅順・熊岳城・営口は一章ずつ、瀋陽には二章充てる。

第一章では、漱石の描く大連の風景に植民地の歴史性、多義的な象徴性を看取し、漱石が注目した人たち(満鉄関係者・旧知の人々・市井の人たち)にも照明を当て、彼らは読者によって自由な解釈が可能であるように描かれているとする。とくに、いわゆる「化物屋敷」に住む下層労働者の家族を、中国人についての語りに接続し把握する可能性を示唆し、作品から漱石の普遍的人間へのまなざしを見出そうと試みる。第二章は、漱石の旅順への旅を追体験しながら、紀行作品において、記述的表象と情緒的表象を選りわけて吟味し、みずからの心情を吐露しようとしない漱石が、日露戦争の勝利を誇りとする人々と一線を画そうとしたのだとみなす。

第三章では、旧満洲国時代でも温泉地として知られた熊岳城への漱石の旅を検証し、満鉄の列車で鮎のフライを食し、熊岳河の砂湯につかっては、近郊の梨園を見物する漱石の旅は、満鉄が観光客のために用意したモデルコースであったことを指摘する。第四章は、次の下車駅、営口での漱石の旅と日記、紀行文を検討する。大石橋駅から営口までの車窓風景は、紀行文中圧巻の風景描写といえるが、そこに植民地に対する漱石の恐れと中国表象の深層を読み解く。

第五章では瀋陽の歴史と文化の中で、漱石の瀋陽体験をとらえなおし、さらに漱石の撫順訪問にも触れ、日中近代の石炭と炭鉱を描いた文学をも比較検討する。次の第六章は、これまでにもしばしば論じられた、漱石が瀋陽で目撃した馬車の人身事故について、当時の中国語紙掲載の記事を手がかりに、漱石によるこの事故のとらえ方を改めて問う。

第七章は、「現地の視点から」という本書のコンセプトとは異なって、テキスト論の立場から、『満韓ところどころ』を漱石自身の他の作品との比較から位置づけなおそうとし、またネルヴァルやフローベールを引き合いに出しながら、漱石の中国表象をとらえる。そうして、漱石の文体、語りの特色が浮き彫りにされる本章は秀逸な評論となっている。

このように、本書は主に漱石の満韓旅行をたどりながら、紀行文『満韓ところどころ』の読みなおしを試みたものである。その過程で、漱石の目を通して現地の歴史、文化を再発見できたところも多々あった。

そのほか、本書には満洲の視点から『門』の登場人物を考察した「満洲に渡った安井」(平野順也)、漱石の漢詩小考「漱石詩にみる水平線の系譜」(屋敷信晴)、漱石作品のコリア語訳者による随筆「漱石先生への祈り」（金貞淑）、中国における漱石の足跡を踏破した原武哲の「上海パブリック・ガーデン」、『満韓ところどころ』のフランス語訳についての小論「仏訳「満韓ところどころ」」（濱田明）の計五本のコラムを盛り込むことができた。多様な視点からのこれらのエッセイは、『満韓ところどころ』に焦点をしぼった本書にいっそうの広がりをもたらしている。

外に開かれた複眼的視点で、『満韓ところどころ』を再検討することは、今日においてますます必要であり、かつ東アジアの近代を考える好個の課題でもあるように思われる。その意味で、本書に中国、韓国の研究者による論稿、コラムを収録できたことはまことにありがたい。近代日本を代表する作家、夏目漱石が中国、朝鮮をいかに描いたのか、それについて批判すべきところを批判し、評価すべきところを評価することで、東アジア地域の知的連帯を図りたいと考えている。

〔注〕

（1）中野重治は「漱石以来」（『アカハタ』一九五八年三月五日付、後に『中野重治全集』第二三巻、筑摩書房、一九七八年三月）で、「漱石のような人のなかにもあつた中国人観、朝鮮人観、それが、ごく自然に帝国主義、植民主義にしみていた」と痛烈に批判し、竹内実はそれに共鳴を示したうえで、「人間を労働の現場においてとらえることのできた漱石のリアリズムの到達がみられる点で、わたしはこの文章を高く評価せずにはいられない」(「漱石の「満韓ところどころ」」『北斗』四巻二号、一九五九年　中国文学会)と作品を評価した。朴裕河は「漱石『満韓ところどころ』論――文明と異質性」(『国文学研究』一〇四号、早稲田大学国文学会、一九九一年)「「インデペンデント」の陥穽――漱石における戦争・文明・帝国主義」(『日本近代文学』五八号、日本近代文学会、一九九八年)の二論文とこれらの論文をまとめた「漱石と帝国主義」(同著『ナショナル・アイデンティティとジェンダー　漱石・文学・近代』クレイン、二〇〇七年)などで、鋭い漱石批判を展開する。『満韓ところどころ』に関するもっとも説得力のある読みは氏の執筆による『漱石辞典』(小森陽一ほか編、翰林書房、二〇一七年)の項目「満韓ところどころ」であろう。そこで朴氏は「漱石の中国への尊敬が、風景や文化として存在する時に限られるものだったことが現れる。現実の中国人に対しては「孔子ノ仮面ハ盗跖が盗ンデ行ツタ。支那人ハコレデアル」(断片三五D、一九〇六)と書いてしまうような偏見があり、それと肯定的な文化観が共存している。(中略)「汚らしい」ということばを何度も繰り返した漱石の視線は、欧米の人々に浸透し始めた、時代的衛生観を内面化した、文明人としての視線だった」と論じ、前掲『ナショナル・アイデンティティとジェンダー』でも「漱石が「汚ならしい」を連発するのを、単に「感覚で押さえた事実」とすることの危険はすでに明らかであろう。その「感覚」なるものは、一足先に「近代国家」に進入した文明人として鍛えられたものにすぎず、そのことを忘れて「感覚」を自明のこととすることは次なる差別を生むことになる。(中略)漱石は戦争や国家主義、そして文明を批判しているように見えるが、「日本」がその遂行主体となるとそれらへの批判をやめ、むしろ肯定的に語っている。いわば、「日本人」としての自己意識と文明国であるべきとする日本像がその問題点から目をそらさせていたのである。それは、〈近代〉という〈主体〉の時代——ナショナル・アイデンティティ確立の時代を生き始めた東洋の知識人としては、避け得なかったことであろう」と論じる。その他に、原武哲「夏目漱石「満韓ところどころ」新注解——旧満洲の今昔写真を添えて」『叙説Ⅱ』一〇号（花書院、二〇〇六年）、大杉重男「「友」と「供」のポリティクス——夏目漱石の「満韓」表象における「友愛」の構造」『論樹』（首都大学東京大学院人文科学研究科日本文学研究室、二〇一五年）などの論も傾聴に値する。

（2）諧謔的な文体によって差別的と受け取れる表現が使用されたと主張したのは、相馬庸郎や米田利昭などである。相馬は「漱石の紀行——『満韓ところどころ』論」『国文学　解釈と教材の研究』第一三巻三号（学燈社、一九六八年）で、『満韓ところどころ』が「闊達な諧謔の文体を基調にしている」とし、「「チャン」ということばはあきらかにそういう諧謔的姿勢と文体の中に「露助」ということばと共に使われたものである。（中略）この作品をかく漱石の基本姿勢を、中国人蔑視・帝国主義・植民主義の風潮に埋没していたと断ずることはいかにも早計である」と唱える。米田は「漱石の満韓旅行」『文学』第四〇巻九号（岩波書店、一九七二年）で「漱石の視点は、「坊っちゃん」や「猫」のものであり、「満韓」の文体はそれらの文体はと酷《ママ》似している。（中略）漱石はここで日本が中国に押入っているところからくる暗黒にほとんど直面している、が論評はさけ、すべてを、自分をも含めてたんなる〈事実〉として見るところに逃れている、それが漱石の批評の方法であった」とする。その後、批判を受け入れたうえでの弁護論が現れた。伊豆利彦は「漱石とアジア」（『漱石と天皇制』有精堂、一九八九年）で「漱石の民族的偏見や帝国主義的優越感を否定することは出来ない」としながらも、「漱石が見るべきものを見、考えるべきことを考えたとしても、それを率直に表現することは難しかったと思われる」と漱石の置かれた状況を慮る。川村湊「「帝国」の漱石」『漱石研究』五号（翰林書房、一九九五年）も「日本が朝鮮を保護国化し、日韓併合によって植民地化するという道を進むこと自体を批判するものではなかった」と認めつつ、「漱石がロンドンで感じただろう〝人種〟的な隔絶感は認められない」と漱石の差別意識を認めない。吉田真も「夏目漱石「満韓ところ〴〵」論」『成蹊人文研究』八号（成蹊大学、二〇〇〇年）において「漱石は、〈帝国主義的な「感受性」〉を持たざるを得ないような〈歴史的な構造の力〉の中に確かにまきこまれているが、まきこまれながらも、そこに完全に埋没してしまっているのではなく、自身の中にある、そして当時のほとんどの日本人の中にあった〈帝国主義的な「感受性」〉を見据え、批判的に暴き出そうとしていたということである」と記す。

（3）注（2）に示した原武哲論文、及び大野淳一「「満韓ところどころ」の旅」『国文学　解釈と教材の研究』第三四巻五号、一九八九年四月、同「漱石の見たもの・見なかったもの――「満韓ところどころ」の旅・ノート――1」『武蔵大学人文学会雑誌』第二四巻二・三号、一九九三年二月。

（4）『KUMAMOTO』第二一号、二三号、二五号、NPO法人くまもと文化振興会、二〇一七年一二月、二〇一八年六月、同一二月。

夏目漱石の見た中国

『満韓ところどころ』を読む

目次

凡例

一、原則的に引用文の頁数を注で記すが、引用箇所の章の数を引用文の後、括弧内に附記することもある。

一、『満韓ところどころ』からの引用は、藤井淑禎編『漱石紀行文集』（岩波文庫、岩波書店、二〇一六年七月）に依拠した。

一、その他の漱石の著作・談話・新聞記事などからの引用は、底本の表記を尊重し、旧仮名遣いとした。漢字は原則新字体とし、一部振り仮名を施した。

一、引用文も含めて、本書には今日の人権意識に照らして不適切な表現があるが、文学作品については文献資料として扱うために底本のままとし、差別表現についてはその歴史、文化的背景を論じる文脈において用いており、決して差別を助長するものではないことをお断りしておく。

〔各章扉の背景画像〕

満韓旅行中に漱石が付けていた日記。この日記帳は「満州旅行日記」として東北大学附属図書館「漱石文庫」が所蔵している。各章扉の画像は同館のデジタルコレクションによる。なお、日記の全文は『漱石全集』（第二〇巻、岩波書店、二〇一八年）などで読むことができる。

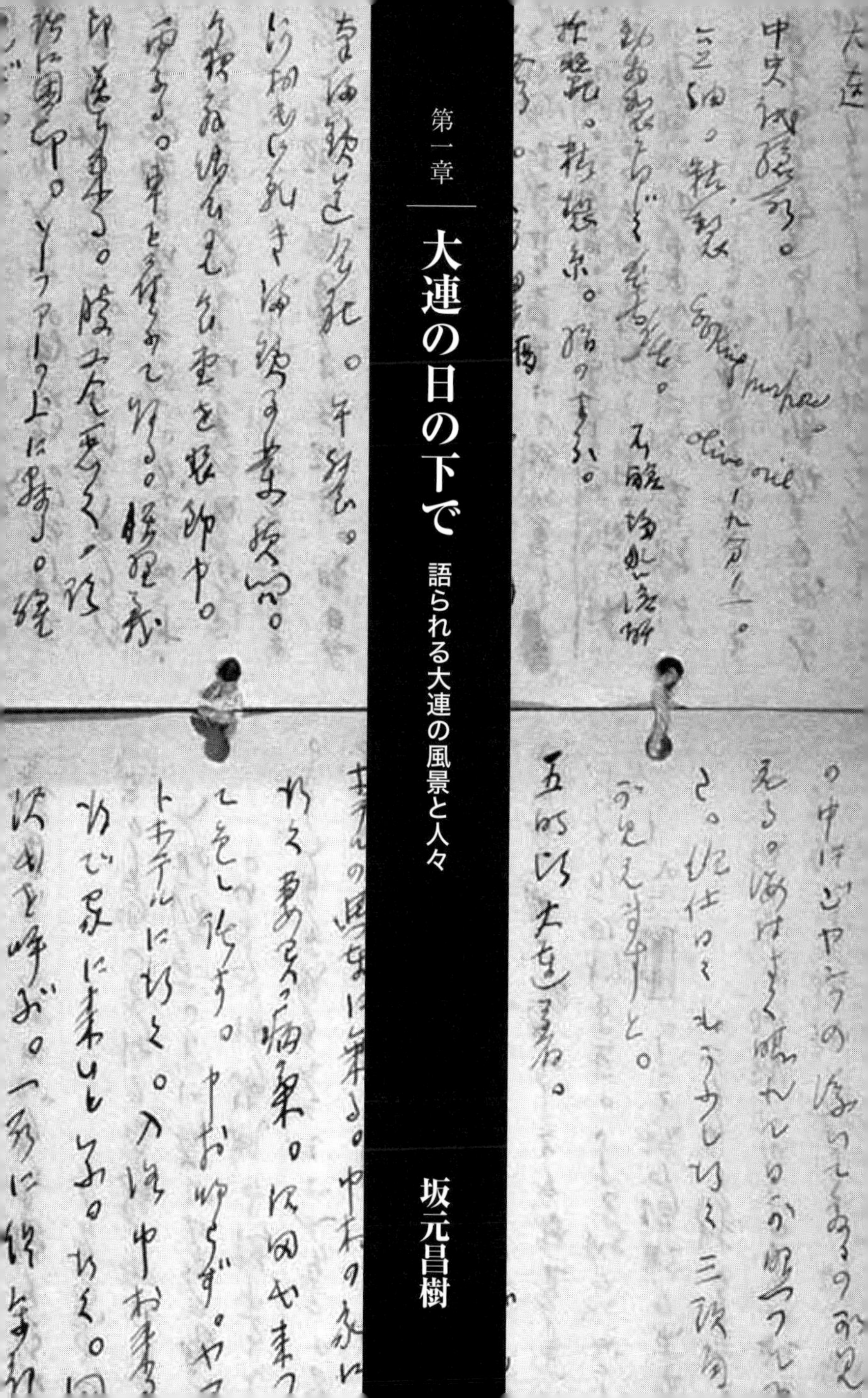

第一章

大連の日の下で

語られる大連の風景と人々

坂元昌樹

はじめに　テクストと帝国主義、またはコンラッドを読む漱石

——大連の日は日本の日よりも慥《たし》かに明るく眼の前を照らした。
『満韓ところどころ』（八）

夏目漱石（一八六七～一九一六）が明治四二（一九〇九）年に中国東北部と朝鮮半島を旅行した際の紀行文である『満韓ところどころ』は、漱石の著作の中でも、長年にわたってそのテクストが持つ性格に対する批判と擁護の両極の立場の間で、評価が揺れ続けてきた作品である。

例えば、作家の中野重治は、早くから「『満韓ところどころ』はさほど重要なものではない。漱石のものとしてもさほど重要でなく、ひろく明治大正の紀行、小品としても格別のものではない」と措定した上で、「漱石のような人のなかにもあった中国人観、朝鮮人観、それが、ごく自然に帝国主義、植民主義にしみていた」と指摘した。[1] また同様に早い時期に評論家の針生一郎は、「『満韓ところどころ』では、日本帝国主義の先兵としての満鉄の役わりにも、抑圧と搾取のもとにある中国民衆の状況にも、鈍感で無知な感想をならべている」と批判している。[2] 紀行文『満韓ところどころ』から、中国・朝鮮の人々への差別意識や日本の帝国主義・植民地主義の反映を看取するという

評価の流れは、漱石研究において現在に至るまで基本的に継承され続けているといってよい。

そのような批判的評価の流れに対して、例えば米田利明は、文学研究の立場から、「漱石の想像は、他民族までは降りていかない。しかし、植民地に流れてくる下層の日本人に、彼に自己の影を見るのであった。彼の想像力はそこにすみかを持っていた」と論じて、このテクストを一方的な断罪から救抜しようと試みる。(3)同じく伊豆利彦は、漱石を「自己を他者の眼で見ることを忘れることのない徹底したリアリスト」と評価した上で、さらに一歩進んで「漱石が『満韓ところどころ』の旅で、植民地中国の現実をすこしも見なかったということはあり得ない。日本国内に自分の生きる場所を見出すことが出来ず、中国・朝鮮におちのびて行く人間の側から、現代日本社会の矛盾を鋭く批判した漱石である。中国・朝鮮の民衆の悲惨な現実に対して盲目であったとは思われない」と評価して、漱石の鋭敏な観察眼を擁護した。(4)このような紀行文『満韓ところどころ』に対する救済と弁護の立場からの再評価もまた、現在まで試み続けられてきたものである。

『満韓ところどころ』に対する否定と肯定、批判と擁護という従来の分散した評価軸に対して、このテクストを新たに読みなおすとすれば、どのような立場が可能なのか。そもそも私たちは、一つのテクストとそれに現れた帝国主義や植民地主義の言説との関係を、どのように理解するべきなのか。近代文化と帝国主義・植民地主義というテーマについて、オリエンタリズムの批判的検討で知られるエドワード・サイード（一九三五～二〇〇三）は、著書『文化と帝国主義』（一九九三）の中で、ある文化テクストに対して帝国主義や植民地主義に関わる歴史や事実を直接的な因果関係として結びつけるのではなく、むしろそれらを並行的で多様な差異を介在させるものとして把握した上で、生産的な理解を探求するという「対位法的な読解」(contrapuntal reading)という立場を提起している。[5] サイードが、「さまざまな経験を対位法的にながめ、そこに、からまりあい重なりあう歴史」を見る重要性を指摘した上で、単なる「非難の政治」にとどまらない「破壊的な対決と敵対の政治にとってかわるオルターナティヴ」を追求するというヴィジョンを早くから提示していたことは、きわめて示唆的であると考える。[6]

サイードが『文化と帝国主義』の中で、集中的な分析を展開している重要な小説家の一人が、ジョゼフ・コンラッド(一八五七〜一九二四)である。コンラッドはポーランドに育ち、青年期を船員として世界各地を航海して様々な見聞を重ねた経験を経て、やがて英語で小説を発表するに至った作家である。このコンラッドについて、サイードは、「コンラッドの自意識的で循環的な語りの形式は、語りそのものに注意をひきつけ、語りが人為的な構築物であることを見せつける」と同時に、「帝国主義には触れることができないような現実、帝国主義のコントロールをすりぬけてしまうような現実」の「潜在的可能性」を示す作家であるとして、コンラッドの代表的小説『闇の奥』(一八九九)を主要な対象として、次のように論じている。[7]

コンラッドの語り手たちは、そのいかにもヨーロッパ人的な名前とか常套的な語り口にもかかわらず、ヨーロッパの帝国主義を無批判のうちに目撃する平均的な語り手ではない。コンラッドの語り手たちは、帝国主義的観点からおこなわれることを容認したりはしない。……正統的な帝国主義観とコンラッド自身の帝国主義観がずれていることを知らせるコンラッドの方法は、観念や価値観が、語り手のゆらぎによって、いかに構築されるか（または脱構築されるか）について、たえず読者の注意を喚起する。

サイードによれば、小説『闇の奥』における登場人物の語り手はストレートな語り手ではなく、曖昧で矛盾した要素を残したままの奇妙なむらを含んだ語り手であり、ある登場人物が「語った内容は、その内容の本来の姿、あるいはみかけとは、異なるかもしれない」ことを示すという。サイードは、コンラッドの文学テクストを、その「ゆらぎ」を含んだ語り手の特性に注目することで、文化テクストにおける帝国主義・植民地主義の反映を検討する上での一つの対位法的な読解の典型的対象として提示するのである。

この作家コンラッドについて、漱石が関心を持ってその作品を読んでいたことが知られている。『満韓ところどころ』と同年の一九〇九年に、その旅行に先立って発表された漱石による評論に、「コンラッドの描きたる自然に就て」（『国民新聞』一九〇九年一月三〇日）がある。(8) この評論の中で漱石は、コンラッドの小説『タイフーン』（一九〇三年）や『ナーシサス号の黒人』（一八九七年）に言及しながら、コンラッドの小説中に登場する人間と自然の両者の描写に関して、人間と自然が「何所迄も密接な関係」を持って描写されるが、時において「自然力の活動ばかりが目醒しい」域に達する傾向があると評している。

『満韓ところどころ』発表と同じ年に、漱石がコンラッドの小説描写の特性について批評していたこと自体は、一種の偶然に過ぎないといってよい。しかし、この漱石のコンラッド評価は、作品中の人間描写と風景描写の関係を含めたその小説技法の持つ特異性に注目しており、漱石の同時期の小説を理解する上でも、それ自体が興味深い論点を含んでいる。そして、この漱石の批評は、コンラッドのそのような小説描写の手法を認識していた一九〇九年の漱石による『満韓ところどころ』について、テクスト中の人間と風景の語りそのものの持つ含意を、その語りの方法の分析や事物や事象の持つ象徴性の解釈を通して、あらためて注意深く読みなおすことの可能性を示唆するものと考えるのである。

従来、漱石のフィクションとしての小説テクストについては、その語りの構造の分析を含めて、作品中の事物や事象の持つ多様な象徴性や寓意性をめぐって詳細に検討されてきた。しかし、この紀行文『満韓ところどころ』については、漱石の旅行経験の忠実な事実の記録として一種素朴に読まれがちであり、テクストの持つ語りの性格や作中の事物の象徴性については、十分に検討され

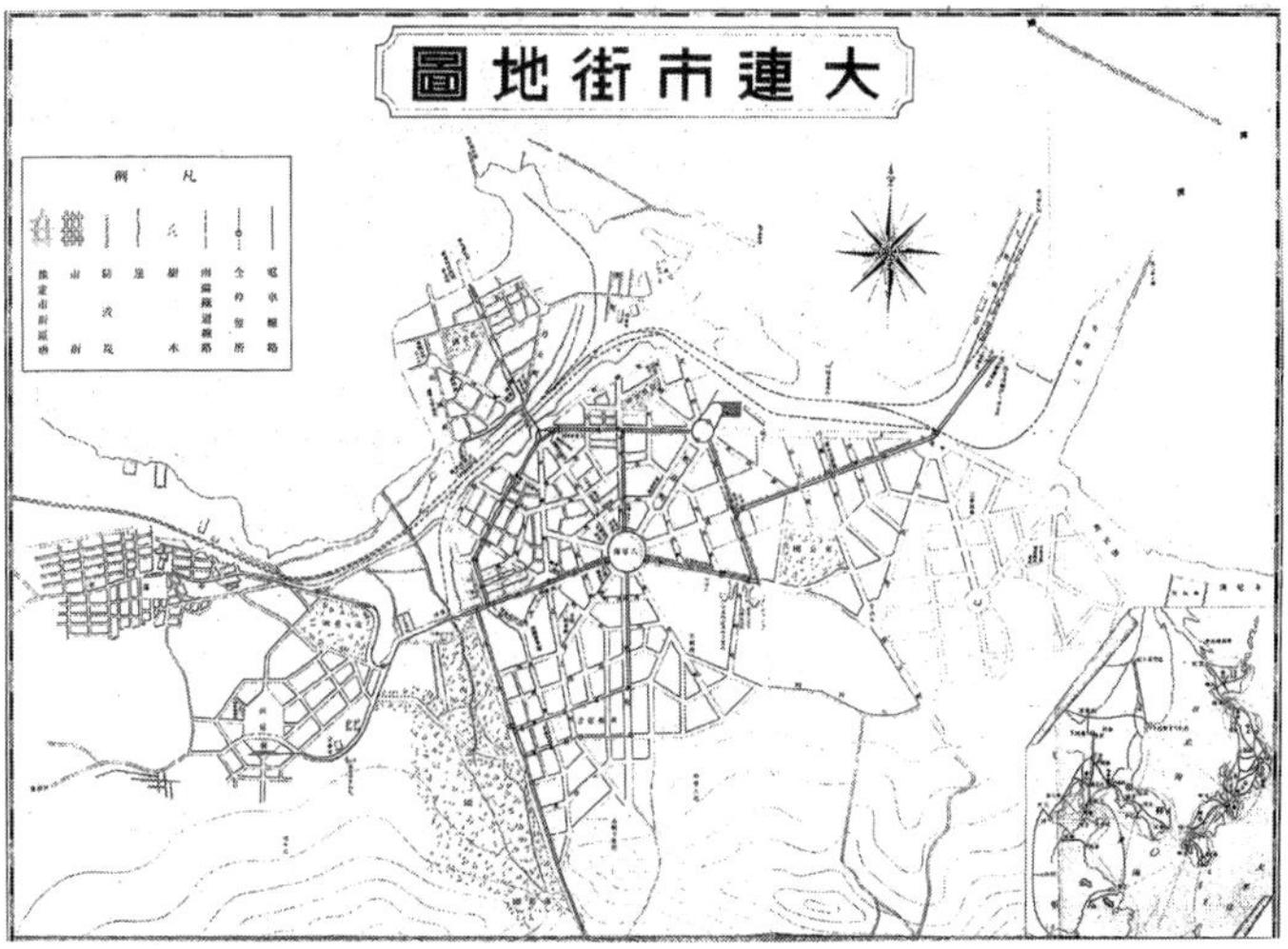

【図1】「大連市街地図」（南満洲鉄道株式会社発行『南満洲鉄道案内』1909年12月）当時の大広場を中心に放射状に拡がる大連市街の配置を確認できる。

ない傾向があったのではないだろうか。しかし、『満韓ところどころ』は、その外見以上に複雑な語りと多様な解釈上の論点を内包している作品であり、そこに登場する風景や多様な日本人の群像についての叙述は、例えばコンラッドについてサイードが論じるような語りの「ゆらぎ」を含むのではないだろうか。このテクストにおける都市や風景の描写は、一見簡明に見えながら、しばしば深い象徴性を帯びている。また、この作品中には当時の中国東北地方各地における多様な日本人の群像が登場するが、それらの日本人たちについてのテクスト中の語りは、興味深い要素を含んでいる。本章では、紀行文『満韓ところどころ』の中で漱石が訪れた街の一つである大連を対象に、テクスト中の風景や日本人たちがいかに語られるかという観点から検討する。『満韓ところどころ』に対して、一方的な否定や断罪に与することも、安易な支持や擁護に傾くことも、いずれも可能な限り避けながら、論者なりの読解の試みを目指すものである。

一　大連港と電気遊園の風景

漱石が汽船の鉄嶺丸で日本を出港してから、中国大連港に上陸したのは一九〇九年九月六日であった。その後、同九月一〇日から一二日までの三日間の旅順滞在を間に挟んで、九月一四日に南満洲鉄道でハルビン方面へ移動するために出発するまで、大連の地で過ごしている。周知の通り、大連での漱石は、この旅行のそもそもの契機を提供した学生時代以来の旧友であり、当時の南満洲鉄道株式会社（満鉄）第二代総裁であった中村是公（一八六七〜一九二七）から様々な実際的な便宜を受けて、満鉄の関連施設を中心として大連市街の各地を見物した。満鉄総裁としての中村是公が図った多大な便宜がなければ、大連滞在を含めた漱石のこの旅行全体が円滑に進むことは不可能だったことはいうまでもない。

『満韓ところどころ』における漱石は、初めて目にした都市大連の印象を、大連港の埠頭に集まる多数の中国人クーリー（苦力）の姿の語りから開始している。「船が飯田河岸《がし》の様な石垣へ横にぴたりと着くんだから海とは思えない。河岸の上には人が沢山並んでいる。けれどもその大分《だいぶん》は支那のクーリーで、一人見ても汚ならしいが、二人寄ると猶《なお》見苦しい。斯《こ》う沢山塊《かたま》ると更に不体裁である。余は甲板の上に立って、遠くからこの群集を見下しながら、腹の中で、へえー、此奴《こいつ》は妙な所へ着いたねと思った」「船は鷹揚にかの汚ならしいクーリー団の前に横付になって止まった。止まるや否《いな》や、クーリー団は、怒った蜂の巣の様に、急に鳴動し始めた」（第四節、以下（四）のように漢数字のみを記す）ここでの中国人クーリーに対する漱石の一連の語りが、先行論が厳しく批判してきたように、「文明」の立場からの差別意識や排除意識に一面で支えられていることは確かである。[9] しかし、そのような差別意識が現れるのは、この一節において登場する「チャン」という差別的言辞を含めた中国人に対する一連の表現にはとどまらない。むしろ重要なのは、それらの「汚ならしいクーリー団」とは異なって颯爽と登場するのが、「脊《せ》の高い、紺色の夏服を着た立派な紳士」である出迎えの満鉄秘書「沼田さん」（沼田政二郎）であるという、「汚ならしい」中国人と

【図2】「大連埠頭の荷役」（満洲日日新聞社『南満洲写真大観』1911年2月）大連港での荷役に従事するクーリーの姿がある。

「立派な」日本人という鮮やかな対比の枠組みそれ自体である。

『満韓ところどころ』で中国上陸の最初の印象が語られる大連港でのこの描写は、このテクストに対する否定的評価を喚起する上で、従来からしばしば強調されてきた。確かに、先行論が指摘するように、「文明」の側に立つ日本人の一員としての漱石が、中国人クーリーに代表される人々を「非文明」の側の存在として差異化していると解釈可能な一節である。そのことを認めた上で、同時に、この第四節での大連港の描写が、直後の第五節と連続的に提示されていることに注意するべきではないか。第五節において、当の「文明」の側に立つ「秘書の沼田さん」が漱石を案内する中村是公の満鉄総裁邸は、「数字の観念に乏しい性質だから何畳敷だか頓と要領を得ないが、何でも細長い御寺の本堂の様な心持」のする「だだっ広い応接間」として語られる。大連における「文明」を体現するはずの満鉄総裁邸が、「通るたんびに、居りもせぬ阿弥陀様を思い出さない事はなかった」という空虚さを揶揄するように読める形容とともに語られることは看過できない[10]。そこには「非文明」に対する「文明」の権威への相対化の視線がある。一連の文脈においては、テクストの語りを通して、「非文明」の側を優越的に差別したはずの「文明」の側が内包する一種の滑稽性と不合理性が連続的に提示されていく構造があるのではないか。このように、『満韓ところどころ』では、「文明」対「非文明」のような二項対立と映るものが安定的に持続するのではなく、テクストの語りにおいて常に相対化され、時に反転するような構造が存在すると考える。

大連に到着した翌日の九月七日から、漱石は大連市街の見物を開始する。漱石が大連で滞在したのは、満鉄経営の大連ヤマトホテルであった。その大連ヤマトホテル玄関の石段の上から、同ホテルへ漱石を迎えに来た中村是公の傍で、漱石は、白日の下の大連市街の眺めを次のように語っている。

余は石段の上に立って、玄関から一直線に日本橋迄続いている、広い往来を眺めた。大連の日は日本の日よりも慥《たし》かに明るく眼の前を照らした。日は遠くに見える、けれども光は近くにある、とでも評したら可《よ》かろうと思う程空気が透き徹って、路も樹も屋根も煉瓦も、夫々《それぞれ》鮮やかに眸《ひとみ》の中に浮き出した。

やがて蹄《ひづめ》の音がして、是公の馬車は二人の前に留《と》まった。二人はこの麗《うらら》かな空気の中をふわふわ揺られながら日本橋を渡った。橋向うは市街である。それを通り越すと満鉄の本社になる。馬車は市街の中へ這入《はい》らずに、すぐ右へ切れた。気が付いて見ると、遥《はるか》向うの岡の上に高いオベリスクが、白い剣《つるぎ》の様に切っ立って、青空に聳《そび》えている。その奥に同じく白い色の大きな棟が見える。屋根は鈍い赤で塗ってあった。オベリスクの手前には奇麗な橋が懸っていた。家も塔も橋も三つながら同じ色で、三つとも強い日を受けて輝いた。余は遠くからこの三つの建築の位地と関係と恰好とを眺めて、その釣合のうまく取れているのに感心した。（八）

【図3】旧・児玉町の日本橋へ続く通り。道路の正面奥に見えるのが旧大連ヤマトホテルである（2017年8月22日、筆者撮影）

漱石が滞在した一九〇九年当時の大連ヤマトホテルは、後に大連中山広場前に移転した大連ヤマトホテル（現在のホテル大連賓館）とは場所が異なり、旧満鉄本社の移転跡の旧名・児玉町（現在の団結街）の一角にあった。この児玉町のヤマトホテルは後に満蒙資源館の建物となり、さらに大連市自然博物館として利用されたが、現在は建物自体が閉鎖されている。現在も風景が大きく変化しつつある大連の中で、かろうじて建物はまだ残されている（二〇一八年三月時点）。ここで漱石が日本橋（現在の勝利橋）に向けて見渡す「玄関から一直線に」続いている「広い往来」は、現在は、旧ロシア人街（中国名は俄罗斯风情街）として、大連市街地における代表的な観光スポットの一つとなっている。

この「大連の日は日本の日よりも慥かに明るく眼の前を照らした」という一文に始まる風景の叙述は、大連市街地を描写した『満韓ところどころ』の記述の中でも印象的である。そして同時にこのテクストが、大連という都市の持つ歴史的性格を象徴的に語る一節としても読める。「日は遠くに見える、けれども光は近くにある」と形容される初秋の大連の透徹した空気の中で、漱石と中村の乗った馬車は日本橋を渡って市街方面へ向かっていく。「日本の日」とは異質な「大連の日」の下で、「鮮やかに眸の中に浮き出した」都市の風景としてテクストが真っ先に語るのは、日本租借下の風景の象徴である日本橋の先の満鉄本社の姿ではなく、「遥向《はるか》うの岡の上に高いオベリスク」が立つ風景である。

ここでの「遥向うの岡の上に高いオベリスク」は、第五節の直後の記述にもある通り、当時大連で電気遊園と呼称された満鉄が一九〇九年九月に開園したばかりの人工遊園の一部であった。電気遊園は、大連伏見台の東端に位置して各種の遊戯施設が設置された当時の大連における最新の娯楽施設であり、テクストは「電気仕掛でいろいろな娯楽をやって、大連の人に保養をさせるために」建設されたと語る。後年の小説『彼岸過迄』（一九一二）における森本が、この大連の電気遊園に娯楽係として勤めるという設定となっていることは知られる通りである。この電気遊園跡には、現在は大型ビルのテナントが立ち並んでいる。

【図4】旧・児玉町の旧大連ヤマトホテル。現在は閉鎖されて建物も棄損している（2018年3月20日、筆者撮影）

テクストが、娯楽施設としての電気遊園に置かれたモニュ

【図5】「大連のヤマトホテル」（満洲日日新聞社『南満洲写真大観』1911年2月）建物の周囲に馬車が並んでいるのが見える。

メントとしてのオベリスクを最初に語ることは、オベリスクが古代エジプトに起源を持ちながらも後にローマ帝国によって略奪の対象となった戦争と暴力の記憶を体現するものであるということを考え合わせた際に、重要な象徴性を帯びてくるだろう。大連における同時期の日本人による支配と都市建設の背後に潜む歴史性が、そこには顕在化していると思われるからである。そもそも都市としての大連は、かつては青泥窪《チンニーワー》と呼ばれた小規模な中国の一村落に過ぎなかった。その後に、日清戦争後の三国干渉で一八九八年に遼東半島を租借したロシアによって、ダルニーの名の下に都市開発が進められることになる。そして、日露戦争後の一九〇五年に日本に租借権が継承されて大連と命名されたことは周知の通りである。いわば当時の都市としての大連は、中国の一村落という原点、ロシアによる都市開発の歴史、そして日露戦争後の日本による支配と管理という三者の要素が融合した歴史的な緊張関係の上に成り立っていたといえよう。

ここで日本橋と命名された帝国日本による大連支配における象徴的な建築物（関東都督府が一九〇八

年に完成したばかりだった）を通過して、青空に聳立する人工遊園のオベリスクを含む大連の都市風景に眼を向け、その「三つの建築の位地と関係と恰好」の「其釣合のうまく取れてゐるのに感心」したと語るテクストは、そのような錯綜した歴史性（中国・ロシア・日本という三者の介在）の上で均衡を危うく保っている都市大連の人工性を、期せずして暴き出すものとも読めるのである。

【図6】「大連の電気遊園」（満洲日日新聞社『南満洲写真大観』1911年2月）写真中央の塔が漱石のいうオベリスクと思われる。その奥に白い建物も見える。

大連に到着後間もない漱石が大連の夜空を描き出す自然描写もまた、そのような都市大連の特性を語るものの一つかもしれない。既に見た「大連の日は日本の日よりも慥かに明るく眼の前を照らした」という語り以外にも、「是公の家の屋根から突出した細長い塔が、瑠璃《るり》色の大空の一部分を黒く染抜いて、大連の初秋が、内地では見る事のできない深い色の奥に、数えるほどの星を輝《きら》つかせていた」（六）や「酔って外へ出ると濃い空が益《ますます》濃く澄み渡って、見た事のない深い高さの裡《うち》に星の光を認めた」（七）のように、テクストにおける記述は、大連の風景描写において、日本の自然に対する明白な異質性を繰り返して語っている。それらの風景描写は、空の中に中村是公の満鉄総裁邸の「屋根から突出した細長い塔」が「瑠璃色」の空を「黒く染抜いて」いるという描写が示唆するように、大連での日本の帝国主義をめぐる象徴的要素も含んでいるとも読める。このように、紀行文『満韓ところどころ』における漱石の大連の都市風景の語りは、日本国内の都市とは異質な中国の空間を描いて、単なる風景描写や自然描写を越えて、より多義的な象徴性を指示するように思われるのである。

二　油房と満鉄本社、そして発電所の風景

一九〇九年九月七日、大連到着翌日の漱石は、当時の大連伏見台の西方に所在していた中央試験所を訪問している。この中央試験所は、一九〇七年に関東都督府が設置して満鉄附属となり、戦後中国では大連化学物理研究所として使用され、その建物本体は現在も存在している。ここで漱石は、豆油や石鹸、柞蚕糸、高粱酒の製造についての説明を受けた。当時の満洲の産業開発のための研究拠点であったこの施設において、「これが豆油《まめあぶら》の精製しない方で、此方《こっち》が精製した方です。色が違う許りじゃない、香《におい》も少し変っています。嗅いで御覧なさいと技師が注意するので嗅いで見た」（九）という一節のように、後のテクスト中に反復して現れる大豆についての言及が最初に登場する。『満韓ところどころ』中の大連での産業視察において反復して登場し、強い印象を与えるも

のの一つが、この大豆の加工と輸出に関する様々な語りである。例えば、九月九日に漱石が訪問した大豆の豆粕工場（油房）での光景は、以下のように描写されている。

三階へ上って見ると豆許《ばか》りである。只《ただ》窓際丈《だけ》が人の通る幅位裸の床になっている。余は静かに豆と壁の間をぐるぐる廻って歩いた。気を付けないと、足の裏で豆を踏み潰す恐れがある上に、人の居ない天井裏を無益に響かすのが苦になったからである。豆は砂山の如く脚下に起伏している。此方《こちら》の端から向うの端迄眺めて見ると、随分と長い豆の山脈が出来上っていた。その真中《まんなか》を通して三ケ所程に井桁に似た恰好の穴が掘てある。豆はその中から断えず下へ落ちて行って、平たく引割られるのだそうだ。時々どさっと音がして、三階の一隅《ひとすみ》に新しい砂山が出来る。是《これ》はクーリーが下から豆の袋を脊負《しょ》って来て、加減の好《い》い場所を見計らって、袋の口から、ばらに打《ぶ》ち撒けて行くのである。その時はぼうと咽《むせ》る様な煙《けむ》が立って、数え切れぬ程の豆と豆の間に潜んでいる塵が一度に踊り上る。（一七）

この大豆油精製のための油房の描写について、原武哲は、漱石が見学した工場は大連軍用地区に所在していた三泰油房だろうと推定している。(11) 当時の三泰油房の豆粕工場は、一九〇七年三月に工事が着工されて翌年一九〇八年六月に完成したばかりの新工場であり、一日の豆粕五〇〇〇枚、豆

【図7】「大連の三泰油房」（満洲日日新聞社『南満洲写真大観』1911年2月）写真左側の大煙突に三泰油房の文字が白く見える。

油一三八〇〇キロの製造能力を持った新式機械を運転していたという。この大豆の加工生産と輸出は、当時の大連における基幹的な産業の一つであった。満洲日日新聞社発行の『南満洲写真大観』（一九一一年二月）に掲載された「大連の三泰油房」の写真説明によれば、「満洲の物産は大豆を大宗とし南満洲の工業は油房を最とす大連市中に於て先頭第一此油房を経営したる日本人の工場を埠頭に近接する三泰油房となす人馬を仮らず機械力を応用して搾油するが故に製造量頗る多くして豆餅豆油共に品質佳く其大煙突と共に嶄然として頭角高く下瞰して大連工業界を睥睨せり」とある。また、当時の満洲地域における大豆生産に関する調査統計の中から一九一一年の『拓殖局報第二五　大豆ニ関スル調査』「第一編　満洲ニ於クル大豆」に従うと、「関東都督府、清国官憲及ヒ南満洲鉄道株式会社ノ調査シタル所ニ依レハ、其ノ平年作ニ於テ大抵千三四百万石ノ間ヲ上下スルカ如シ。今其ノ調査ノ結果ヲ掲クレバ奉天省ニ於テ五百四拾万清石、吉林省及黒龍江省ニ於テ四百三十四万清石之ニ関東州内ノ分ヲ合シ総計九百八十万清石ヲ我石数ニ換算スルトキハ約千三百八十五万石ノ巨額」とあり、当時の満洲地域における大豆生産がきわめて大規模で活発であったことがうかがえる。満洲地域の大豆加工と輸出のための拠点として、当時の都市大連と大連港は機能していたのである(12)。

『満韓ところどころ』中の油房の描写が興味深いのは、当時の大連の産業での労働環境、とりわけそこでの中国人クーリーが置かれた過酷な労働環境が語られるからである。例えば、第一七節では、「クーリーは大人しくて、丈夫で、力があって、よく働いて、ただ見物するのでさえ心持が好い。彼等の脊中《せなか》に担いでいる豆の袋は、米俵の様に軽いものではないそうである。夫《それ》を遥《はるか》の下から、のそのそ脊負って来ては三階の上へ空けて行く。空けて行ったかと思うと又空けに来る」という語りや、「彼等は舌のない人間の様に黙々として、朝から晩迄、この重い豆の袋を担ぎ続けに担いで、三階へ上っては、又三階を下るのである。その沈黙と、その規則ずくな運動と、その忍耐とその精力とは殆ど運命の影の如くに見える。実際立って彼等を観察していると、しばらくするうちに妙に考えたくなる位である」という語りが登場する。

語り手は、油房で重い大豆袋を階下から上階へ背負い上げて中身を放出するという苦行に等しい作業を反復させられる中国人クーリーたちに対して、その「沈黙」と「殆ど運命の影の如くに見える」労働のあり方に注目する。そのような語りは、単なる傍観者ではなく、その労働する立場に自身を重ねて思考したからこそ可能な語りであろう。第一七節の結末部分で、語り手は、中国人クーリーの「美事」で「非常に静粛」な働きぶりを指摘するが、それに対して案内人は「とても日本人には真似できません」と答える。油房での「沈黙」する中国人クーリーについての語りは、同じく日本人との対比を含みながらも、第四節の大連港でのクーリーの描写の単純な延長線上には位置せず、語り手の中国人クーリーに対する認識の漸次的変化を示すのである。そこに中国人クーリーの強いられた過酷な労働への語り手の微妙な批評意識を読むことは不可能ではないだろう。しかし、語り手は、中国人クーリーの労働に対する意識を、それ以上具体的には語ろうとしない。

このような語り手のあり方を暗黙のうちに規定しているのが、やはりこの紀行文自体の成立背景であることは間違いないだろう。大連における大豆産業に関係する描写は、後の第一九節と第二〇節においても登場するが、大豆加工を含む大連の各種産業の背景に存在していたのが、そもそも漱石のこの旅行と深く関わる南満洲鉄道株式会社であったことは言うまでもない。九月七日の中央試験所と大連税関の二か所の訪問を経て、漱石は南満洲鉄道の本社へ向かった。満鉄本社へ到着した一節を参照する。

今度は馬車が満鉄の本社へ横附になった。広い階子段《はしごだん》を二階へ上がって、右へ折れて、突き当りを又左へ行くと、取付《とつつき》が重役の部屋である。重役は東京に行ってるものの外《ほか》は皆出ていた。夫《それ》に一々紹介された。その中で昔見た田中君の顔を覚えていた。何《ど》うです始めて大連に御着きになった時の感想はと聞かれるから、左様《そう》です船から上がって此方へ来る所は、丸で焼迹《やけあと》の様じゃありませんかと、正直な事を答えると、あすこはね、軍用地だものだから建物を拵《こしら》える訳に行かないんで、誰もそう云う感じがするんですと教えられた。(一〇)

先述の通り、大連の満鉄本社は一九〇七年の開業当初は、旧名・児玉町（現在の団結街）に置かれていたが（漱石が滞在した一九〇九年当時の大連ヤマトホテルの建物）、一九〇九年春に旧名・東公園町（現在の魯迅路）に新築され建物に移転していた。この移転した満鉄本社の建物は、現在は大連鉄路事務処として使用されている。その一部は大連満鉄旧址陳列館として二〇〇七年（満鉄一〇〇周年）から一般公開されており、大連における観光スポットとなっている。建物本体はやや老朽化した印象はあるものの、満鉄旧址陳列館内部には現在は復元された満鉄総裁室があり、満鉄関連の写真や資料も展示されている。漱石訪問当時の満鉄施設の雰囲気を知る上では、現存する最適の建物といえるだろう。

【図8】旧・東公園町の旧南満州鉄道本社（現満鉄旧址陳列館。2017年8月22日、筆者撮影）現在は内部公開されている。

【図9】「大連の発電所」（満洲日日新聞社『南満洲写真大観』1911年2月）写真説明に「東洋一の煙突」の語がある。

大連における漱石の市街地各地への訪問は、この満鉄本社とその関係者によるプログラムに基本的に従うものであった。そのような訪問の背景の下で、満鉄とその関連事業の宣伝という性格を一面で持った漱石の『満韓ところどころ』における各地での見聞の叙述の中に、その事業への否定的な印象を記述することは困難であっただろう。テクストの語りは、常にある抑制を含まざるを得ないのである。

しかし、『満韓ところどころ』の語りが、そのような抑制を離れる瞬間があると思われる。語り手は、先の引用部分で、当時満鉄理事の田中清次郎（田中君）から大連に到着した際の印象を聞かれて、「船から上がって此方へ来る所は、丸で焼跡の様じゃありませんか」と答えている。短い大連での滞在期間に漱石は当時の大連市街の各地を満鉄関係者の案内を受けて訪れているが、その中で大連港の周辺地域も度々見物している。九月八日に大連港の西北部にあった旧名・浜町（現在の疎港路）の電気作業所発電所を訪れた語り手は、「鉄嶺丸が大連の港へ這入ったとき先《ま》ず第一に余の眼に、高く赤く真直《まっすぐ》に映じたものはこの工場の煙突であった。船のものはあれが東洋第一の煙突だと云っていた。成る程東洋第一の煙突を持っている丈に、中へ這入ると、凄《すさま》じいものである」（一五）と語る。

この「東洋第一の煙突」と称される浜町の大連発電所の煙突は、元々はロシア統治下の時代に建設され、その後に日本が継承したものである。大連港における一種の目印に相当する存在であると同時に、港湾での電力供給の重要な拠点でもあった。発電所の建物内部の「恐ろしい音」と「塵」を経験した語り手は、「足の下も掘り下げて、暗い所に様々の仕掛が猛烈に活動」する発電所の様子を描写した上で、「工業世界にも、文学者の頭以上に崇高なものがある」と「感心」したと語っている。語り手は、この発電所での経験をそれ以上分析的に語ろうとはしていない。しかし、そこで語り手が叙述する「凄まじい音」と「凄まじい運動」とは、満洲での経済と産業の拠点都市としてロシアと日本の手で急速に開発された当時の大連が、植民地主義の下で語り手の目に見える部分だけではなく、目に見えない部分も含めて「猛烈」な勢いで暴力的に搾取されつつあるという、都市大連の同時代状況を語る寓意的な表現と読むこともできよう。

大連で漱石が訪れた場所の中でも、当時の大連の産業を考える上で不可欠な油房と港湾という二つの重要な空間を漱石が訪問して見学したことの意味は、決して小さくない。その漱石の見聞と観察に基づいた大連の風景についての語りは、多様な解釈が可能な余地を含んでいる(13)。

三　大連で出会った日本人たち

『満韓ところどころ』中に描かれる大連での短い滞在の間に、漱石は、当時の大連で活動していた様々な日本人たちに出会っている。漱石が大連で出会った日本人たちは、大きく三種類に分類可能だろう。第一に当時の大連の満鉄関係者、第二に大連で再会した漱石旧知の人々、そして第三に偶然に出会った大連の市井の日本人たちである。それらの人々について、以下概観してみたい。

第一の分類の満鉄関係者は、当時の大連でのいわば植民地エリートを含んだグループである。そこには、満鉄総裁の中村是公を筆頭として、漱石を大連港の埠頭に出迎えた満鉄の秘書役兼調査役の沼田政二郎（文中では沼田さん・以下の表記も同様）、同じく秘書役の上田恭輔（上田君）、満鉄の事業を漱石に説明した調査課長の川村鉚次郎（河村調査課長）、大連埠頭事務所長の相生由太郎（相生さん）といった人々が含まれる。それら当時の満鉄社員については、その後の漱石研究によって、各自の経歴などの調査が個別に進められてきた。[14] それらの満鉄関係者の満鉄での当時の状況とその後の生涯は、帰国後の漱石との交流をも含めて、きわめて興味深いものがある。ここで、大連埠頭事務所に勤務する相生由太郎についての印象的な語りを参照してみたい。

相生さんは満鉄の社員として埠頭事務所の取締である。

もっと卑近な言葉で云うと、荷物の揚卸《あげおろし》に使われる仲仕《なかし》の親方をやっている。かつて門司の労働者が三井に対してストライキを遣《や》ったときに、相生さんが進んでその衝《しょう》に当った為、手際よく解決が着いたとか云うので、満鉄から仲仕の親分として招聘された様なものである。実際相生さんは親分気質に出来上っている。満鉄から任用の話があったとき、子供が病気で危篤であったのに、相生さんはさっさと大連へ来て仕舞った。来て一週間すると子供が死んだと云う便りがあった。相生さんは内地を去る時、すでにこの悲報を手にする覚悟をしていたのだそうだ。（二〇）

【図10】「中村満鉄総裁」（満洲日日新聞社『南満洲写真大観』1911年2月）当時の満鉄総裁であった中村是公。

相生由太郎は当時の満洲鉄道株式会社における有能な組織人であり、そのような個人の大連での仕事における有能さと合理的な行動のあり方を、『満韓ところどころ』における語り手は明快に描き出している。しかし、病気で危篤の子供を置いて大連に着任し、間もなく悲報を聞いたという相生由太郎のエピソードを語る語り手が、この「親分気質」を持つきわめて有能な人物をいかに評価しているのかは、実は定かでない。テクストの語り手は、この人物の非情にも映るエピソードをわざわざ語ることで、何を伝えようとしているのだろうか。そもそも、沼田政二郎や川村鉚次郎、上田恭輔を含めて、満鉄の組織人を対象とするテクストの語りには、親密さを伴う一種の諧謔の影が現れることはほとんどない。その語りは、基本的に読者に肯定的な印象を与えることを意識して構成されたものであり、抑制を含む。そこには、そもそもが満鉄総裁の中村是公に勧誘された旅行であり、漱石自身が満鉄宣伝という義理を意識していたであろうこの紀行文の持つ先述の性格が顕在化している。しかし、そのような『満韓ところどころ』における第一の分類の人々についての抑制的な印象を与える語りは、抑制的であるがゆえに逆に解釈上の空白をも生み出しており、それらの満鉄の有能なエリートが現実にどのような存在であるのかをめぐって、読者の理解を多様な解釈へと導く余地も生み出していると思われるのである。

続いての第二の分類が、大連や旅順で再会した漱石旧知の人々である。例えば、当時大連海関署税務司の任にあった旧知の立花政樹（政樹公）、大学予備門準備時代からの知己であり当時東北帝国大学教授の橋本左五郎、同じく同時期からの旧知であって旅順で再会した旅順警視総長の佐藤友熊らが、そのような人々の代表といえよう。さらに、第一の分類の満鉄総裁中村是公や、同じく当時満鉄鉱業課の社員であったという点で第一の分類に関わるものの、漱石の熊本での第五高等学校時代に漱石宅に下宿した教え子であり、小説『吾輩は猫である』の多々羅三平のモデルとして知られる俣野義郎（股野）は、この第二の分類にも重なり合うだろう。それらの人々についても、漱石の伝記研究において、従来から様々な事実が知られてきたが、ここでは、この五高時代の教え子俣野義郎との再会部分を参照してみたい。

所へ何処からか突然妙な小さな男があらわれて、やあと声を掛けた。見ると股野義郎である。（中略）斯う云う訳で余と因縁の浅からざる股野に、此処でひょっくり出逢うとは全く思いがけなかった。しかも、その家へ呼ばれて御馳走になったり、二、三日間朝から晩迄懇切に連れて歩いて貰ったり、昔日の紛議を忘れて、旧歓を暖める事が出来たのは望外の仕合《しあわせ》である。実を云うと、余は股野がまだ撫順《ぶじゅん》に居る事とばかり思っていた。

余は大連で見物すべき満鉄の事業その他を、此所で河村さんと股野に、表の様な形に拵《こしら》えて貰った。（一一）

この教え子の俣野は、漱石の大連見物に連日のように同行することになる。語り手の俣野についての形容は、「突然妙な小さな男があらわれて」や「此処でひょっくり出逢う」といった表現が端的に示すように、諧謔を伴いながらも率直で好意的である。そこには、先の第一の分類の人々についての抑制的な語りとはきわめて対照的なものがある。この第二の分類に属する人々をめぐる語りは、過去の回想が反復して導入されるがゆえに、紀行文としての『満韓ところどころ』の性格を重層的なものとし、過去の記憶をめぐる回想的テクストという性格を強めている。同様に過去の回想とともに語られる第二の分類の代表的な個人の一人である学生時代の友人橋本左五郎との再会部分は、次のように開始することになる。

河村君が帰るや否や股野が案内もなく遣って来た。今日は襟の開《あ》いた着物を着て、ちゃんと白い襯衣《シャツ》と白い襟を掛けているから感心した。股野と少し話している所へ、又御客があらわれた。ボイの持って来た名刺には東北大学教授橋本左五郎とあったので、おやと思った。

橋本左五郎とは、明治十七年の頃、小石川の極楽水《ごくらくみず》の傍《そば》で御寺の二階を借りて一所に自炊をしていた事がある。（一三）

語り手は、橋本左五郎との再会を経て、自己を含めた過去を回想した上で、「是公だの、余だの、今の旅順の警視総長だのが落ちながら、ぶら下がっている間に、左五丈は決然として北海道へ落ち延びたのである。その落第の張本とも云うべき彼が、いくら年を取ったって、斯程《かほど》に慇懃《いんぎん》になろうとは思いも寄らぬ事であった。今日は午後から満鉄の社へ行って、蒙古旅行に関する話をするんだと云っている」（二四）と続ける。語り手は、過去と現在を何度も往還していくのだが、『満韓ところどころ』において、生涯の一時期に交流を持った人々との再会が過去の記憶とともに生き生きと語られることは、漱石が自己の過去を回想しつつ現在を記録するというこのテクストの持つ特徴的な一面（記憶と現在の融合した構成）を示している[15]。

第二の分類に属する人々についての語りに共通するのは、過去においては自らの友人知己であったり教え子であったりした人々が、日本を離れた中国大連という異国の空間で再会した際に、かつてとは大きな変貌や発展を遂げていることを示すことである。そのような語りの方法は、それらの人物の現在の社会的地位や威厳を肯定するだけではなく、その「成功」する以前の過去の姿を提示することによって、むしろ現在の地位や権威を相対化する機能を持つだろう。そこでは、当時の大連で再会した日本人の「成功」者の過去が、ある意味では「暴露」されていると読むこともできる。第二の分類の人々においても、テクストの語りにおける過去と現在の往還の機能によって、それらの人物像は一義的に決定できない多様性を帯びるのである。第一の分類と第二の分類に共通して、『満韓ところどころ』に登場する日本人についての語りは、それらの人々が実際にどのような存在と理解しうるのかをめぐって、読者による自由な解釈を許容するものとなっていると考えるのである。

四　「化物屋敷」のゆくえ

漱石が大連で出会った日本人たちの中で、第三の分類が、大連の都市風景の中で出会った市井の人々である。それらの人々は、偶然的に出会った無名の人々であり、第一の分類や第二の分類の場合とは異なって固有名が語られることがない。しかし、それら市井の人々についての語りは、当時の大連に生活していた日本人たちのあり方を鋭く切り取っており、第一の分類や第二の分類の人々と比較して目立たないが、テクスト『満韓ところどころ』の理解においてきわめて重要であると思われる。それらの人々の生活する環境もまた、このテクストにおいては印象的に描写されている。

この第三の分類に関係する人々が語られる例として、漱石が大連で訪問した満鉄に関係する建物の一つ、通称「化物屋敷」についての一節に注目したい。「漱石日記」によれば、一九〇九年九月九日に漱石はこの場所を訪問している。そこでは、まず以下のような記述が展開されている。

今日は化物屋敷を見て来たと云うと、田中君が笑いながら、夏目さん、なぜ化物屋敷というんだか訳を知っていますかと聞いた。余は固《もと》より下級社員合宿所の標本として、化物屋敷の中を一覧した迄で、化物の因縁はまだ詮議していなかった。けれども化物屋敷は是《これ》だと云われた時には、うんそうかと云って、少しも躊躇なく足を踏込んだ。何故そんな恐ろしい名が、この建物に付纏っているのかと、立ち留まって疑って見る暇も何もなかった。所謂《いわゆる》化物屋敷はそれ程陰気に出来上がっていた。出来上ったというと新規に拵《こし》らえた意味を含んでいるから、この建築の形容としては、寧《むし》ろ不適当であるかも知れない。化物屋敷はその位古い色をしている。壁は煉瓦だろうが、外部は一面の灰色で、中には日の透りそうもない、薄暗い空気を湛える如くに思われた。（一六）

【図11】旧ロシア人街の路地（2017年8月22日、筆者撮影）観光化された表通りから路地に入ると老朽化した建物が続く。

ここでの「化物屋敷」は日露戦争当時に日本軍病院として使用された建物であり、中村是公ら満鉄関係者が大連に渡った当初に、満鉄の仮事務所を設置した場所である。先の「漱石日記」九月九日付の項に「バケモノ屋敷。荒涼たり」と記されており、九月一〇日付の項にも「昨夜是公から始めて大連に来た時の事を聞く。残焼家屋ばかり。今の化物屋敷に陣取る」と記述がある。この「化物屋敷」は旧名・児玉町（現在の団結街）の旧ロシア人街（俄罗斯风情街）に面しており、漱石が滞在した大連ヤマトホテルからもすぐ近接した場所に立地していた。西澤泰彦『図説大連都市物語』や竹中憲一『大連歴史散歩』にかつての「化物屋敷」の写真が掲載されているが、[16]今回の調査では所在の地点を確認したものの、同一の建築物を確認することはできなかった。竹中によれば、「最近（二〇〇三年）訪れた時は、外装、内装ともに、かつての姿をとどめないまでに改装されていた」[17]とあり、現在は当時の形では現存していない可能性が高い。今回、現在の団結街周辺を歩いたが、観光化された表通りから一歩路地に入り込むと、一見して使用されているのか不明な旧日本統治時代以来の古い建物が軒を並べていた。近隣の労働者が居住する住宅街とのことであったが、老朽化が進んでいた。ここでの「化物屋敷」と呼ばれる「陰気」な建物も、「外部は一面の灰色」で、その内部も「日の透りそうもない、薄暗い空気を湛える如くに思はれた」と語られることに注意したい。先に引用した大連ヤマトホテル玄関の石段上から白日の下に眺望された大連市街の明るい風景とは、きわめて対照的なのである。そしてこの薄暗い建物の中で、テクストの語り手はそこで生活する日本人の「一人の女」と出会うことになる。

余はこの屋敷の長い廊下を一階二階三階と幾返《いくかえり》か往来した。歩けば固い音がする。階段《はしごだん》を上るときは猶更《なおさら》こつこつ鳴った。階段は鉄で出来ていた。廊下の左右は悉《ことごと》く部屋で、部屋という部屋は皆締め切ってあった。その戸の上に、室の所有者の標札が懸っている。烈しい光線に慣れた眼で、すぐその標札を読もうとすると、判然《はっきり》読めない位廊下は暗かった。余は一寸《ちょっと》立ち留って室《へや》の中を見る訳には行かないのかなと股野に聞いて見た。股野はすぐ持っていた洋杖《ステッキ》で右手の戸をとんとんと叩いた。然《しか》しはいとも、這入《はい》れとも応えるものはなかった。股野は又二番目の戸をとんとん叩いた。是も中は森《しん》としている。股野は毫《ごう》も辟易した気色なく無遠慮に其所《そこ》いら中こつこつ叩いて歩いたが、仕舞迄人気のする室には打《ぶ》つからなかつた。恰《あたか》も立ち退いた町の中を歩いている様な感じがした。三階に来た時、細い廊下の曲り角で一人の女が鍋で御菜《おさい》を煮ているのに出逢った。其所には台所があった。化物屋敷では五、六軒寄って一つの台所を持っているのだそうだ。御神さん水は上にありますかと尋ねたら、いえ下から汲んで揚げますと答えた。余はこの暗い町内に、便所が何処《どこ》に幾何《いくつ》あるか不審に思ったが、つい聞きもせず、女の前を行き過ぎて通ろうとすると、其方《そっち》は行き留りで御座いますと注意された。道理で真闇《まっくら》であった。（一六）

標札の文字が見えない程に暗い「化物屋敷」の廊下を、案内人の股野義郎に連れられて歩く漱石は、思いがけず「細い廊下の曲り角で一人の女が鍋で御菜を煮ている」光景に出会う。漱石はこの女と短い会話を交わしているが、この「御神さん」と呼びかけられる女は、この「化物屋敷」を所

【図12】「満鉄の従事員養成所」（満洲日日新聞社『南満洲写真大観』1911年2月）写真説明に「下級社員を養成する所」とある。

有する満鉄で働いている先の「下級社員」の家族であると推定される。光の射さない「陰気」な建物の中で「五、六軒寄って一つの台所を持つ」満鉄の下層労働者とその周辺の人々の姿は、『満韓ところどころ』に登場する第一の分類や第二の分類の「成功」した日本人たちのあり方とは、大きく異なっている。しかし、語り手は、そのような大連の日本人の姿を、第一の分類や第二の分類の人々と同様にはっきりと記録する。陰鬱な印象を与える建物の内部でひっそりと生きる異国の日本人たちの日常を描き出すテクストの語りのあり方には、あるいは、かつての英国ロンドンにおける逼塞した漱石自身の異国での生活が重ね合わされていたかもしれない。

日本租借下の大連において、第一の分類の満鉄社員たちや第二の分類に属する漱石旧知の人々が、一種の植民地エリートとそれを支える中間層であったとすれば、第三の分類で語られる「御神さん」に象徴される日本人たちは、そのような大連における日本による支配の下層に内地からの移入者として構造的に組み込まれた人々であるといえよう。それらの市井の無名の人々の存在は、『満韓ところどころ』においては、この大連での見聞の記述に限らず、漱石が訪問した各都市において一種の細民として登場し、しばしば不安定で寄る辺のない姿で点描されている。それらの人々もまた、漱石が訪れた当時の中国での日本の帝国主義や植民地主義の構造を支えていたことは事実である。しかし、『満韓ところどころ』は先の第一の分類や第二の分類の日本人たちを語るだけではなく、この第三の分類の人々をきわめて意識的に語るテクストであったことに注意すべきなのである。

漱石は「満韓の文明」（『東京朝日新聞』一九〇九年一〇月一八日）の中で、以下のように語っている。

　満韓視察談ですか、視察所ぢやない、空に遊んで来たのだから話す程のこともありません。行つた先は哈爾賓迄です。

　此の度旅行して感心したのは、日本人は進取の気象に富んで居て、貧乏世帯ながら分相応に何処迄も発展して行くと云ふ事実と之に伴ふ経営者の気慨であります。満韓を遊歴して見ると成程日本人は頼母しい国民だと云ふ気が起ります。従つて何処へ行つても肩身が広くつて心持が宜いです。之に反して支那人や朝鮮人を見ると甚だ気の毒になります。幸ひにして日本人に生れてゐて仕合せだと思ひました。

この著名な漱石の談話と、『満韓ところどころ』の第三の分類に含まれる日本人たちについての語りの間には、微妙な齟齬がないであろうか。例えば、「日本人は進取の気象に富んで居て、貧乏世帯ながら分相応に何処迄も発展して行くと云ふ事実と之に伴ふ経営者の気慨」に感心したという発言や「日本人は頼母しい国民だ」といった言辞と、『満韓ところどころ』で語られる多様な日本人たちの姿の間には、実際には差異やずれがあるのではないか。テクストの語りは、「満韓の文明」における「日本人は頼母しい国民だ」という一種威勢のよい言説を相対化してしまい、その公式的な主張の建前を崩してしまう側面を持つと考えるのである。

そして、このような第三の分類の市井の日本人についての語りを、一つの可能性として、このテクスト中の市井の中国人についての語りと接続して把握することはできないだろうか。例えば、薄暗い「化物屋敷」で生活する日本人の生活の叙述と、先の大豆の塵に煙る「油房」での中国人の過酷な労働を語る叙述には、共に当時の人連において厳しい日常を生きる人々への普遍的な人間的まなざしが存在するように思われる。その人間的まなざしを捉えうるとすれば、それはテクストの帝国主義的な要素を批評するものではないか。支配者の側（満鉄社員の家族）と被支配者の側（中国人労働者）という自明な対立関係のみにとらわれることなく、両者についての語りを並列的に捉える視点は、このテクストの持つ可能性を拓く。『満韓ところどころ』において日本人と中国人の市井の人々についてのテクストの語りを接続して読む可能性の追求は、このテクスト全体の評価と関係する重要なものであると考えるのである。

ここで『満韓ところどころ』における帝国主義的な要素を考える上で、並行的に言及しておきたい一つのテクストがある。それは、漱石の同時代人であった幸徳秋水（一八七一〜一九一一）による帝国主義批判の著作として著名な『廿世紀之怪物帝国主義』（一九〇一）である。近代の帝国主義に対する最初期の批判的著作としても名高いこの著作が、欧米の帝国主義と並んで、日本の帝国主義の持つ危険性を日露戦争以前から批判していたことは周知の通りである。そして、漱石の第四作目の新聞連載小説『それから』（一九〇九）における主人公の長井代助が新聞上で幸徳秋水についての記事を読むなど、『満韓ところどころ』に先立つ時期の漱石が、秋水に対して密かながらも明白な関心を示し続けていたこともよく知られている。翌一九一〇年に大逆事件（幸徳事件）で秋水が官憲に逮捕され、大審院での非公開の公判を経て秋水が刑死に至る過程で、修善寺の大患後に療養中の漱石が、その裁判進行に対するきわめて意識的な反応を示した可能性があることも、従来の漱石研究において論議の対象となってきた。

先にサイードの対位法的読解について言及したが、テクスト『満韓ところどころ』と並行的に読むことで新たな生産的な読解を生み出す可能性を持つテクストとして、一連の幸徳秋水の著作、特に『廿世紀之怪物帝国主義』を示唆しておきたい。先の「化物屋敷」とは、もともと日露戦争当時に軍病院として使用され、戦後の満鉄の事務所としての使用を経て、その後に下級社員の住居となったものであった。日露戦争が帝国主義国家の間の戦争であり、その戦争で勝利を収めた日本が満洲地域への帝国主義的な支配を推進するために設けた重要な機構が満鉄であったとすれば、いわば「廿世紀」の「怪物」としての帝国主義こそが、大連の「化物屋敷」を生み出したのである。漱石は、この帝国主義の「怪物」的な現実をいかに見たのだろうか。その問題を考える際に、漱石の持続的な秋水への関心を補助線とすることで、テクスト『満韓ところどころ』における「ゆらぎ」を含む語りは、帝国主義をめぐる姿勢を含めて、従来の評価軸とは異なる方向へと解釈を転回させることが可能ではないかと考えるのである。

「化物屋敷」での見聞を含めて、この中国・朝鮮旅行における漱石は、現地での日本の帝国主義のもたらす状況に対して、複雑な異和の認識を語っているように思われる。そして、そのような異和の認識は、『満韓ところどころ』の巾では「ゆらぎ」を含む語りでしか語られなかったものの、その後の小説へは確実に継承されていくのではないか。その意味で、漱石にとってのこの中国・朝鮮旅行は、無視できない認識上の切断としてあったのではないかと評価したいのである。それが、論者の『満韓ところどころ』に対する現在の立場である。

漱石の「韓満所感」（『満洲日日新聞』一九〇九年一一月五日・六日）における「歴遊の際もう一つ感じた事は、余は幸にして日本人に生れたと云ふ自覚を得た事である。内地に跼蹐してゐる間は、日本人程憐れな国民は世界中にたんとあるまいといふ考に始終圧迫されてならなかつたが、満洲から朝鮮へ渡つて、わが同胞が文明事業の各方面に活躍して大いに優越者となつてゐる状態を目撃して、日本人も甚だ頼母しい人種だとの印象を深く頭の中に刻みつけられた」といった言説は、漱石の一九〇九年の中国東北部と朝鮮半島での体験についての評価を、改めて複雑なものとしたように思われる。しかし、漱石の文学は、この『満韓ところどころ』に限らず、その他の複数の小説作品も含めて、同時代の中国大陸や朝鮮半島に移入していった人々の姿と彼らが生きた環境をしばしば登場させており、帝国と植民地によって特徴付けられた二〇世紀という時代において、多数の人々に共有された集団的な経験を描き出すという側面を持っていたと私は考える。

そのような移民や移住者の表象という観点から、『満韓ところどころ』を含む漱石文学を再読する際に何が見えてくるのかという論点は、論者の現在の関心の一つである。先に言及した一節に「大連の日は日本の日よりも慥かに明るく眼の前を照らした。日は遠くに見える、けれども光は近くにある、とでも評したら可かろうと思う程空気が透き徹って、路も樹も屋根も煉瓦も、それぞれ鮮やかに眸の中に浮き出した」があった。大連の日がその都市風景と人間を照らしたように、漱石作品は異境の様々な人々の姿を鮮やかに映し出しているように思われるのである。

〔注〕

（1）中野重治「漱石以来」『アカハタ』、一九五八年三月五日付、のちに『中野重治全集』第二三巻、筑摩書房、一九七八年。

（2）針生一郎「明治文学における自我と民衆」『文学』、岩波書店、一九七六年七月。
（3）米田利明「漱石の満韓旅行」『文学』一九七二年九月。のちに『わたしの漱石』、勁草書房、一九九〇年八月。
（4）伊豆利彦「漱石とアジア――「満韓ところどころ」論その他」『漱石と天皇制』、有精堂、一九八九年三月。
（5）Edward W. Said, *Culture and Imperialism*, New York, Vintage Books, 1993. 引用は邦訳。エドワード・サイード『文化と帝国主義』1、大橋洋一訳、みすず書房、一九九八年一二月、五〇〜五六頁。
（6）エドワード・サイード　同前　五六頁。
（7）エドワード・サイード　同前　七四頁。
（8）『漱石全集』第一六巻、岩波書店、一九九五年四月、二五七〜二五九頁。
（9）朴裕河「漱石「満韓ところどころ」論――文明と異質性」『国文学研究』、一九九一年六月。同論は漱石による中国人労働者の描写に他者の異質性の強調と拒否を読み取る。
（10）米田利明　同前論。漱石の描写における文体の持つ諧謔的性格を指摘する。
（11）原武哲「夏目漱石「満韓ところどころ」新注解」『敍説』Ⅱ10、二〇〇六年一月、二〇頁。
（12）『拓殖局報第二五　大豆ニ関スル調査』「第一編　満洲ニ於クル大豆」、拓殖局編、一九一一年。
（13）泊功「夏目漱石『満韓ところどころ』における差別表現と写生文」『函館工業高等専門学校紀要』第四七号、二〇一三年三月。同論は写生文の観点から『満韓ところどころ』の表現を論じる。
（14）前出の原武哲「夏目漱石「満韓ところどころ」新注解」『敍説』Ⅱ10、二〇〇六年一月。

十二日夜の講演會

我社の主催にて十二日夜露西亞町從事員養成所教室に開きたる第二回學術講演會には講演者たる夏目漱石先生は未定の正七時より一分違はず講演せらるゝ筈なりしに聽講者諸君が第二回講演會以來斷乎として時間勵行を豫告しあるにも拘はらず七時に及んで尚多數の空席を認めたるを以て先生に十分の猶豫を乞ひ定刻十分過より先生の講演は始まりたるが講演中に續々來場する人あり中には足駄穿にて階段をガタガタ昇り來る爲め聽講の妨害となること少からず止むを得ず一時講演の中止を乞ひ遲刻者の着席を俟つて再び開演を乞ひたる始末にて講者に對し禮を缺くこと少なからず本社の手配も亦萬事不行屆なりしに拘はらず中村總裁國澤副總裁田中理事力石民政署長成川正金支店長其他二百餘名の來聽者諸君と共に一時間餘の有益にして趣味ある講話にして奇警なる夏目先生の文學談を聽くことを得たるは本社の光榮とする所なり因みに第三回以後は必ず豫定の時刻通り開會する筈なれば聽講者諸君は必ず定刻數分前より來會ありたし尚入場中は脱帽すること中途に退席せざる

演壇の夏目漱石氏
（本社主催第二回學術講演會に於ける）

【付録】『満洲日日新聞』（1909年9月14日）記事「十二日夜の講演會」より

(15) 内田道雄「漱石の『近什四篇』」『夏目漱石――『明暗』まで』、おうふう、一九九八年二月。同論では「旅先の各所で漱石の心に浮かぶ過去の記憶の断片々々こそが、大きな意味を持」つと評価される。

(16) 西澤泰彦『図説　大連都市物語』、河出書房新社、一九九九年八月、一二頁、ならびに竹中憲一『大連歴史散歩』、皓星社、二〇〇七年一一月、四九頁。

(17) 竹中憲一　同前書　五一頁。

〔付録〕

大連での漱石は、一九〇九年九月一〇日～一二日の旅順滞在を経て、旅順から大連に戻った当日の九月一二日に、満鉄事務員養成所で講演を行なっている。「漱石日記」中の九月一二日の記述に「相生氏の方より桜木来る。俣野も同行。埠頭へ来て演説しろといふ」「事務員養成所へ行つて講話をやる。七時過より八時迄一時間余やる。中村、田中、国沢の諸君傍聴」とあるのがそれである。その講演についての一九〇九年九月一四日付『満洲日日新聞』掲載の記事を資料として掲載する。同記事には「演壇の夏目漱石氏」という挿絵が添えられており、興味深い資料となっている。

コラム 1

満洲に渡った安井

平野順也

二人は夫《それ》から以後安井《やすゐ》の名を口にするのを避けた。考へ出す事さへも敢《あへ》てしなかつた。彼等《かれら》は安井を半途《はんと》で退学させ、郷里《きやうり》へ帰らせ、病気《びやうき》に罹《かゝ》らせ、もしくは満洲《まんしう》へ駆《か》り遣《や》つた罪に対して、如何《いか》に悔恨《くわいこん》の苦《くるし》みを重ねても、何《ど》うする事も出来ない地位《ちゐ》に立つてゐたからである。(『門』一七の一)

途中で連載が終了した『満韓ところどころ』と、その約三か月後に始まった『門』は、満洲によって結ばれている。連載終了のきっかけとなった伊藤博文暗殺が『門』の冒頭に登場するだけではない。前者は、漱石の満洲への旅行を基に記された紀行文であり、後者は、物語の中に、彼自身の実体験が糸のように紡がれている。漱石は、パレットに彼の想像力だけではなく経験をのせ『門』を描いた。漱石が目撃し、体験した満洲は、『門』でどのような空間として描かれ、主人公・宗助と御米そして安井の関係にどのような影を落としているのだろうか。ここでは、安井や坂井の弟がたどった道程を中心に、『門』で表現されている満洲を再訪してみよう。

漱石の作品に幾度か登場する「満洲」は、主に成功や再起が可能な「約束の地」として描かれている。『門』もこの例にもれない。『門』の主要登場人物の一人である大家の坂井には、成功を夢見て満洲に渡った弟がいる。ある日、坂井は宗助に、彼の弟が事業に失敗し金策のために帰国した、と伝える。坂井の弟は、満洲で大規模な河川舟運送業を経営していたが、すぐに倒産してしまったという。坂井の弟はそもそも、坂井の仲介のおかげで銀行に勤めていたが、「金を儲けなくっちゃいけない」という想いが強く、日露戦争終結後に、坂井の忠告を聞かず満洲に向かった。満洲で一旗揚げようとしたのは、坂井の弟だけではない。宗助の弟の小六は、学費を捻出できないことから、大学を中退し満洲で一旗揚げてもよいと述べている。宗助に御米を奪われ傷心した安井が向かう先も、また満洲である。

しかし、漱石は満洲を、楽観的な約束の地としてだけではなく、同時に敗北者に多大な犠牲を課す危険な場所としても描写した。日露戦争後の一九〇六年に発表された『草枕』に登場する満洲は、危険な場所としての色彩が濃い。満洲は久一が徴集されて向かう戦地であるだけではない。銀行が倒産し日本にいられなくなった那美の元夫は、彼女に御金を貰ってまで、満洲で再挑戦しようとする。那美が主人公に、元夫のことを「御金を拾ひに行くんだか、死ににいくんだか、分かりません」と告げる場面が用意されているように、ここでの満洲には「約束の地」のような響きは無い。『門』の満洲も同じように苦境の地としての顔をのぞかせる。宗助が裏切った旧友安井は、大学を退学した後に満洲にわたった。そして、そこで出会った坂井の弟と帰国する。安井は回想場面以外で姿を現すことがなく、宗助の罪悪感を蘇らせる不気味な存在として描写されているため、安井の満洲での活動には触れられることはない。しかし、安井が行動を共にする坂井の弟の顛末は詳細に説明されているため、満洲での安井の足跡を坂井の弟のそれと重ね合わせることができるだろう。

そもそも、満洲に大量の日本人が流入したのは、日露戦争をきっかけに日本兵を顧客とする商売が増加したためだ。一九〇四年八月に営口の領事が記した報告書には、平均一〇人、多い日では二〇人もの日本人が何かの職業に就こうと流入した、と記されている。[1] 満洲に移住した日本人の多くは、日本軍兵士相手の料理店、雑貨商、そして娼婦だったという。もちろん、坂井の弟や安井が失敗したように、現実は決して甘くはない。戦後の日本軍の撤退に伴い満洲での戦争景気が下がり、多くの商売人が路頭に迷うことになる。大連や奉天といった街でも一九〇八年には日本軍兵士相手の商売は成り立たなくなるほどまでに、景気が悪化した。

さらに、坂井の弟と安井の悲劇は、日露戦争後の南満洲鉄道株式会社設立、そしてそれと共に産声を上げた植民地国家の台頭に起因するものだ。満洲に渡った坂井の弟は、豆粕と大豆を船を利用して遼河で運送するという事業を経営し、失敗する。坂井の弟が大豆や豆粕の河川舟運送業を選んだ理由は、当時実際に大豆貿易が発展していたからだろう。一八世紀半ばに遼河沿岸で生産された大豆や加工された粕や油の商品化が始まり、その後大豆、豆粕、そして豆油の大豆貿易が栄えることになるが、それらは日本の満洲進出によってもたらされたと言ってよい。[2] 明治元年以降、日本の人口が激増したことを発端とし、中国東北部の豆粕が肥料として注目された。一八七二年には三四八〇万人だった人口が、一九〇四年に四六一三万人、一九一二年には五〇〇〇万人を超える。そのような状況において十分に食料供給するために、農業生産力を増大させることが主要課題となった。それまで、魚肥（干鰯）が主な窒素肥料だったが、材料であるイワシの不漁によって魚肥の価格が上昇したために、注目されたのが比較的安価な満洲産の大豆粕だった。同時期に豆油の貿易も発展した。それは、ヨーロッパで食生活が改善し植物油の価値が高まったことで、イギリスの搾油産業が満洲産大豆に着目したためだ。そして、満洲産大豆の価値に気付いた三井物産株式会社は、一九〇八年にイギリスへ満洲産大豆の輸出を開始する。

中国東北部唯一の海外貿易港として繁栄したのが遼河の河口に位置する営口港である。[3] 遼河は南満洲最大の交通路であり、遼河上流に位置した街にとって営口は重要な物資の集散地だった。営口は大豆・豆粕の集荷拠点として繁栄するが、やがてその座を大連に譲ることになる。

それは、遼河の東のほうに敷設された満洲鉄道によって河川舟運の輸送が減少したためだ。大連に物資を集中させるために鉄道運賃が調整され、同時に大連の埠頭が拡張された。実際に、一九〇七年一〇月に設定された大豆三品特定運賃からは大連中心主義が確認できる。大豆が大連に集中するようになったのも、大豆運賃が大連着の大豆運賃が、営口着よりも、安く設定されたためである。

一九〇六年に南満洲鉄道株式会社が設立され、一九〇九年には総裁を務める中村是公の勧めもあり漱石は満洲を訪れる。『門』を執筆した一九一〇年は、「満鉄王国」という異名を与えられるほどにまで発展した鉄道会社の強大な影響力が萌芽した時である。漱石が坂井の弟に与えたのは、単に経済的に失敗した者ではなく、日本の経済発展の中で姿を消すことを強いられた「犠牲者」としての姿である。坂井の弟と比べると安井の悲劇性は強烈だ。安井は宗助に内縁の妻を奪われた後、大学を退学し、病気を患うことになる。そんな彼が再起を賭けたのが満洲だった。しかし、そこでもおそらく安井は落伍者としての烙印を押された。漱石の旧友が総裁を務める鉄道会社の発展が引き金となり、安井は日本から遠く離れた異国の地でも辛酸をなめる。安井は、宗助と御米の関係が生んだ犠牲者だけではなく、満洲での日本の経済発展が生んだ犠牲者でもあるのだ。

日露戦争後、日本は着実に満洲支配を進めるために、満洲の中心地である奉天の開発を進める。[4] 満鉄は奉天に満鉄最大の鉄道附属地を設定し、市街地の建設に着工する。附属地には満鉄社宅、病院、学校、公園、給水塔などが建設されたが、建設が始まった時には帝政ロシアの兵舎と東清鉄道の建物が建っていたぐらいの荒野でしかなかった。一九〇八年の鉄道附属地の地図には、第一期工事分の計画道路が示されているぐらいで、建物の姿はほぼない。

一九〇九年、漱石は奉天を訪れている。そして、ここで起こった暴力的な出来事を、『満韓ところどころ』に記している。宿に向かう途中、漱石は馬車に轢かれた老人を目撃する。老人の脛の肉はえぐられたように垂れ下がっているが、周りの人々は誰も助けようとしない。医者を呼ばなくてはと述べる漱石に対し、案内人はどうにかするだろうと応えただけで馬車を進める。漱石が、安井に生活する場所として与えたのは、満洲のこの街だ。

〔参考文献〕
〔1〕塚瀬進『満洲の日本人』（吉川弘文館、二〇〇四年）。
〔2〕薄井寛『二つの「油」が世界を変える：新たなステージに突入した世界穀物市場』（農山漁村文化協会、二〇一〇年）。
〔3〕近現代史編纂会『別冊歴史読本：戦記シリーズ38　満洲帝国の興亡』（新人物往来社、一九九七年）。
〔4〕西澤泰彦『図説「満洲」都市物語』（河出書房新社、一九九六年）。

第二章

旅順体験における漱石の戦勝意識考

劉 静華

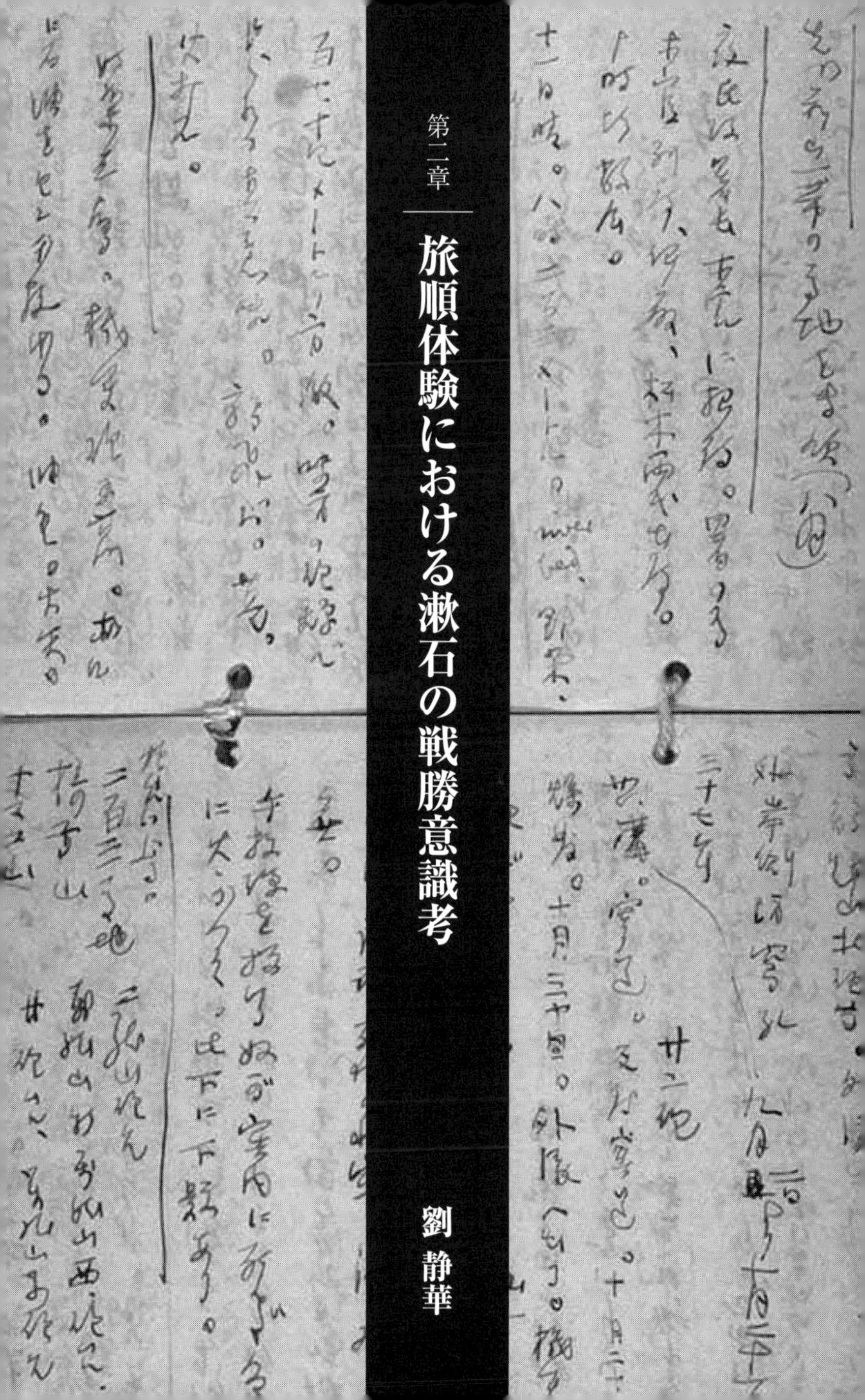

はじめに

漱石の旅順滞在は、大連港に上陸した明治四二（一九〇九）年九月六日の五日後の、一〇日から一二日までの三日間であり、その体験が『満韓ところどころ』[1]の二一から三〇までの一〇回において語られている。同書は、紀行文の体裁で、漱石が道中で見たもの、訪れた場所、旧交を温めた友、賞味した佳肴、巡らした思いなどが描かれ、五一回に亘り、『東京朝日新聞』[2]に連載された。写生文の手法で鮮やかに叙述された箇所もあったが、被植民地の人々への差別意識や帝国主義、植民地主義などの反映が見られると批判も受けている。また、『満韓ところどころ』と題しながら、実際には満洲の旅程のみが描かれ、朝鮮半島の体験はあまり描かれていない。同書研究におけるこの問題については、多くの議論がなされてきたが、吉田真は「時世に合わないものと見られた[3]」からだと指摘している。吉田の言う「時世」とは、同書の連載が始まって間もなく、伊藤博文がハルビン駅で韓国の独立運動家安重根によって暗殺されたことをさす。同書の連載もしばらく渋川玄耳の韓国旅行記「恐ろしい朝鮮[4]」掲載により中断し、「〈韓国〉憎悪を煽るプロパガンダの意図に満ちた」（同注3）風潮があったようだ。つまり、漱石が当時の歴史的、政治的背景に複雑な思いを抱き、時世に求められた朝鮮体験を描けなかったということで間違いはなかろう。

本章は、『満韓ところどころ』に関する議論を踏まえ、その議論では触れられることのなかった漱石の戦勝意識を検証し究明するものである。無論それは旅順体験を基底に考察するほかはない。日露戦争の戦跡参観で織りなされたテクストを手がかりに、フィールドワークを通して過去の旅順と現在の旅順とを対照的に捉え、漱石の思想的精神性の一側面を明らかにし、それによって同書研究に新たな視点を提供したい。

一　多岐に及ぶ『満韓ところどころ』観

紀行文『満韓ところどころ』は世に出て以来、終始賞賛と批判との間で評価が分かれる。秀逸な紀行文として絶賛する小宮豊隆と藤井淑禎は、「旧友との再会を喜びつつも、満鉄関係、自然、庶民などへの的確な観察も怠らずその二つが見事に融合されている」[5]、「満洲で会った旧友の噂で持ち切った紀行文であった（略）到る所に鏤められた、その土地その土地の自然の、鋭い鮮やかな描写が、既に十分にこの事を証明する」[6]と評している。小宮と言えば、ドイツ文学者であるかたわら、また漱石の門下生でもあった。大正六年から『漱石全集』の編集に携わり、漱石を崇拝し神格視したことから、戦後直後には「漱石神社の神主」と揶揄されていたことが周知されている。藤井はそのような小宮の漱石観に共鳴し、「小宮の解説が委曲を尽くしている」（同注5）と言い、その思想を踏襲し、同書に違和感を覚えることは微塵もなかったようである。だが、実際に漱石の満韓の旅を論ずる場合、こうした誇らしい賞賛のみの論評は他では見られない。「人間を労働の現場においてとらえることのできた漱石のリアリズムの到達が見られる点で、わたしはこの文章を高く評価せずにいられない(7)」という指摘もあったが、それは工場で働く労働者（一七）を描写するものであり、作品全体を指して言うものではない。多岐な観点から鮮烈に論争がなされ、真っ向から漱石を批判するもの、漱石の偉大さを認識しつつその偉大さに届かなかった近代精神の限界を凝視するもの、また同書と漱石を取り巻く時代的世相を検証し、好意的に解釈を試みるものなど、現在まで綿々と研鑽が積まれている。例えば、同書の連載を読んだ長塚節はすぐさま「漱石といふ男は人を馬鹿にしている(8)」と激怒した。「ごく自然に帝国主義、植民主義にしみていた(9)」と中野重治は指摘する。さらに「近代化を邁進する経営者を肯定し、植民地主義を批判することはなかった(10)」と原武哲は叱責する。氏は漱石が作品に登場させた多様な人物群、自身が訪れた場所、視察した諸施設などの膨大なデータを解説しながら、その英国留学に触れる。「「狼群」のような世界に冠たる大英帝国紳士の間で「むく犬」のごとき後進国「臣民」夏目金之助の屈辱と憤怒の思いは、日清・日露両戦争によって戦勝国「大日本帝国」の高揚した大国意識の流れに掉〔棹〕さすのみであった。畢竟、夏目漱石も時代の子であった」（同注10）と批判する。こうした賞賛と批判の間に、中国人と韓国人の現実を暴露することで「日本の植民地主義を批判した」[11]、「帝国主義的「感受性」を見据え、批判的に暴き出そうとしていた」（同注3）、「過剰に表現し、揶揄することでユーモラスな表現を獲得しようとする」[12]といった批評も盛んであったが、朴裕河は、近代日本の紀行文の成立への賞賛および、差別意識や帝国主義、植民地主義の看過と漱石を擁護する論評の流れの地平に立ち、「単なる批判でも、ことさらの好意的解釈でもない客観的な検討がなされるべき」[13]と示唆する。そして本書は、これまでの同書研究の文脈において更なる観点を提起する。すなわち作者と作品に客観的考察と新たなる発見を賦与するものとして、漱石の満韓の旅を追跡し、その足跡をしかと感じ得た上でテクストを読み直すということである。このような出発点に立脚すると、これまでの研究で問題にされなかった漱石の戦勝意識という問題が見えてくる。筆者は、漱石が視察した日露戦争の戦跡を訪ね、作品から垣間見える漱石の心象を究明する課題として、その戦勝意識に着目して論を展開したい。

ところで、『満韓漫游』は二〇〇七年に中華書局より発行された『満韓ところどころ』の中国語翻訳版である。訳者の王成は本書について、「このテクストは日露戦争後の夏目漱石の満洲の印象であり、日本の知識人のオリエンタリズム的色彩を帯びたもの」と解説している。[14]王の指摘した日本の知識人の「オリエンタリズム」には、無論漱石のみならず、後の谷崎潤一郎、佐藤春夫、芥川龍之介、横光利一等の「支那趣味」、或いは漱石以前の正岡子規、二葉亭四迷、与謝野晶子、徳富蘇峰も包括されよう。かれらの思想的イズムとは、福沢諭吉の「脱亜論」や徳富蘇峰の「黄人の重荷は、我が大和民族の双肩にあり[15]」に通底するものであろう。

明治維新以降、中国を訪れる日本人は増え続け、その旅行記も多く見られるようになった。しかし、その日本人旅行記が初めて中国の新聞・雑誌に紹介されたのは、「芥川龍之介氏の中国観[16]」であり、一九二六年四月のことであった。その後、谷崎潤一郎、佐藤春夫等の「支那遊記」が相次いで紹介されたが、それに比して、漱石の『満韓ところどころ』はあまり注目されなかった。それはおそらく、漱石は人間の心を探求する作家として読まれ、小品であった同書は当初重要視されていなかったからに違いない。同時に後の同書研究では、漱石が「汚い」中国人と朝鮮人の悲哀に心を向けなかったがゆえに、日本の近代精神の限界および「時代の子」でしかなかったと断罪されてしまい、かれ自身の悲哀として受け止めざるを得なかったのではなかろうか。

二　漱石の旅順体験

『満韓ところどころ』における漱石の旅順体験は、先に述べたようにわずか三日間しかなかった。だが、この三日間こそ旅の全行程において重い課題を担ったものと言える。度々戦場となる旅順自体が複雑な街であり、その複雑な街を訪れた漱石は、さらに複雑な場所に足を踏み入れるのである。

旧友との再会と日露戦跡を観るための旅であったが、前者の描写はあくまでも友との懐旧談を述べるもので、後者の方が綿密に記述されている。そのため、戦跡参観における漱石の言動と心情描写は当然ながら、かれの戦勝意識を問う試金石になるであろう。「漱石日記」[17]によると、この三日間の日程はおおよそ次のようである。一〇日一〇時に旅順に到着し、民政署長官に面会後、大和ホテルに向かう。昼食後、鶏冠山を参観し、晩餐は民政署長官と高等官列席の招待を受ける。翌一一日には二〇三高地、旅順港を参観の後、田中理事からスキ焼きの晩餐に招待される。一二日の早朝、民政官長に別れを告げてから、再度佐藤友熊宅を訪問し、鶉料理の招待を受けて大連へ舞い戻る。

以下、漱石がこの慌ただしい三日間を如何に作品に反映させ、如何なるテクストを用いたかを念頭に、過去の旅順と現在の旅順に歴史的にアプローチしながら、漱石の戦勝意識を捉えてみる。

【図1】旅順ヤマトホテル旧影、かつては中国商人の私邸。1906年に満鉄経営のホテルとなる。（満洲日日新聞社『南満洲写真大観』1911年2月）

1　大和ホテルと旅順駅舎

漱石と旅順との接点は、成立学舎時代の旧友佐藤友熊が結び、氏は当時旅順の警察総長をしていた。漱石が大連に着いて五日の間に、二度も電話で旅順訪問を要請されたため、一〇日の早朝、漱石はこの旅の同行者橋本と共に大連と旅順間を走る「旅順支線」で赴いた。ふたりは車中で「日本流の奇麗な宿屋を想像」したが、迎えに来ていた渡辺秘書からは「御泊りになられるような日本の宿屋は一軒もありませんから、やっぱり大和ホテルになさった方が好いでしょう」と告げられる。その大和ホテルとその周辺について、漱石は次のように記している。

しばらく休息のため安楽椅子に腰を卸《おろ》して見ると、急に気が付いた様に四辺《あたり》が森閑としている。ホテルの中には一人も客がいない様に見える。ホテルの外にも一切人が住んでいる様には思われない。開廊《ヴェランダ》へ出て往来を眺めると、往来は大分広い。手摺の真下にある人道の石の中から草が生えて、茎の長さが一尺余りになったのが二、三本見える。日中だけれども虫の音が微かに聞える。隣は主のない家と見えて、締め切った門やら戸やらに蔦《つた》が一面に絡んでいる。往来を隔てて向うを見ると、ホテルよりは広い赤煉瓦の家が一棟《ひとむね》ある。けれども煉瓦が積んである丈《だけ》で屋根も葺《ふ》いてなければ窓硝子《ガラス》も付いていない。足場に使った材木さえ処々に残っている位の半建《はんだて》である。（二一二）

「客がいない」「外にも一切人が住んでいる様には思われない」このホテルは、帝政ロシアの統治下にあったが、一九〇六年に満鉄のものとして、改修を加え開業されたものである。満鉄といえば、日露戦争の勝利によって、日本政府がロシアの清国に調印させた東清鉄道（一八九六年）に関する契約とその権益を取って代わるコンツェルンであり、その運営資金と総裁任命はすべて日本政府によるものであった。いわば満鉄は、事実上の国家機関であり、その総裁は中国大陸開発の日本帝国主義、植民地主義の最高権力者である。漱石を満韓の旅に誘い出したのは、その二期目の総裁である旧友中村是公である。

【図2】旅順ヤマトホテル近影、1927年、川島芳子とモンゴル王子の婚礼が行われ、1931年満洲国皇帝溥儀の行宮にもなった。1945年から55年までは、駐旅順ソ連軍の施設となり、2000年前後は中国軍の宿泊所として使われた。現在は使われておらず、玄関先には「区級文物保護単位「大和旅館旧址」旅順口区人民政府2013年9月30日立」と刻まれた石碑が建ち、保護すべき歴史建造物であることを示す。（2017年8月27日、西槙偉撮影）

同ホテルは第二次世界大戦以降では、中国の諸々の施設として使用されたこともあったが、一九七七年の倒壊防止の補修工事によって原型が失われ、現在は重要保護建造物に指定され、ホテルや施設として使われていない。二〇一八年五月八日、筆者はこの地を尋ねたが、その一帯にかつての光景はもはや見当たらない。今では公共施設と商業施設と民家の建ち並ぶ、比較的に落ち着いた文化街になっている。遠きあの日の漱石は、このホテルで腰を据えると「四辺が森閑」として「日中だけれども虫の音が微かに聞える」と書き残したが、その自然の原風景の意味するものは、言うまでもなく旅順の荒涼たるフロンティアの侘しさであろう。旅順滞在の三日の間、漱石は幾度も「寂しいな」と繰り返し、しまいには「まるで廃墟だ」と感懐を吐露している。ここに情緒的表象のテクストが見られる。

【図3】旅順駅舎、昔日の風貌を留めている。(2018年5月8日、劉菲撮影)

筆者は、大和ホテルの次に漱石が到着した旅順駅を訪ねた。本来なら大連駅から汽車に乗って、漱石が眺めた車窓の風景、下車時に乗った馬車などに思いを馳せてみたいものだったが、この大連駅と旅順駅を繋ぐ「旅順支線」は、二〇一四年にそれぞれ一日一往復あった普通列車と快速列車が廃止され、大連と旅順の五二キロメートルを繋いだ「旅順支線」は、今では大連市運営の路線バスなどにとって代えられている。当時の駅舎は切符売り場となっている。薄緑色に包まれた駅舎は、海に流れる竜河の東側に位置し、白玉山を背にして旅順軍港を眺望できる場所で粛然と屹立している。車の行き交う夕暮れの雑沓のなかで眺めていると、巨大な町とは調和が取れているようには感じられず、むしろその街の苦難の歴史を物語っているように見えた。中に入ってみると、広い館内の窓口に駅員はいたものの、がらんとしている。そして、ガタンと音を立てたドアの音とともに、私たちも一瞬にして遠き昔に誘われてしまう。それは、館外とはまるで別世界の感覚であり、陰森で抑圧的で重々しい感覚であった。この駅舎はロシアが一八九八年から建設を始め、一九〇三年に完成したものである。それからの一一〇年間は、ロシア人と日本人をはじめ、数えきれない人々の往来を見守った。現在も極めて良好な状態で保存され、二〇〇二年には重要保護建造物に指定された。

2　漱石と日露戦跡

2－1　鶏冠山

鶏冠山参観については三回にわたって描かれている。戦跡参観において長い表象になっているが、まとまりは決して明快なものではない。馬車で通った新市街と旧市街、山の説明と道の悪さ、馬の脚に石が詰まったこと、戦利品陳列所を独りで番をしているA君の話などから始まる。その陳列所については「固より山の上の一軒家で、その山には樹と名の付く程の青いものが一本も茂っていないのだから、甚《はなは》だ淋しい」（二三）といい、A君が懸命に解説してくれた戦利品についてこうも言う。

　Ａ君の親切に説明して呉れた戦利品の一々を叙述したら、この陳列所丈の記載でも、二十枚や三十枚の紙数では足るまいと思うが、残念な事に大抵忘れて仕舞った。然《しか》したった一つ覚えているものがある。夫《それ》は女の穿《は》いた靴の片足である。地が繻子《しゅす》で、色は薄鼠《うすねずみ》であった。その他の手投弾《てなげだん》や、鉄条網や、魚形水雷や、偽造の大砲は、ただ単なる言葉になって、今は頭の底に判然残っていないが、この一足の靴丈は色と云い、形と云い、何時《いつ》なん時でも意志の起り次第鮮《あざやか》に思い浮べる事が出来る。（二三）

　このように、せっかく「第一番にそれを見せ」ようとする佐藤が同行しても、漱石は「残念な事に大抵忘れて仕舞った」「頭の底に判然残っていない」という。戦跡に関するテクストについては、この先の表象も同様で、基本的には案内役の解説を記述し、自己の心情を吐露することはなかった。唯一あったと言えば、それは「全く人間以上の辛抱比べに違ない」「軍人の根気の好いのに悉《ことごと》く敬服した」（二五）と鶏冠山参観時に述べたくらいである。しかし「白い華奢な靴」（二三）のことでは、その「色と云い、形と云い、何時《いつ》なん時でも意志の起り次第鮮に思い浮べる事が出来る」と言う。それは戦利品に酔い痴れる佐藤等の戦勝意識とは一線を画しているように思われる。また、戦利品よりこの「白い華奢な靴」に強い関心を示したことも、戦争に巻き込まれた無垢な生命を愛しく思う漱石の世界観が窺えるように思う。

旅順の東北部に位置するこの鶏冠山は、日露戦争の第一回旅順総攻撃の激戦地であり、ロシアの司令官コンドラチェンコ少将が戦死し、日本も一万人以上の死者を出した場所である。現在は観光名所の「東鶏冠山景区」に指定され、遼寧省の文化遺産として保護されている。

漱石が観た戦利品陳列所も依然東鶏冠山にあった。その建物の内外ともに落ち着いた様子で、現代の建物にすら見えた。館内に入るとやや広いホールがあり、その四方の壁は、旅順史の変遷を紹介する記事と写真で覆い尽されている。ホールの横手には、さらに入り口が設けられ、なかには戦利品が広いスペースで陳列されている。その光景は作品に描かれたもの以上に生々しい。手投弾、鉄条網、魚形水雷、大砲、戦闘帽、戦服の端切れ……そのどれも私たちの視界に広がると、たちまち名状しがたい窒息感に襲われ、戦争の悲惨さと人間の脆さを思い知らされる。それでも漱石には胸打つものもなく「大抵忘れて仕舞った」のだろうか。

「砲台巡りも容易の事ではない」（二五）と漱石に言わしめた砲台をはじめ、今にも倒壊しそうな狭くて薄暗い坑道と堡塁にも潜り込んでみたが、坑内は作品に描かれた光景そのものであった。凸凹の道に注意を払って歩いていると、A君の解説した言葉が流れくる波濤のように筆者の胸を去来する。「この暗い中で、僅《わずか》の仕切りを界《さかい》に、ただ一尺程の距離を取って戦《いくさ》をした」「上から頭を出せばすぐ撃たれるから身体《からだ》を隠して乱射した」「この下を掘ればいくらでも死骸が出て来る」……（二五）激戦の光景がスライドのように脳裏を駆け巡り、思わず作品で唯一ヒューマンな感情を代弁する「白い華奢な靴」をこの目で確かめたくなる。しかし再び戦利品陳列所に戻っても、博物館に足を運んでも、その「靴」は見当たらなかった。

【図4】かつての戦利品陳列所に相当する展示施設（2018年5月8日、王浩洋撮影）

2-2　二〇三高地

鶏冠山の次に、漱石が見学したのは二〇三高地である。作品ではこの二つの戦跡を物語る間に「大連に着いてから二、三日すると、満洲日々の伊藤君から滞留中に是非一度講演をやって貰いたい」（二六）という挿話を綴ったが、橋本との思い出話を回想しているうちに「遂に講演を断って仕舞った」というところで章を閉じている。つまりこの章を設けた意図は「講演」を断ったことを言うためであった。何故断らなければならなかったかについては、次節で述べたい。先ずは二〇三高地の描写を確かめよう。

相変らず樹のない山で、山の上には日がある許《ばかり》だから、眼の向く所は、左右ともに、又前後ともに、何処《どこ》迄も朗らかである。その明かな足元から、ぱっと音がして、何物だか飛び出した。案内の市川君が鶉《うずら》ですと云ったので始めてそうかと気がついた位早く、鶉は眼を掠《かす》めて、空闊《くうかつ》の中に消えて仕舞った。その迹《あと》を見上げると、遥《はるか》なる大きい鏡である。（二七）

漱石一行を二〇三高地に案内したのは、旅順の巡査部長市川であった。その「相変らず樹のない山」は、現在では緑豊かで巨大な国家森林公園となっている。千山山脈の最南端に位置し、五〇万平方メートルの広さを持ち、通称「二〇三桜花園」である。園の入り口には記念碑「中日友好桜花林」が聳え立つ。園内には三〇種類、およそ三万本の桜が植樹されている。筆者が訪ねた五月でも八重桜が満開で、観光客で溢れていた。園内の標識は整然と立てられ、二〇三高地は坂道方向にあった。登っていくと二〇分、さらに山道を一五分登ると、慰霊塔「爾霊山」が緑に囲まれた大自然の中で聳え立つ。しかし、作品に描かれた二〇三高地は次のようであった。

【図5】二〇三高地に建つ爾霊山記念塔（2018年5月8日、王浩洋撮影）

遥《はるか》下の方を見渡して、山やら、谷やら、畠やら、一々実地の地形に就いて、当時の日本軍がどう云う径路をとって、此処へじりじり攻め寄せたかを序《ついで》ながら物語られた。不幸にして、二百三高地の上迄は来た様なものの、何地《どっち》が東で何地《どっち》が西か、方角が丸で分らない。ただ広々として、山の頭がいくつとなく起伏している一角に、藍色の海が一ケ処程平たく見える丈《だけ》である。（二七）

つまりそのころは、「爾霊山」慰霊塔どころか、山々も緑も存在していなかった。上の画像は、日露戦争で命を亡くした兵士を記念するために、乃木希典司令官が砲弾の残片で砲弾状の、高さ一〇・三メートルの慰霊塔を建てさせ、「爾霊山」と揮毫したものである。その竣工が実際に行われたのは、一九一三年のことであった。二〇三高地は、一般の日本人にとっても馴染みの薄い地名ではない。なぜなら司馬遼太郎の『坂の上の雲』には、旅順総攻撃や、二〇三高地争奪戦が描かれているからだ。この作品は後に映画化されただけでなく、NHKのテレビドラマとしても放送された（二〇〇九〜一一年）。それ以前にも「二百三高地」という戦争映画があった。後世の人々に描き継がれたこの場所について、漱石は自己の感懐を語らず、市川の解説を記述するのみであった。

市川君の云う所によると、六月から十二月迄家根《やね》の下に寝た事は一度もなかったそうである。あるときは水の溜った溝の中に腰から下を濡らして何時間でも唇の色を変えて竦《すく》んでいた。食事は鉄砲を打たない時を見計って、何時《いつ》でも構わず口中に運んだ。その食事さえ雨が降って車の輪が泥の中に埋って、馬の力ではどうしても運搬が出来なかった事もある。今あんな真似をすれば一週間経たないうちに大病人になるに極《きま》っていますが、医者に聞いて見ると、戦争のときは身体の組織が暫らくの間に変って、全く犬や猫と同様になるんだそうですと笑って居た。(二七)

「犬や猫と同様になる」ということは、戦争は人間を破壊する行為だということになる。その非人間的行為を漱石は書く気になれなかったのだろうか。これまで見てきたように、戦跡に関するテクストにおいては、漱石は自己の感情を一切述懐することなく、案内役の語りを記述する姿勢を貫き通している。先に挙げたテクストからも、自然風景と戦跡風景の描写の違いが見られる。軽快感と圧迫感といった二項対立のテクストが読み取れる。前者は情緒的手法が駆使され、後者は記述的手法が用いられた。つまり漱石は戦争の悲惨さを目の当たりにしても、自己の心象反応を抑制していた。この事実はかれの旅順体験の戦勝意識を捉える手だての一つになり得ると筆者は考える。

2-3 旅順港

二〇三高地を後にして、かつて日露戦争で船艇と水雷で埋め尽くされた旅順港を訪ねたが、港内に入ることは当然許されない。この旅順港は、一八九〇年に北洋艦隊の基地として建設されて以来、日清戦争と日露戦争を経て、第二次世界大戦後もロシア海軍の管轄下にあった。一九五五年に中国に返還され、現在旅順軍港として知られている。しかし一世紀後の今日では、軍港でありながらそのすぐ隣にまた、山東半島を繋ぐ巨大な埠頭旅順新港駅が開設されている。

漱石一行をその旅順港を案内したのは、海軍中佐河野左金太である。「到底港内は人間の這入る処ではない」(二八)と思っての入港だったが、その港内の描写とホテルの二階で見た旅順港の描写も、記述的表象と情緒的表象においては分岐が目立つ。そのテクストを確認する。

> 河野さんの話によると、日露戦争の当時、この附近に沈んだ船は何艘あるか分らない。日本人が好んで自分で沈めに来た船丈でも余程の数になる。戦争後何年かの今日いまだに引揚切れない所を見ても大凡《おおよそ》の見当は付く。器械水雷なぞになるとこの近海に三千も装置したのだそうだ。
>
> じゃ今でも危険ですねと聞くと、危険ですともと答えられたので成る程そんなものかと思った。沈んだ船を引揚る方法も聞いて見たが、是は委《くわ》しく覚えている、百キロ位な爆発薬で船

体を部分々々に切り壊して、それを六吋《インチ》の針金で結《ゆわ》えて、そうして六百噸《トン》のブイアンシーのある船を、水で重くした上、干潮に乗じて作事をして置いて、夫《それ》から満潮の勢いと喞筒の力で引き揚げるのだそうだ。（二八）

やはり文頭の「によると」と結びの「だそうだ」という河野の説明の記述だけである。しかし戦争を抜きに観た旅順港の描写は、漱石の軽快な心象を明瞭に見せている。

旅順の港は袋の口を括った様に狭くなって外洋に続いている。袋の中は何時見ても油を注《さ》したと思われる程平らかである。始めてこの色を遠くから眺めたときは嬉しかった。然《しか》し水の光が強く照り返して、湾内が只《ただ》一枚に堅く見えたので、あの上を舟で漕ぎ廻って見たいと云う気は少しも起らなかった。魚を捕る料簡は無論無かった（略）。

余は大和ホテルの二階からもこの晴やかな色を眺めた。ホテルの玄関を出たり這入《はい》ったりするときにもこの鋭い光の断片に眼を何度となく射られた。それでも単に烈しい奇麗な色と光だなと感ずる丈《だけ》であった。（二八）

「嬉しかった」ことや気持ちが「起らなかった」ことなどは、自由に感じ自由に思う漱石の心が

【図6】戦跡のある山より旅順港を見下ろす（2017年8月26日、西槇偉撮影）

読み取れる。即ち戦跡描写と自然描写を対照して読んでいくと、受け身的に記述されたものと、情緒的に表象されたものという二つのテクストが見えてくる。そのテクストの違いから、漱石の旅順体験の心象を垣間見ることができよう。つまり、「大抵忘れて仕舞った」ことは、漱石の関心事にはなり得ていないのである。周知のように、この満韓の旅は至るところで旧友の歓待を受け、当時の日本人旅行者にしては特別な計らいを受けている。旧友中村是公をはじめ、植民地の支配者面々によって支えられたこの旅において、自称「神経質で臆病な性分」（四九）の漱石が、日露戦争の勝利に高揚する旧友たちを前にして、自己の世界観を示せたものだろうか。同時に、鋭敏かつ繊細な感受性を持つ漱石が、戦争の惨たらしい光景を目の当たりに胸打つものが全くなかっただろうか。それは不可能なことに思われる。漱石に限らず誰しもが、否応無く湧き上がる自身の感情に迫られるに違いない。例えば、ほぼ同じ時期（一九〇六年）に旅順を訪れた徳富蘇峰の場合「一寸の地積も、一片の巖石も、悉く是れ人の血、人の骨にして贏ち得たるものに候（略）予は旅順に来りて、実に人命の毫毛よりも軽き所以を知れり。予は旅順に来りて、初めて近世戦争の惨烈痛酷(テリブル)なる所以を解したり⒅」と述懐している。ゆえに、漱石が頑なに自身の心情や意思などを示さないのは、むしろ戦勝に陶酔する旧友たちには感化されない、或いはそのムードに内心では抵抗しているということを表明しようとしているように思われる。

3　スキ焼きと鶉

旅順で食した佳肴について、漱石は二回に亘って語る。一〇日のスキ焼きの晩餐をめぐる描写には漱石らしい小説家の力量が存分に発揮され、読者に「小説に近い心持ち」(二九)を起こさせる。先に挙げた漱石の見た大和ホテルを思い返すと、その周辺に「スキ焼きを食わす家があるか」(二九)と思うのも無理はない。しかし、漱石はそのミステリアスな佇まいの日本風の料亭に入っていく。元来「昼の疲れを忘れるため、胃の不安を逃れるため、早く湯に入って、レースの蚊帳の中で、穏かに寝たかった」(二九)漱石であったが、いつの間にか「女の膝の上に頭を乗せて寝ていた」。その料亭にゆく道については、こう記している。

ホテルを出た、空はよく晴れて、星が遠くに見える晩であったが、月がないので往来は暗かった。危のう御座いますから御案内を致しましょうと云って、ホテルの小僧が付いて来た。草の生えた四角な空地を横切って、瓦斯《ガス》も電気もない所を、茫漠と二丁程来ると、門の奥から急に強い光が射した。玄関に女が二、三人出ている。我々の来るのを待っていた様な挨拶をした。座敷は畳が敷いて胡坐《あぐら》がかける様になっていた。窓を見ると、壁の厚さが一尺程あったので、始めて普通の日本家屋でないと云う事が解った。（二九）

スキ焼きより「穏かに寝たかった」漱石が訪れた「普通の日本家屋でない」この不思議な料亭は、おそらく畳式の夜間だけに使われる家屋であったのだろう。漱石は、この時の表象を読者に想像の余地を残しながら、午後の旅順港訪問時の描写とは打って変わって、軽快で美しいテクストへと仕上げていた。末筆には「門を出ると又急に暗くなった。森閑として人の気合《けあい》のない往来をホテル迄、影の様に歩いて来て、今迄の派出なスキ焼を眼前に浮かべると、矢張り小説じみた心持がした」と続け、摩訶不可思議な旅順を思う漱石の心象を明亮に見せている。

二九回に続き、三〇回の冒頭では「朝食に鶉を食わすから来い」と佐藤邸からの招待を受け、その料理についてこう述べる。

まず御椀の蓋を取ると、鶉がいる。所謂《いわゆる》鶉の御椀だから不思議もなく食べて仕舞った。皿の上にもいるが、是《これ》は醤か醤油で焼かれた様だ。是も旨く食べた。第三は何でも芋か何かと一所《しょ》に煮られた様に記憶している。然《しか》し遺憾ながら、判然《はっきり》とその味を覚えていない。是等を漸次に平げると、佐藤はまだあると云って、次の皿を取り寄せた。それも無論鶉には相違なかった。けれども只《ただ》西洋流の油揚にしてある許《ばかり》で、稍《やや》ともすると前の附焼と紛れ易かった。しかもこの紛れ易い油揚はまだ大分仕込んで有ったと見えて、まだ喰い切らない先に御代りが出て来た。（三〇）

愉快に鶉を堪能するテクストが見られるが、この料理が原因でその後漱石の胃痛は続く。しかし、スキ焼きと鶉料理の描写は、この作品においても小説らしく情緒に溢れる場面と言える。ただ旅順で鶉料理を食べるとなると、その料理がまるで現地の食べ物のように思われがちだが、フィールドワークでは、鶉料理を知る人も記載する資料も得られなかった。再度作品を読み返すと、こんな描写を見つけた。

鶉に至っては生れてからあんまり食った事がない。昔正岡子規に、手紙を以てわざわざ大宮公園に呼び寄せられたとき、鶉だよと云って喰わせられたのが初めて位なものである。（三〇）

即ち鶉料理は日本特有の食べものであった。事実漱石が旅したその年には、満洲日日新聞に「鶉狩」の広告が出されていた。「旅順老鉄山下に鶉来集の季節となりたるにより来る一八日の土曜日を期し同地に鶉狩を催ほさんと欲す賛成の諸士は至急申込ありたし」(明治四二年九月一四日付)と言うように、旅順から大連に向かうプラットフォームでは田中も鶉を大量に購入していた。またこの料理について漱石は「手を分つ古き都や鶉鳴く」と吟じたが、そこには亡き知己の友正岡子規を忍ぶ思いも伝わってくるのである。

漱石の足跡を追いながら、旅順体験における自然描写と戦跡描写を考察し、そのテクストの違いから記述的表象と情緒的表象を読み解いた。以下その表象に示された諸問題をしかと見ていきたい。

三 漱石の戦勝意識

改めて、旅順体験の描写に見られた情緒的表象と記述的表象を見ていく。先ずはその情緒的表象だが、先に引用してきたいくつのテクストのとおり、大和ホテルと戦跡周辺の自然描写のように、涼やかで明快な文体を編み出しているが、作品後半部では、漱石の見た街と人に関する描写がほとんどである。そこには、数々の差別的表現が頻出するため、批判を浴び続ける原因となった。だが、その批判の物議が醸されたのは同書によるものもあるが、「満韓の文明」[19]に起因するものの方が大きいというべきかもしれない。

（前略）満韓を遊歴して見ると成程日本人は頼母しい国民だと云う気が起こります。従って何処へ行っても肩身が広くて心持ちが宜いです。之に反して支那人や朝鮮人を見ると甚だ気の毒になります。

このような言説を噛み締めれば、中野と原武の観点に共感せざるを得ない。確かに「帝国主義、植民地主義にしみていた」「近代化を邁進する経営者を肯定し、植民地主義を批判することはなかった」。満韓の旅における漱石批判は、おおよそこのように定論しているが、同書のような差別的表象については漱石だけの問題ではない。先に述べた明治、大正時代に描かれた日本人の「支那周遊記」などもほぼ似通っている。竹内実はこの現象について、「（略）漢詩漢文をつうじて憧憬と親近感はもつが、日本の近代化を誇りとする立場からは、中国を時代おくれと断定してはばからない。こうした中国像の構造は、こんにちまで一貫してつづくのである[20]」と論じている。漱石の場合、中国に関しては、かつて次のように言及している。

僕の趣味は頗る東洋的発句的だから倫敦抔にはむかない支那へでも洋行してフカの鰭か何

かをどうも乙だ抔と言ひながら賞翫して見度い[21]

世話ニナツタ隣の悪口ヲ面白イト思ツテ自分方ガヨイト云フ御世辞ヲ有難ガル軽薄ナ根性ナリ[22]

僕ガ教ヘル生徒ニ支那人ノ何トカ云フノガアル僕ハスキナ男ダヨ朝鮮人モ居ル是モスキダ[23]。

これらの言説から勘考すれば、中国に抱く親近感は明瞭であり、中国人も朝鮮人も差別しているわけではない。しかし実際に中国を訪れ、馬車にひかれた老人、もの売る子供、早秋の街の匂いなどの生存風景を目にすると、理想郷の夢に破れたかのように、生理的拒絶感に陥った。実際に当時のこのような現状に心を痛めたのは日本人だけではない。中国文学の巨匠魯迅も、かつてその現状に無力感と絶望感を抱き『阿Q正伝』を描いた。本書に止まらず、ほかにも「私はその声と態度を嫌悪する。悲しみもせず、まるで遊び半分のような態度を憎悪し、叫びながら人を追いかけるのも厭うのだ」[24]と表象されたように、漱石も理想郷の夢が深ければ深いほど、その情緒的表象も辛辣になっていったことは想像に難くない。そして、ついには「支那の河は無神経である。人間に至っては固より無神経で、古来からこの泥水を飲んで、悠然と子を生んで今日まで栄えている」（四〇）とまで断じてしまうのである。しかし、厳しい風土に生き抜く人々の艱難に心を寄せず、その子孫の繁栄までも「無神経」と蔑む漱石は、この時、情緒的表象より自己の内面の苛立ちを端的にむき出しにしているに過ぎない。いわば、同書における情緒的表象は、自然描写、風景描写、人間描写、状況描写などとあるが、そのどれもが漱石の思想的背景を浮き彫りにしているゆえ、複雑な思いがあったとしても、差別的描写は差別意識を反映するものである。但し、その差別的感情は漱石の固有の潜在的思想ではなく、旅の情緒より発生された予期せぬ感情であったように思われる。

次にその記述的表象だが、その表象は主に勝利品陳列所、東鶏冠山、二〇三高地、旅順口などの戦跡参観に集中している。情緒的表象と敢えて相反するかのように、恣意的な言説から抑制的記述に転じ、自己の内面に触れることなく、案内役の叙述を記録するのみであった。それは人の心を描き出す小説家としてあまりにも不自然ではなかろうか。旅順を訪れた思想家の徳富蘇峰でさえ、戦跡を目の当たりにすると思わず戦慄したのである。真実としては漱石が戦争の惨状に無頓着だったのではなく、その心象表象を意図的に回避したに違いない。ではなぜ回避せねばならなかったろうか。それは戦勝に陶酔する旧友たちと「一線を画する」ための表明と先に述べたが、つまり漱石は世話になっている旧友たちを前に能動的に物申すことができず、受動的に暗喩している。この手法は他にも見られる。例えば、旅順滞在中、現地の多くの満鉄要人を訪問したが、いずれの場合も学友時代の思い出しか語らず、かれらの旅順での威風や権力などを描くことはなかった。また、接待を受けた河野と佐藤と是公の批評についても象徴的に見せている。「河野さんは軍人だから」「是公も友態も同程度のものである」（二八、三〇）と言うように、作品の話題に応じて諧謔的な手法に見せかけながら、自己はかれらとは異質な存在であることを仄めかしていたのである。

引き続き、先に述べた満洲日日新聞の伊藤の要請も「ついに講演を断ってしまった」（二六）ことや作品の冒頭の「南満鉄道会社って一体何をするんだいと真面目に聞いたら、満鉄の総裁も少し呆れた顔をして、御前も余っ程馬鹿だなあ」（一）などの表象も意味深長である。見るに忍びない激戦地の鶏冠山と二〇三高地を語る間になぜ旅順とは全く関係のない伊藤の要請話を挟む必要があろうか。さらに厳しい日程の戦跡参観で橋本との懐旧談をこの時に語るのも不自然であろう。それは満洲日日新聞の講演依頼を断ったことを示すための工夫であったとしか考えられない。いわば自身は、当時の支配的権力構造に巻き込まれたくない。そして鶏冠山を見学後、戦争の傷跡に打たれ、ひとしおその「構造」に距離を感じてしまったことを、この時表明したかったのであろう。次に是公に「呆れた顔」をされ、「馬鹿だなあ」と言われた箇所についてだが、漱石は果たして新聞・雑誌・メディア情報に疎い人物だったろうか。日露戦争後、明治政府は満鉄の事業を国内で宣伝を強化し、一般的常識として国民に教え込もうとしていた。それを漱石が知らないはずがない。ここから、自己をなじることで作品に諧謔をもたらし、自身の立場を明確にしようとする漱石の意図が読み取れよう。要するに満洲日日新聞の要請を断ったことも是公との饒舌な会話も、いずれも自分は植民地支配者とは異質な存在であり、「権力構造」を回避していることなどを隠喩的に表明しているように見受けられるのである。

おわりに

以上のように、『満韓ところどころ』の再読とフィールドワークを行ったが、過去から流れてくる時間を再度凝視してみると、漱石の旅順体験における情緒的表象と記述的表象が読み取れてくる。前者は作品全体に行き渡り、漱石の複雑な思いを差別的描写に導いたが、後者は漱石の戦勝意識を暗喩し、旧友である植民地支配者たちとは異質であることが明らかになった。同書研究における更なる視点の発見を今後も試みていきたい。

〔注〕
（1）『漱石全集』第一二巻、岩波書店、二〇一七年九月などに収録され、初出などの書誌情報は同書「後記」に詳しい。
（2）『東京朝日新聞』一九〇九年一〇月二一日〜一二月三〇日。

（3）「夏目漱石「満韓ところどころ」論」『成蹊人文研究』八、成蹊大学大学院文学研究科、二〇〇〇年三月。
（4）『東京朝日新聞』一九〇九年一一月五日〜一〇日。
（5）藤井淑禎編『漱石紀行文集』岩波文庫、二〇一六年七月。
（6）『漱石全集』第八巻、岩波書店、一九六六年、五二八〜五二九頁。
（7）竹内実「漱石の「満韓ところどころ」」『日本人にとっての中国像』春秋社、一九六六年。
（8）夏目漱石「『土』に就いて」『土』春陽堂、一九一二年五月。
（9）中野重治「漱石以来」『アカハタ』、一九五八年三月五日。
（10）原武哲「『満韓ところどころ』新注解」『敍説Ⅱ』一〇、花書院、二〇〇六年一月。
（11）米田利昭「漱石の満韓旅行」『文学』第四〇巻、岩波書店、一九七二年九月。
（12）友田悦生「夏目漱石と中国・朝鮮――「満韓ところどころ」の問題」『作家のアジア体験』、世界思想社、一九九二年七月。
（13）朴裕河「漱石『満韓ところどころ』論――文明と異質性」『国文学研究』第一〇四集、早稲田大学国文学会、一九九一年六月。
（14）「夏目漱石的満洲游記」『読書』第一一期、三聯書店、二〇〇六年。
（15）早川喜代次『徳富蘇峰』伝記叢書85、大空社、一九九一年一一月、二一四頁。
（16）『小説月報』第一七巻第四号、商務印書館、一九二六年四月。
（17）『漱石全集』第二〇巻、岩波書店、一九五七年。

(18)徳富蘇峰『七十八日遊記』民友社、一九〇六年、六三～六四頁。
(19)『東京朝日新聞』一九〇九年一〇月一八日。
(20)「大正期における中国像と袁世凱評価」『袁世凱と近代中国』、ジェローム・チェン著、守川正道訳、岩波書店、一九八〇年。
(21)『漱石全集』第一四巻、「書簡集」、岩波書店、一九六六年。
(22)『漱石全集』第一三巻、「日記及断片」、岩波書店、一九六六年。
(23)『漱石全集』第一四巻、「書簡集」、岩波書店、一九六六年。
(24)「求乞者(物乞い)」『魯迅全集』第二巻、人民文学出版社、一九八一年、一六七頁、筆者訳。

〔付記〕
旅順探訪の調査においては、次の方々に大変お世話になった。深謝の意を申し上げたい。
王　浩洋(熊本大学社会文化科学研究科博士前期課程修了)
劉　菲(熊本大学社会文化科学研究科博士後期課程修了)
康　亮(熊本大学社会文化科学研究科博士前期課程修了)
劉　凡夫(遼寧師範大学教授)
樊　慧穎(大連海事大学教授)
王　薇(大連化学物理研究所教授)

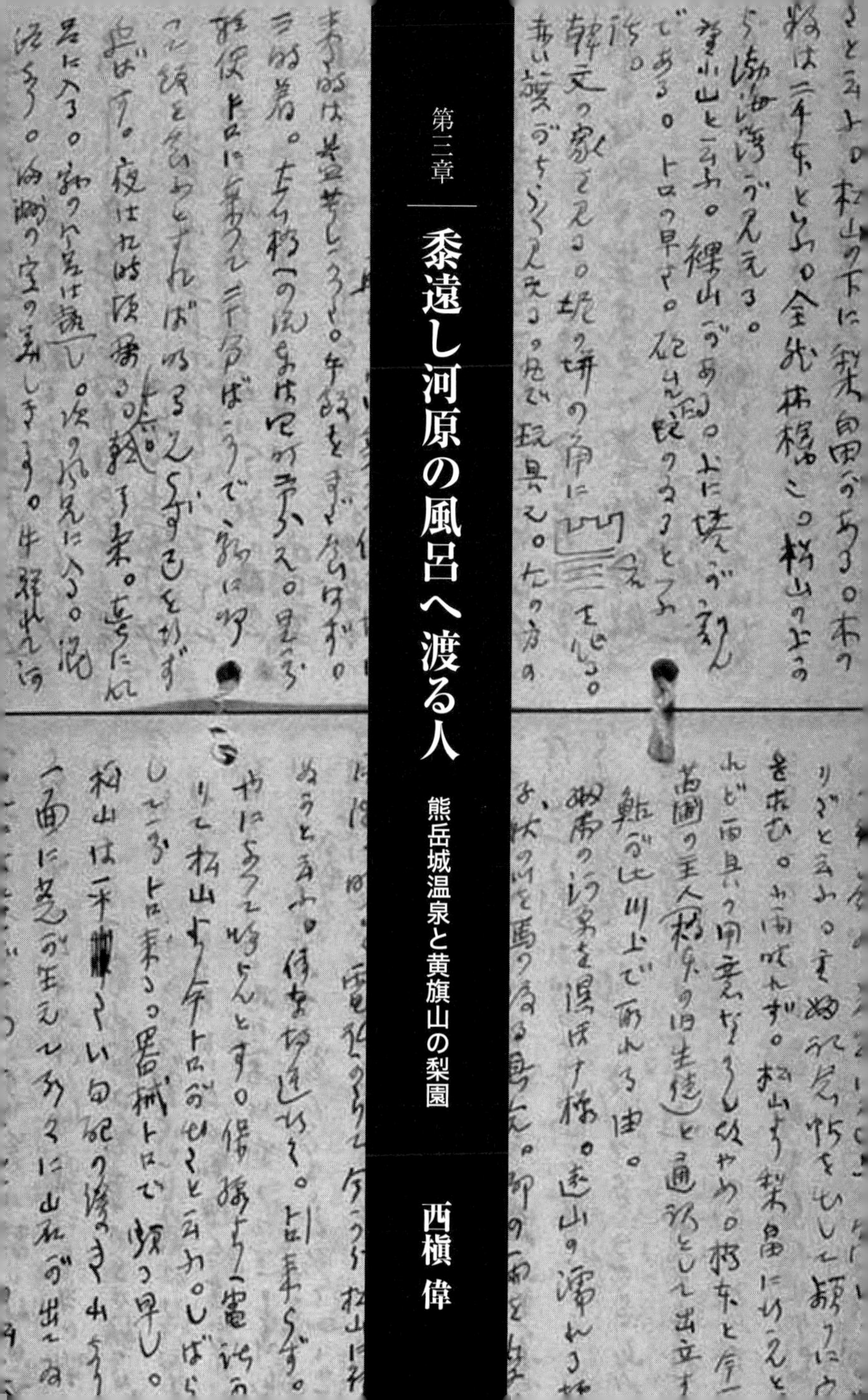

第三章

黍遠し河原の風呂へ渡る人

熊岳城温泉と黄旗山の梨園

西槇 偉

はじめに

鉄嶺丸で大連港に入港する一九〇九年九月六日に始まった夏目漱石の旧満洲での旅、同月一三日まで大連と旅順に逗留し、翌一四日に大連停車場で満鉄の列車に乗り北上する。停車場での送別の場面を、『満韓ところどころ』では次のように記す。第二一節末尾の段落である。

立つ時には、是公はもとより、新たに近付になった満鉄の社員諸氏に至るまで、ことごとく停車場《ステーション》迄送られた。貴様が生《うまれ》てから、まだ乗った事のない汽車に乗せてやると云って、是公は橋本と余を小さい部屋へ案内して呉れた。汽車が動き出してから、橋本が時間表を眺めながら、おいこの部屋は上等切符を買った上に、外《ほか》に二十五弗《ドル》払わなければ這入《はい》れない所だよと云った。成程表にはちゃんとそう書いてある。専有の便所、洗面所、化粧室が附属した立派な室《へや》であった。余は痛い腹を忘れてその中に横になった(1)。

この後の旅程で、もう大連には戻らないため、友人の中村是公が見送りに来たのは頷ける。しかし、知り合った社員たちも多く駅に駆け付け、しかも最高級の車両への乗車という待遇を受けると

【図1】「熊岳城の停車場」（満洲日日新聞社『南満洲写真大観』1911年2月）

なれば、この送別はもはや個人的なものではなくなる。満鉄からの強い期待を漱石は自覚していたにちがいない。満鉄の事業を見て回り、帰国後それを記事にして宣伝・紹介する役割を彼は負っていたのである。痛い腹を抱えての旅は、その取材旅行であった。

ハルビンまで北行するこの旅の、最初の下車駅は熊《ゆう》岳城《がくじょう》停車場（図1）。到着時の感想は第三二節冒頭で述べられる。

> トロと云うものに始めて乗って見た。停車場へ降りた時は、柵の外に五、六軒長屋の様な低い家が見える許《ばかり》なので、何だか汽車から置き去りにされた様な気持であったが、是《これ》からトロで十五分掛るんだと聞いて、やっと納得した。(2)

駅周辺はまだ閑散としており、熊岳城の市街からも、宿泊先の温泉からも離れている小さな駅に、漱石は降りた。この段落直前の盛大な送別の場面とは、鮮やかなコントラストをなす。「列車から置き去りにされた」という心細い気持ちは、この落差から生まれたといえよう。と同時に、この言葉には旅する主体の受け身の姿勢をも示している。すべてお膳立てされた旅に身を任せる漱石の心理状態がうかがえる。

小さな駅熊岳城に降りたのは、同地は満鉄にとって将来有望だったからである。熊岳城は、いわゆる鉄道附属地（租借地）が広く、温泉開発により鉄道利用客の増加が見込まれ、満鉄経営の農園「熊岳城苗圃」（一九〇九年創設）もあった。後に「農事試験場」として知られた。

一　「満洲絶無の珍物」——鮎

大連を一一時に出て、漱石は三時半過ぎに熊岳城に着く。大連と熊岳城間の直線距離は一五〇キロほどである。今は高速鉄道なら四〇分弱、在来線の快速でも所要時間は二時間半に短縮される。ただ、高速鉄道は、在来線とは異なる路線のため、最寄りは熊岳城駅ではなく「鲅魚圏《はつぎょけん》」になる。

お昼前後の四時間半の乗車中、昼食が出されたのだろうか。漱石は、「汽車の中で鮎のフライを食って満洲には珍しい肴だと思った」と記している。車中食へのこの言及は、温泉ホテルから眺められる熊岳河を素描したくだりでなされており、直前に「十里程上《かみ》に遡ぼると鮎が漁れるそうだ」との一文がある。つまり、熊岳河で鮎が獲れる情報を漱石が得ていた。

漱石が熊岳城に到着する数日前、熊岳河で鮎が発見されたとして、『満洲日日新聞』の記事でとりあげられたことは、『漱石紀行文集』（二〇一六年）で編者藤井淑禎氏が注記するとおりである。ここで、その記事を見てみよう。見出しは「熊岳川の鮎　満洲絶無の珍物を発見す」となっている。

山と水との勝区に加ふるに温泉の名を以て、近来メキ〳〵と其声価を高め、今や満洲唯一の娯楽境たらんとする熊岳城は、先頃又もや端なく満洲絶無の一珍物を発見して、益々其声価を加へんとしつゝあり。今其因縁を語らんに、本年夏季の半ばも過ぎて、朝夕高粱の葉末に冷りとした風の戦く頃、一土人が一日雑魚を鬻きに来たるを、某が買取り籃に移す時、その中に淡水の香る其銀色したる鮎の二三尾交り居たるを発見したり。無論大きさは三四寸に過ぎざりしも、余りの珍物に近所の誰彼にも示して、其棲息所在を評議したる結果、衆議熊岳川と決し、早速漁具を整へ探検に及びしに、果して好結果を奏し得たと云ふ。お伽話其儘の鮎狩が抑もの始まりにて、爾来猫も杓子も鮎狩々々と騒ぎ出したり。更に其鮎狩党の談に依れば、温泉ホテルの涯下を溯ること数町、正白旗村の上流両岸漸く相迫つて水勢漸く急なる處、所謂水清く砂明らかなる水域を劈頭第一の漁場として，歩一歩流を迎へて進むに随ひ、愈々益々佳境に入ると。而かも其流域の柳楊陰暗にして、幽邃の趣味掬すべく、鮎の網に上るもの一打常に四五尾を下らず。其大なるものは五六寸、小なるも亦四寸を下らず。若し夫れ獲物を下物《さかな》とし、後浴〔浴後〕四顧の風光を恣ままにしつゝ、温泉ホテルの楼上浅酌低唱せば、身の満洲に在るを忘るべしと。又獲物の多少は別として、兎に角吉野川や多摩川の珍味を、膏濃い肉本位の満洲に求め得らるゝに至れるは、何より悦ぶべきことなり。[3]〔句読点は引用者による〕

この記事はその冒頭に、熊岳城は温泉行楽地として注目されつつあったことを語っている。山あり水ありの温泉地で、近くで発見された鮎が新たな名物に加えられるだろうと報じている。さらに、記事の見出しにもあるように、地元では「絶無」、存在が知られていなかった鮎が、日本人によって発見された喜びも伝わる。

果たして、地元の熊岳城で鮎の生息がそれまでに確認されていなかったのかどうか、その検証をするには手元に充分な資料はないが、鮎は中国では日本ほど知られた魚ではないことは確かであろう。

筆者が、『満韓ところどころ』を通読して、漱石の鮎の記述に実に新鮮な驚きを覚えた。漱石の次の滞在先の営口から、北西方向へ一〇〇キロほどの平野部に生まれた筆者は、鮎について見たことも聞いたこともなかった。食用される主な魚には、淡水魚では鯉や鮒、海水魚では、太刀魚、ぐちが挙げられる。今でも香魚《あゆ》はよく知られた魚とはいえない。

とはいえ、中国には香魚が棲息しないというわけではないようだ。明の朱諫（一四五五〜一五四二）は浙江省の出身で、詩「寄香魚与趙雲渓（香魚を寄せ、趙雲渓に与う）」で、「雁蕩出香魚、清甜味有余（雁蕩に香魚出で、清甜にして味に余り有り）」と詠んでいる。

雁蕩山は浙江省の沿海部の温州と台州の間に位置し、その渓流に産する鮎は名物として知られた。『漢語大詞典』（漢語大詞典出版社、一九九三年）で見出し語「香魚」の用例として引く『甌江《おうこう》逸志』の著者労大與（清・順治年間の挙人）も浙江の人で、同書で「雁山五珍」の一つと評する香魚について、次のように紹介する。

香魚鱗細かにして腥《なまぐさ》からず、春初に生じ、月ごとに長ずること一寸、冬月に至り、長尺余、（中略）輒《すなわ》ち槁《か》れ、ただ雁山の渓澗に之有るのみ、他有る無きなり、一名記月魚という。(4)

この文は一年で生を終える鮎の生態をよくとらえている。雁山にのみ生息するとしたのは、やはり一般的ではないとみなされたからだろう。

一方、日本では鮎は広く分布し、古来親しまれてきた。万葉集で「隼人の瀬戸の巌も鮎走る吉野の滝になほしかずけり」と、吉野川の鮎が歌われている。松浦川の鮎も歌われ、万葉集には鮎の歌

【図2】鉄道橋が遠くにみえる熊岳河（2017年8月23日、筆者撮影）

は多い。鮎は清らかな渓流に生息し、日本では汚染が著しい河川でなければ、今日でも広く見られる。

では、熊岳河はどうだろうか。二〇一七年夏、筆者ははじめて熊岳河の川辺に立った（図2）。温泉ホテルが立地する付近のその川は、川幅が広く、水は浅い。水量も少なく、水草が繁茂して、流れているかどうかわからないほどだ。上流に向かって少し歩けば、堰堤があり、小鮒を釣る人はいたが、鮎を見ることはなかった。

ただ、上流は山間を流れ下る渓流で、下流は海に至る川であるため、上流の流れのはやいところでは「鮎の網に上るもの一打常に四五尾を下らず」という『満洲日日新聞』の報道は、事実だったであろう。

ところで、漱石は「十里程上に遡ぼると鮎が漁れるそうだ」と記したが、『満洲日日新聞』の記事では、「遡ること数町正白旗村……」となっている。おそらく新聞記事を読んだか、または人から聞いたか、距離が漱石の記憶の中で引き延ばされたのだろう。

二　「黍遠し河原の風呂へ渡る人」——熊岳城温泉

さて、手押し軽便鉄道のトロッコに乗って、たどり着いた温泉宿を、漱石は『満韓ところどころ』で次のように描写する。

軌道の左側丈《だけ》が、畠《はた》を切り開いて平らにしてある。眼を蔽う高粱の色を、百坪余り刈り取って、黒い砂地にした迹《あと》へ、左右に長い平屋を建てた。壁の色もまだ新しかった。玄関を這入《はい》って座敷へ通ると、窓の前は二間程しかない。その縁に朝顔の様な草が繁っているが、絡まる竹も杖もないので、蔓と云わず、葉と云わず、花を包んで雑然と簇《むら》がる許である。朝顔の下はすぐ崖で、崖の向うは広い河原になる。水は崖の真下を少し流れる丈であった。(5)

高粱畑を切り開いた一〇〇坪あまりの敷地に新築された長い平屋が温泉宿である。座敷から眺める庭はまだほとんど手入れされていない。満鉄の営業開始は一九〇七年四月だが、この宿屋（熊岳城ホテル）はその前年、同地に駐屯していた日本軍の守備隊長が河畔に湧出する温泉に目をつけ、簡易な施設を設け「同楽温泉」と名付けたのに始まる。その後、民間の経営者が旅館を建て温泉にし

【図3】「熊岳城の温泉ホテル」電柱に使われた木が曲がっており、漱石が宿泊時に日をとめた柳の木の電柱だろうか（満洲日日新聞社『南満洲写真大観』1911年2月）

たという。しかし、一九〇七年八月、洪水により温泉旅館は被害を受け、翌年三月まで閉鎖されたので、一九〇九年九月漱石が泊ったのは、旅館が再建されてまもない時期だった。熊岳城のほか、同じ時期に湯崗子、五龍背にも温泉旅館が作られ、熊岳城滞在後営口を経て、漱石は湯崗子温泉に二泊している。

温泉宿が川辺にあるのは、川に湯が湧くからである。（図3）河原の温泉を漱石は詳しく描写している。第三三節冒頭から引く。

足駄《げた》を踏むとざぐりと這入《はい》る。踵《くびす》を上るとばらばらと散る。渚よりも恐ろしい砂地である。冷たくさえなければ、跣足《はだし》になって歩いた方が心持が好《い》い。俎《まないた》を引摺って居ては一足毎に後しざる様で歯痒《はがゆ》くなる。それを一町程行って板囲《いたがこい》の小屋の中を覗き込むと、温泉《ゆ》があった。大きい四角な桶を縁迄地の中に埋《い》け込んだと同じ様な槽《ふね》である。温泉は一杯溜っていたが、澄み切って底迄見える。何時《いつ》の間に附着したものやら底も縁も青い苔で色取られている。橋本と余は容赦なく湯の穴へ飛び込んだ。そうして遠くから見ると、砂の中へ生埋《いきうめ》にされた人間の様に、頭丈《だけ》地平線の上に出していた。支那人の中には、実際生埋になって湯治をやるものがある。（7）

広い河原に板で囲った小屋を作り、桶を砂の中に埋め込んで湯船にする。もっとも、その湯は熱すぎて、漱石と橋本はすぐ少し離れた共同風呂に移った。風呂から上がり、川上を眺めると、川が緩やかに蛇行して、向こう岸に柳の大木が数本見える。村から、牛追いとともに、牛と馬が五、六頭水を渡り、柳の木のほうに向かっていく。牛も馬も牛追いも遠めからは小さく見え、みな茶褐色を呈して、「凡てが世間で云う南画と称するものに髣髴として面白かった」と漱石は記す。親しんだ南画の風景を見出したということだろう。

「黍遠し河原の風呂へ渡る人」は、漱石の熊岳城温泉での句で、河原での入湯を詠っている。黍は秋の季語。「この河原の幅は、向うに見える高粱の畠まで」と『満韓ところどころ』にみえるから、実景では黍ではなく高粱であろう。ただ、高粱も高黍ともいい、漱石の満洲での句における「黍」は高粱、玉蜀黍も含まれる。

この句は漱石日記には見えず、『満韓ところどころ』に「肥った御神さん」に頼まれ、「帳面の第

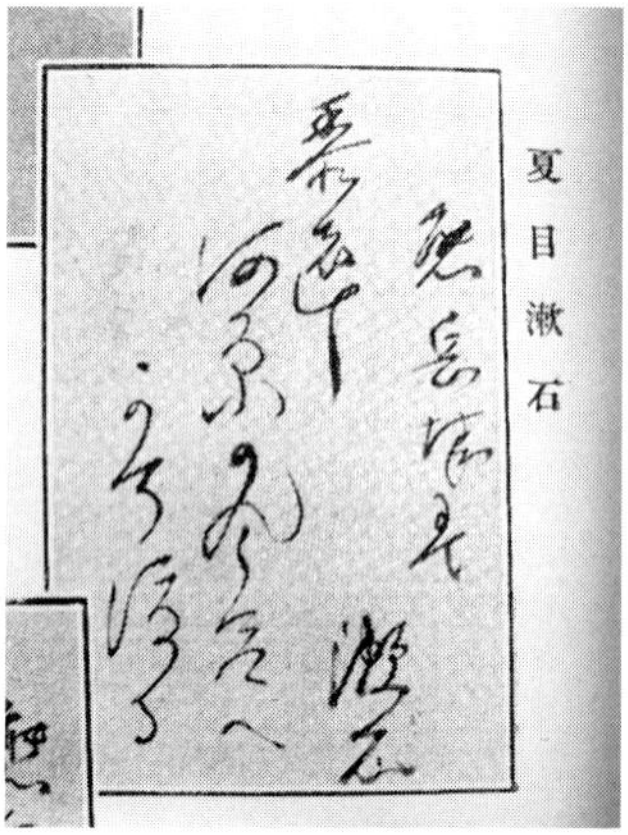

【図4】漱石句の初案（『満洲八景熊岳城温泉』熊岳城温泉ホテル発行、1929年6月）

三頁へ熊岳城にてと前書をして」認めたとある。この帳面の所在は不明だが、のちに同温泉旅館が発行する冊子『満洲八景　熊岳城温泉』(8)に漱石の揮毫による図版（図4）が掲載されている。図版では「黍遠し河原の風呂へかち渡る」とあり、表現が少し異なる。紀行文に発表したのは推敲後のものということだろう。推敲後の句は、河原の湯に向かう人を遠くから眺めているのに対して、初案は湯に入る人の視点をとる。体言止めに直されたのも日をひく。

ただし、「かち渡る」という動詞に、漱石が新鮮味を感じたのかもしれない。なぜなら、この語については、その名詞形ともいえる「かちわたり」が日本語として先に使われたようで、漱石が用いるまで動詞の「かち渡る」は用例が見当たらないようだ。『日本国語大辞典』（小学館）などの辞書は、見出し語に「かち渡る」を収めるが、文例として『満韓ところどころ』から引いている。第三二節で、熊岳河の水が浅く、「足の甲を濡らしさえすれば徒歩渉《かちわた》るのは容易である」のくだりである。

先の鮎と同様、熊岳城に温泉があることも、漱石の紀行文を読むまで、筆者は強く意識することはなかった。少なくとも筆者が遼寧省で生活した一九八〇年代初頭まで、温泉文化は中国で庶民のものとはなっていなかった。しかし、最近の中国での観光旅行ブームで、熊岳城の温泉は大連・瀋陽などからの観光客をひきつけているようだ。

二〇一七年夏、筆者は熊岳城温泉をたずねた折、ホテルは多くの観光客でにぎわっていた。日本のように、温泉宿が立ち並ぶような温泉街はなく、温泉ホテルが点在しているため、事前予約が必要である。

漱石が入浴した河のほうにも足を運んでみた。広い河原には風呂の形跡はなかった。川辺は公園として整備され、散策する人は見られた。後で四〇代のタクシー運転手から、彼が子供のころは河原で温泉に浸かったり、卵を茹でたりすることができたという話を聞いた。今は温泉リゾートの開発で、源泉が汲み上げられ、水位は下がったともいう。そういえば、川辺にも町の規模を備えたビルの連なりが出現し、普請中であった。

熊岳城温泉の泉質は、漱石が入ったころとおそらく変わっていないのではないか。無色透明で匂いもあまりしない。中国で初めて温泉に入る筆者は従業員に入り方を聞いた。内風呂は男女別々で、入り方は日本と同じだが、外の露天風呂、プールは共同のため水着を着用する。雨がぱらつく早朝の露天風呂に浸かっていると、体の芯まで温まる温泉特有の暖かさを感じた。四角な湯船をいくつも並べた露天風呂にはほかに人はなく、さらに先のほうを見ると大きなプールでは華やかな水着の男女が談笑をしていた。

三　黄旗山の梨園

熊岳城滞在の二日目、漱石は同行の橋本左五郎に誘われ、松山の梨園を見に行く。松山は「黄旗山の俗称。熊岳城駅から西南約四キロメートルにあり、麓に広大な梨園がある」[9]。その黄旗山を漱石は『満韓ところどころ』で次のように素描する。

　そのうちに村は尽きて松山に掛かった。と云うと大層だが、実は飛鳥山の大きいのに、桜を抜いて松を植替えた様なものだから、心持の好《い》い平庭を歩るくと同じである。松も三、四十年の若い木ばかり芝の上に並んでいる。[10]

この文章からも、勾配の緩やかな山だとわかる。漱石は山頂の関帝廟までのぼり、廟守りの老翁の布を織る様子を書き留めている。この山は現在観光地として整備・宣伝されていないためか、筆者が滞在したホテルで尋ねても知る人はいなかった。しかし、実にわかりやすいところにある。それは熊岳河の川辺から南のほう、山頂に小さな亭のみえる、小高く小さな山なのである。

正黄旗までタクシーで行き、村道を歩いて、私は同行者の申福貞さんと山に近づいて行った。道行く地元の女性に行く手に見える小さな山の名前を聞くと、よどみなく「黄旗山《ファンチーシャン》」と教えてくれた。山には松の木はなく、南斜面には墓石があちこちにあり、墓地となっている。北斜面はブドウ棚が並び、梨園の影はない。山頂には亭が見えるのみだが、今でも旧暦の一日と一五日には人が集まるのだと村人は語る（図５）。

【図5】山頂に亭が見える黄旗山（2017年8月23日、申福貞撮影）

漱石は山頂から北斜面を降りていき、梨園の中で橋本らと合流した。一緒に梨を一つ二つ食べていると、胃の痛みが止んだ。旅行前に急性胃カタルを起こし（八月二〇日）、旅行中も胃の調子はすぐれなかった。梨畑を歩き回れば、梨園の様子が目に入り、それと主人の姿が次のように素描される。

此処の梨は丸で林檎の様に赤い色をしている。大きさは日本の梨の半分もない。然《しか》し小さい丈あって、鈴なりに枝を撓《しな》わして、累々《るいるい》とぶら下っている所が如何《いか》にも見事に見える。主人がその中で一番旨い奴――を何と云ったか名は思い出せないが、下男に云い付けて、笊《ざる》に一杯取り出さして、みんなに御馳走した。主人は脊《せ》の高い大きな男で、支那人らしく落付払って立っている。案内の話では二千万とか二億万とかの財産家だそうだが、それは嘘だろう。脂《やに》の強い亜米利加《アメリカ》煙草を吹かしていた。[11]

堂々たる偉丈夫の主人は、来客に一番美味しい梨をふるまう。ここに描かれた中国人のイメージは、好ましいものといえる。漱石は『満韓ところどころ』でしばしば中国人労働者をクーリーの群れとしてとらえ、彼らには個性は見られない。この作品で、旅で接した中国人の中で、個性を備えた人間として遇されているのは、この梨園の主人をおいてない。漱石は日記にはその名を「韓文」としてメモをしている。しかし、作品には用いられなかった。文中において、登場する日本人はことごとく名前が記されるのとは対照的である。

作品では先の引用に続いて、次のエピソードが第三五節の末尾に置かれている。

梨にも喰い飽きた頃、橋本が通訳の大重君に、色々御世話になって難有《ありがた》いから、御礼のため梨を三十銭程買って帰りたいと云う様な事を話して呉れと頼んでいる。それを大重君が頗《すこぶ》る厳粛な顔で支那語に訳していると、主人は中途で笑い出した。三十銭位なら上げるから持って御帰りなさいと云うんだそうである。橋本はじゃ貰って行こうとも云わず、又三十銭を三十円に改めようともしなかった。宿へ帰ったら、下女がある御客さんと一所に梨畠へ行って、梨を七円程御土産に買って帰った話をして聞かせた。その時橋本は、うんそうか、己《おれ》は又三十銭がた買って来ようと思ったら、三十銭位なら進上すると云ったよと澄ましていた。[12]

梨園を見ようとした橋本が、お騒がせをしたお礼に三〇銭の梨を買おうとしたら、そのぐらいなら差し上げると笑いながら主人が言ったこの挿話は、漱石の日記には見えないが、橋本をからかうための作り話とは思えない。梨園の主人のおおらかさが際立たせられる話である。宿に帰っても、みなの話題になったとみえる。

さて、梨園主人はいかなる人物か。『漱石全集』第二〇巻注解で、韓文について「「韓文」は「咸文」の誤記と思われる。咸文は熊岳城の土豪で、黄旗山一帯を所有していた」とある。確かに、『南満洲鉄道旅行案内』を見ても、熊岳城の名勝紹介の筆頭には、

咸家の梨園は駅の西南鉄道線路に沿ふ処に在る。其の祖を奉天将軍とすると云ふ豪農の所有する梨園は、春万朶

【図6】「黄旗堡の梨子園」（満洲日日新聞社『南満洲写真大観』1911年2月）

の粉黛を施し、秋紅果累々鼓腹の楽しみを得せしむる処である[13](傍点は原文)。

と、咸氏の梨園が紹介されている(図6)。ただ、咸氏はもと韓を名乗っていたようである。上記旅行案内に奉天将軍とあるのは、清朝に仕えたモンゴル族の将軍韓恩合(一八二四〜八八)で、彼が一八七五年に帰郷して、村の東方の荒れた山に松を植えては、宝泉山と名付けた。「三、四十年の若い木ばかり」と見た漱石の目は確かであった。山は松山とも呼ばれ、山頂に関帝廟が建立され、この将軍によって人文的な景観が整えられた。『恩合与韓氏家族』(閻海・李玉顒・関恒軍著、遼寧民族出版社、二〇一五年)によれば、将軍が広寧から梨の苗をとりよせ、広大な梨園を開いた。その長男は咸奎、早世した次男は咸増、三男咸文、子孫はその後咸姓を名乗ったため、咸氏梨園といわれたという。

したがって、漱石は橋本に誘われて行ってみた梨園は、当時熊岳城近辺では有名な果樹園であり、松山も景勝地として知られていたのである(図6)。韓将軍の名は、今でも地元では親しまれていることは、私たちが地元の方に聞き取りをしてよく分かった。韓姓の家に声をかけ尋ねると、その家の婦人は、韓姓はもとモンゴル族で、裏山は確かに梨園であった。ブドウ園となった今でも、その一帯を「大梨園《ダーリーユアン》」と呼ぶそうだ。辞去しようとすると、たわわに実る庭の果樹の枝をしなわせ、いくつか採って無理に持たせてくれた。小さなリンゴの形で酸味と甘味がほどよく濃い味で

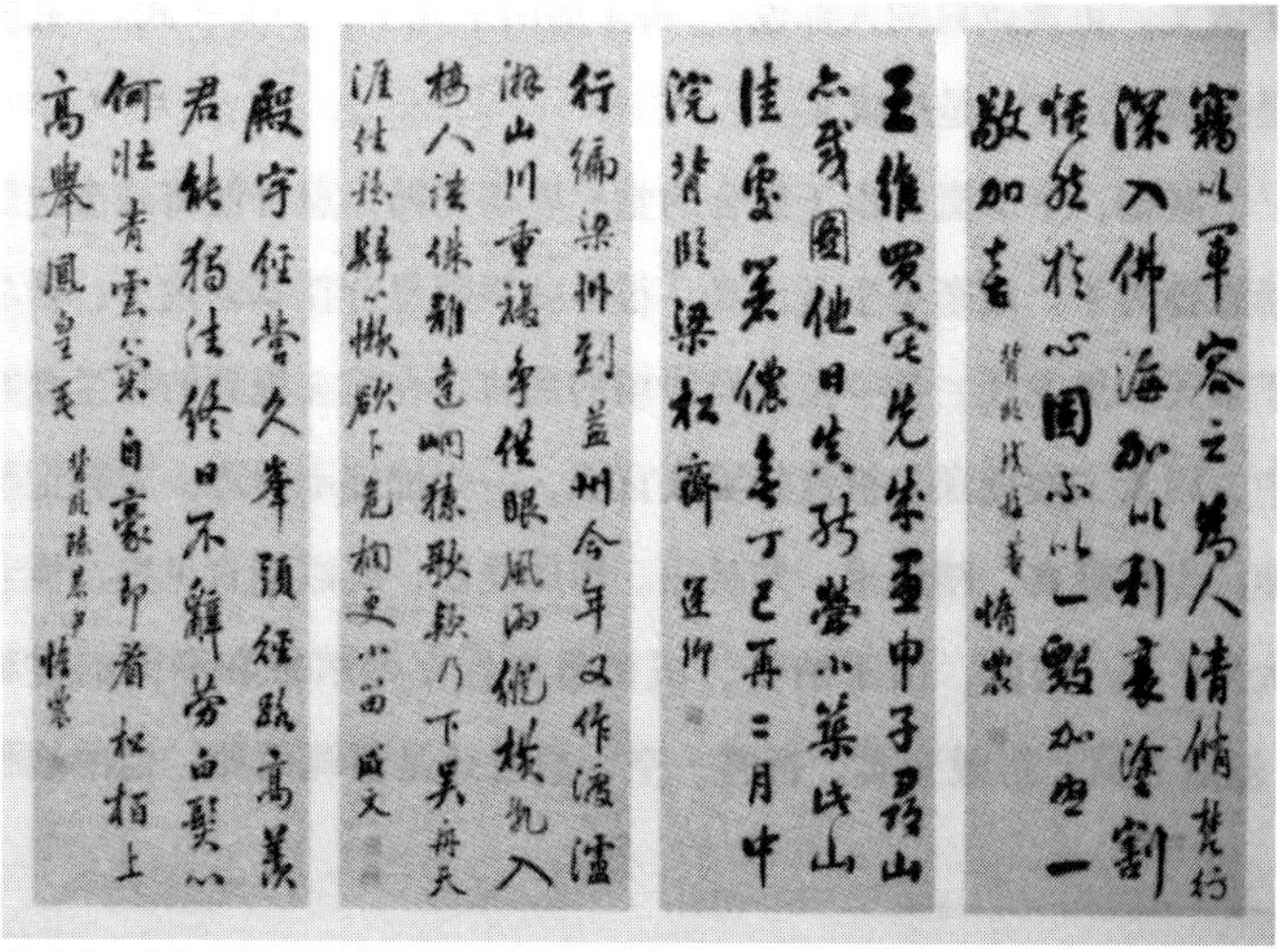

【図7】咸文の書（『恩合与韓氏家族』遼寧民族出版社、2015年7月）

あった。将軍の家は自分のところではないが、村長さんが浴場を営む家なので、話を聞くとよいとも勧めてくれた。

県道沿いの浴場には村長さんは不在でも、そこで働く元村長の段福吉氏（二〇一七年時点、七三歳）にお話を伺った。段氏によれば、韓家の旧宅は山の麓にあった。大きな家で役場として使った時期もある。将軍の末裔について、段氏はすらすらと名前を並べ、今は村を離れても地元における韓一族の存在感を強く印象付けた。

韓咸文が来客などに梨を振舞い、日本人一行を歓待したようにもみえるが、その心中はどうだったのだろうか。咸文の人となりについて、前掲『恩合与韓氏家族』ではかなり詳しく紹介している。一八六七年に生まれた咸文は、漱石と同年で、当時四二歳。父親が武人であったが、詩文をよくし、文人の教養を持ち合わせていた。その長男は武人となり、三男咸文は家業に携わりながら文人として遼寧南部ではわりと知られた人物となった。彼は書に優れ（図7）、その二人の息子も絵をよくした。

地域の名士で文人でもあった咸文は、事前に異国の文学者夏目漱石について、どれだけ知っていたかはわからない。漱石の来訪を事前に知らされていたかどうかもわからない。もともと梨園に行こうとしたのは漱石ではなく、橋本左五郎のほうである。とはいえ、当日の会話の中で、通訳が漱石を主人に紹介したであろう。咸文については、「二千万とか二億万とかの財産家だそうだ」と漱石は案内者から話を聞いた。咸文の文人的な一面を、案内者が漱石に伝えなかったのだろうか。二人の間で文学をめぐる知的な交流が記録に残されなかったのは惜しまれる。しかし、それは後世の人間の過剰な期待にすぎないともいえる。漱石は同時代の中国人にほとんど興味を持たず、咸文の家の中に入ってもそこに文化を見出すことはできなかったのはそのためにちがいない。

とはいえ、熊岳城の梨園とその主人に関する漱石の記述は、熊岳城の地方史研究にとっては貴重な文献資料として、『恩合与韓氏家族』にも相当部分翻訳引用されている。同書によれば漱石が訪れた山頂の小さな廟は関帝廟である。それは現存せず、現在山頂に立つ関帝閣（地元では「老爺閣」と呼ばれる）は一九二二年に落成したもので、発起人であり出資者は咸文である。老爺閣の北東方向に三つの巨石があり、咸文の揮毫による「宝泉山」の三字が刻まれている。巨石の北には、関帝閣創建の経緯を記した石碑もあり、その碑文も咸文の筆による。

四　花袋・鉄幹・晶子・碧梧桐の熊岳城

先に引用した『満洲日日新聞』の記事の末尾には、鮎を肴に「温泉ホテルの楼上浅酌低唱せば……何より悦ぶべきことなり」と展望された。それは後に実現したのだろうか。漱石の句の図版を載せる冊子『満洲八景　熊岳城温泉』（一九二九年）は、同温泉ホテル案内文の最後に「殊に晩春の際には、この清流に産する溌溂たる香魚が朝夕食膳に供せられるのであるがこれは常に斉しく浴客の賞讃を受けつゝある處である」と締めくくられている。漱石の滞在から二〇年後、鮎は主に日本人客が泊る温泉ホテルの名物料理となったようだ。

『満洲日日新聞』の記事掲載後、同年末一二月版『南満洲鉄道案内』（南満洲鉄道株式会社）には見えないが、大正元年版の同案内には「渤海湾岸は有名なる黄花魚の漁場にして熊岳河には香魚生産し」という香魚に関する記述がある。

この時期、日本人移住者や旅行者が増え、満洲や朝鮮半島に産する鮎が注目されたようだ。『動物学雑誌』第二八六号（東京動物学会、一九一二年八月）に「雑録」として「満洲及朝鮮の鮎」が載せられ、著者は動物学者の飯塚啓《あきら》（一八六八〜一九三八）である。彼は遼東湾西岸の山海関から運ばれた鮎を瀋陽で賞味したこと、熊岳河、鳳凰城、九連城、朝鮮の密陽附近産の鮎をそれぞれ標本として入手したことを報告している。

中国には鮎が棲息するのだろうか。日本では昔から親しまれた魚だけに、日本人の好奇心をそそる問いである。前述のとおり、南部の雁蕩山では香魚が名物とされたこともあるように、中国には鮎は棲息する。ちなみに、漢字の「鮎」は、日本語では「あゆ」だが、中国語では「なまず」のことである。中国語で「あゆ」のことを『香魚』という。この語は明、清より前の文献には見いだせず、それ以前は別の名称だった可能性がある。

次に、漱石のほかに熊岳城温泉に滞在した日本近代の作家に、田山花袋、与謝野寛・晶子夫妻、河東碧梧桐などがいる。ここでは彼らの熊岳城体験を一瞥しておきたい。

田山花袋は一九〇四年四月から九月まで日露戦争に従軍し、七月六日に行軍中熊岳河の河原で温泉を見つけ、文字通り温泉で戦塵を洗い落とした。彼はその折の経験を、『第二軍従征日記』（一九〇五年）に記している。

達子営《たつしえい》から正白旗《せいはつき》に至るの路を東北に伝うと、正午の日影は赫々として照り輝き、東方の山脈には夏の晴れたる日ならでは見ることを得ぬ美しい深紫《しんし》の色がかゞやき渡って、上に羊毛のような純白の雲。丸で新派の洋画そのまゝである。
天然の示せるこの美しい色彩を賞しながら、漸く熊岳河の流るゝ赤く熬《や》けた砂原へと下りて行ったが、ふと其河原に二三の小屋の建てられてあるのを見付けて、何気なく行って見ると、何《ど》うです、それが温泉。
玲瓏玉のごとき温泉
は溢るゝばかり其中に湧出しているのである。この炎天に、この温泉！　自分等は何《ど》んなに喜んで、急いで服を脱してその槽に浴したであろうか。殊に自分等は上陸以来風呂らしき風呂にも入ったことの無い身、一時間、二時間、三時間ほど其中に出たり入ったりして、猶去ることを敢てしなかったのも、決して無理ではあるまいと思う(15)。

真夏の正午の太陽のもとでの行軍中に、温泉を見付けた喜びは紙面に躍如としている。「玲瓏玉のごとき温泉」は目次にも見える見出しで、しかも次の段落の文に続いている。文字フォントも大きく、非常に印象的である。なお、目次では、「玲瓏玉のごとき温泉（熊岳城、正白旗）」となっており、この書物から「熊岳城温泉」を知った日本の読者も多かったであろう。二、三か月も風呂に入っていなかった花袋は、三時間も温泉を堪能した。しかし、それでもなお満足できず、夜にも河原へ行き、「雑踏、雑踏」を「無理に、割込むようにして、一浴して帰って来た(16)」。

花袋には後年ふたたび熊岳城温泉を訪れる機会があった。日露戦争中の慌ただしい入湯ではなく、一九二三年春旅行者として温泉を楽しむことができたようだ。『満鮮の行楽』（大阪屋号書店、一九二四年）によれば、夜明け前に熊岳城駅に着いた花袋一行三人は、アカシアの花のよい香りを嗅ぎ、互いに「好い心持ですね」と共感し合いながら、驢馬にひかれたトロッコに乗り、温泉ホテルへ向かった。ホテルで一〇畳間に案内され、朝風呂は「内地のあらゆる温泉に比して、その浴槽のすぐれている」湯に入った。朝食後に一睡をしてから河原の蒸し湯へも行った。それから昼食にビールを飲み、また一風呂入り、午後二時近くに宿を後にした。『満鮮の行楽』でも目次に「熊岳城温泉の一日」と出ており、花袋の著作によって、同温泉はある程度日本で知られたのではないかと推測される。

やや後になって、与謝野鉄幹・晶子夫妻が満蒙旅行の途次、熊岳城温泉に滞在したことも触れておきたい。与謝野夫妻も満鉄の招待を受けて旅し、旅行後『満蒙遊記』を刊行している。昭和三年五月から六月にかけ、四〇日間の旅の間、二人は熊岳城温泉に一泊している。

与謝野夫妻は午後に熊岳城駅に着き、同地の公学堂の主事の案内で、自動車で満鉄経営の農事試験場に立ち寄り、それから熊岳城内の市街を見物した。城内ではキリスト教青年会の排日宣伝が行われ、一行は大通りを足早に通り過ぎた。それでも、自動車の運転手がどこかから入手してきた粽を夫妻は面白がり、鉄幹は次の歌を作った。

初夏の熊岳河の蘆の葉を支那の粽は三角に巻く(17)

粽は五月の端午の節句のお祝い料理で、中国の北方では蘆の葉を用いて、もち米やもち粟を巻いて炊き上げる。異国の旅で、季節の風物をとらえた歌といえよう。

夫妻は再度農事試験場に戻り、夜は熊岳城温泉に投宿した。歌人夫妻はそれぞれ温泉を詠った。

遠く来て熊岳河の砂の湯に打任せたる我が心かな(18)（鉄幹）
河原ともやなぎ原とも知らぬなりところどころに温泉《いでゆ》靄上ぐ（晶子）
魚の荷も古靴の荷も砂湯なる主も対す青龍の山（同）
砂掘れば人の思ひも及ばざる川の心の熱き湯の湧く(19)（同）

鉄幹は砂湯に入ったのだろうか。心身ともにリラックスしたような気分となったのだろう。晶子の方は、河原の砂湯周辺の景色を細やかに歌いこんでいる。柳の木があちこちに見える河原に湯の煙が上がり、魚や古靴の荷をそばに置いて行商人たちも入浴を楽しんでいる情景は微笑ましい。砂を掘れば湧き出るお湯は、すべての人に対して熱く、人の心の及ばないところだなど、晶子の歌は柔らかな情感が感じられる。
漱石と同じホテルに夫妻が泊ったにちがいない。なぜなら、夫妻の共著『満蒙遊記』には、熊岳城温泉ホテルの女将が夫妻と一緒に写った写真が掲載されている。さらに、前掲の『満洲八景　熊岳城温泉』には鉄幹の揮毫した歌の図版も収められている。この歌は『満蒙遊記』に未収録で、刊行中の『鉄幹晶子全集』（勉誠出版）にも見えない。

山を見て熊岳河の砂の湯にま裸のまま吾もあらまし[20]（寛）

この歌では、私もそうでありたいというのだから、まだ裸で砂湯に入っていないのだろう。『満蒙遊記』所収の晶子執筆の紀行文には、入湯については記されていない[21]。『満洲八景　熊岳城温泉』には、俳人河東碧梧桐の句も載せられている。「温泉即事」の題がある。

おしまひの女も立つて往つた砂湯の西日[22]（碧）

大正一三年（一九二四）の満鮮旅行で、碧梧桐は熊岳城温泉に立ち寄ったのだろう。この旅で詠まれた句は、「満洲雑詠」として四三句発表されている。その中にも

砂湯の砂あびてゐる母にもたれてゐる子
苗圃から萩の咲きそめた埒に沿うて行く(23)

の二句はおそらく熊岳城で詠まれたものと思われる。砂湯で母親が砂を体に浴びている横でその子どもがもたれかかる情景を描きとめた一句は、裸の母子図のように絵画的で、情感豊かである。開放的な河原で湯につかり、子供も安心して母親にもたれているのだろう。「苗圃」は、いわゆる農事試験場であろう。与謝野夫妻も立ち寄って見学をしたところである。「埒」は苗圃の柵であろうか。広大な敷地があるため、歩きながら咲き始めた萩を見たことが書き留められている。

ところで、『満洲八景　熊岳城温泉』掲載の句は『河東碧梧桐全集』には未収録である。女性の入湯客を西日の中で描いた句として、夕日の色彩が感じられる。しかし、「立つて往つた」は、片づけなど一連の動作を含み、去った後の喪失感をも想像させ、なんとなく名残惜しさが現われている。母子を詠じた句のほうが焦点がより絞れているといえる。

花袋、鉄幹、晶子、碧梧桐は漱石と違って、咸氏梨園へ足を運んでいないようだ。しかし、花袋の『満鮮の行楽』ではぜひ見に行くべきところとして、咸氏梨園に言及をしている。咸氏梨園は熊岳城の観光スポットになっていたのである。

『南満洲鉄道案内』は満鉄利用客のガイドブックでもあり、漱石が旅をした一九〇九年末に初めて刊行され、以後数回改訂がなされている。同書の初版は、駅ごとに「市街」や「特産物」、「風景名勝」などの紹介がなされる。熊岳城駅については、「市街」の記述はわずか四行にもかかわらず、「熊岳城温泉」については、写真一枚を含めて二頁近く紙幅を割いている。「黄旗山」についても、写真二枚を収め、「青龍山」「望小山」と並べて取り上げている。大正元年版の同書では香魚を名物として特筆していることは前述したとおりである。

したがって、漱石の熊岳城滞在は満鉄が準備していた同地の観光旅行のパッケージ・ツアーにほかならない。実際、満鉄は「満韓巡遊券」を発売するのは明治四二（一九〇九）年九月二五日であった。[24]とはいえ、『満韓ところどころ』は未完結の形でありながら、昭和戦前期に多くの読者を得たのは、それが満鉄の事業を取材した報告書ではなく、漱石の文学として読めたからであろう。[25]その特色は、報告書によくある概念的な説明でなく、満洲の地を、満鉄の事業を漱石の目を通して、感性的に把握できたところにあるのであろう。

〔注〕

（1）藤井淑禎編『漱石紀行文集』岩波文庫、二〇一六年七月、九二～九三頁。

（2）前掲書、九三頁。

（3）『満洲日日新聞』第六七八号、明治四二年九月一〇日、五頁。
（4）労大與『甌江逸志』巻二。
（6）『漱石全集』第二〇巻、岩波書店、一九九六年七月、五九四頁。
（7）前掲書、九五～九六頁。
（8）『満洲八景　熊岳城温泉』熊岳城温泉ホテル発行、一九二九年六月。
（9）前掲『漱石全集』第二〇巻、五九五頁。
（10）前掲『漱石紀行文集』一〇一頁。
（11）前掲書、一〇二～一〇三頁。
（12）前掲書、一〇三頁。
（13）『南満洲鉄道旅行案内』南満洲鉄道株式会社編、一九二四年九月、七九頁。
（14）前掲『満洲八景　熊岳城温泉』四頁。
（15）田山花袋『第二軍従征日記』博文館、一九〇五年一月、二五六～二五七頁。引用に際し、現代仮名づかいに改めたところがある。
（16）前掲書、二五八頁。
（17）与謝野寛・晶子合著『満蒙遊記』大坂屋号書店、一九三〇年五月、二三二頁。
（18）前掲書、二三三頁。
（19）前掲書、二八四～二八五頁。
（20）前掲『満洲八景　熊岳城温泉』、巻頭図版、四頁。

（21）　同じく満鉄の招待を受けて旅をし、帰国後に旅行記をものした与謝野夫妻の『満蒙遊記』を『満韓ところどころ』と読み比べると、与謝野夫妻も外側から中国を眺めており、中国の下層労働者の生存状況を理解できたとはいえない。しかしながら、他者へのまなざしが幾分か深まったように思われる。与謝野夫妻も行く先々で主に日本人と交流するが、現地の人々とも一歩踏み込んだ交流を持った。晶子は「日本語で歌や詩を作る」張則民の名を、「日本人を母として長崎で生まれた」として紹介するのみだが、チチハルで出会った黒竜江省の軍閥呉俊陞の第二夫人李氏や、中将劉徳権の夫人馬氏との交流を詳しく記している。李夫人とともに、嫩江《のんこう》のほとりにある劉中将の別荘に遊んだ一夜の光景は晶子の筆によってみずみずしく書き残されている。嫩江に船を浮かべて遊んだ情景は美しく、その美景をみながら心から楽しんだことは得難い体験であろう。その後、瀋陽に赴いた与謝野夫妻は張作霖爆死の報に接し、側近の呉俊陞も亡くなったことを知る。帰国後旅行記を執筆する晶子の胸に、女性の地位向上に積極的な呉夫人李氏への同情があったことは間違いない。とはいえ、難しい日中関係が背景にあり、彼らの相互理解はその制約を受けたものと思われる。

　また、瀋陽駅の駅長室で休憩中、軍人たちの殺気立った様子を目の当たりにして、晶子は「私は、日本人としての立場から、また世界人としての私の立場からも考へて見て、顰蹙し、戦慄する事実の目前に迫つてゐるのに無関心でゐられなかつた。さうして日本を世界から孤立させる結果になりはしないかと想像して、心を暗くしてゐた」と記している（『満蒙遊記』一〇二～一〇三頁）。世界人と自認する晶子は、下層民の食べ物を試食したり、中国語をうまく話す日本人が少ないことに対して、中国人や中国語を軽視する風潮を改めなければ「日支親善も日貨の普及も心細く思はれる」との感想を抱いたりした

（同書、二〇一頁）。

（22）前掲書、巻頭図版、三頁。

（23）河東碧梧桐『河東碧梧桐全集』短詩人連盟、二〇〇一年八月、二三四頁。

（24）『南満洲鉄道株式会社社報』（明治四二年九月二三日）によれば、同券は九月二五日より発売され、発行日を含めて六〇日間有効で、価格は二等で四八・八円。

（25）『満韓ところどころ』は単行本として、春陽堂から一九一五年八月に刊行され、一九二四年三月には七五版が出ており、かなり読まれたようである。松岡譲編『漱石文芸読本』（新潮社、一九三八年）は漱石の小品文を計一八編、そのうち「旅順の戦跡」「二百三高地」などと題して、『満韓ところどころ』から八編を収録する。松岡は同書の解説で「私達は当時のかうした満洲の風物誌を読み乍ら、満洲事変以降の今日を考へると、一層感慨の深いものがあるわけである」と評している。

コラム 2

漱石詩にみる水平線の系譜

日中の「海」観をめぐって

屋敷 信晴

夏目漱石が幼少の頃より漢籍に親しんでいたことはよく知られている。例えば初期の紀行文『木屑録』の序に次のようにある。

余《われ》児たりし時、唐宋の数千言を誦し、作りて文章を為すを喜ぶ。或いは意を極めて彫琢し、旬を経て始めて成る。或いは咄嗟に口を衝《つ》きて発し、自ら澹然として樸気有るを覚ゆ。窃《ひそ》かに謂《おも》へらく 古の作者 豈に臻《いた》り難からんや。遂に文を以て身を立つるに意有り。（原文は漢文。以下原文が漢文の場合、書き下し文は論者）

この文によれば、漱石はもともと漢詩文によって身を立てようとしていたという。しかし続く後段では、その後漢詩文を綴り続ける内に自分の拙劣さを悟り見聞を広めようと思っている内に、時勢が一変したために英文学に転向してしまったのだという。

さてこの『木屑録』とは、第一高等中学校の学生であった漱石が、明治二二年の夏に友人と房総半島へ旅行した際のことを記した紀行文である。全文漢文体で記されており、漢詩も含まれている。その最初に登場する漢詩が次の詩である。

風穏波平七月天　風 穏やかに 波 平らかなり 七月の天
韶光入夏自悠悠　韶光 夏に入りて 自ら悠悠たり
出雲帆影白千点　雲を出づるの帆影 白千点
総在水天髣髴辺　総べて水天 髣髴の辺に在り

この詩は房総の前に兄と訪れた静岡県の興津の夏の海景を詠じたものであるが、今ここで注目したいのは第四句の表現である。この「海と空の青さが相俟って水平線がぼんやり見える」という表現は、江戸の漢詩人頼山陽の「天草洋に泊す」第二句を彷彿とさせる。

雲耶山耶呉耶越　雲か山か呉か越か
水天髣髴青一髪　水天 髣髴《はうふつ》たり 青一髪

山陽のこの詩は天草の海の雄大さを見事に描き出したものとして古来名高く、漱石が知らなかったとは考えがたい。恐らくはこの山陽の詩を典拠として、天草と興津の雄大な海景を重ねて表現したと考えて良いだろう。

ところでこのような水面と空の色が混然とした水平線の表現は山陽に端を発するものではなく、類似した発想が中国の漢詩にもしばしば見られる。例えば次のようなものがある。

○岑参「陪群公竜岡寺泛舟」（『全唐詩』巻一九八）

漢水天一色　寺楼波底看

漢水　天　一色　寺楼　波底に看る

○盧仝「蜻蜓歌」（『全唐詩』巻三八九）

黄河中流日影斜　水天一色無津涯

黄河　中流　日影　斜めに　水天　一色　津涯無し

○白居易「宿湖中」（『全唐詩』巻四四七）

水天向晩碧沈沈　樹影霞光重畳深

水天　晩に向かひて　碧　沈沈　樹影　霞光　重畳として深し

発想だけでなく、水面と空を「水天」と表現するなど、詩語の上でも頼山陽のものと共通点がある。ただしこれら中国の先行例は、おおむね川景を詠んでいる点が異なる。そもそも長安や洛陽など、歴代王朝の大都市が内陸部にあるという土地柄、中国の知識人達には海よりも川の方が親しかった。それどころか、海をあまり好意的にとらえてはいなかったとも言われる。例えば後漢末の辞書『釈名』「釈水」には「海は、晦なり。穢濁《わいだく》を承《う》くるを主《つかさど》る。其の色黒くして晦《くら》きなり」とあり、海とは大地から汚れが流れ込む、黒々とした得体の知れない世界であるというイメージ、言わばマイナスの海観を持っていた。我々海に囲まれた日本人が海に対して、恐るべきものであると同時に新たな文化をもたらす外界の窓口でもあるという、プラスのイメージも持っているであろうこととは異なる。

さてここでもう一つ紹介したいのが、北宋の詩人蘇軾（字は東坡）の「澄邁駅の通潮閣二首」其二である。

余生欲老海南村　　余生　老いんと欲す　海南の村
帝遣巫陽招我魂　　帝　巫陽を遣りて　我が魂を招く
杳杳天低鶻没処　　杳杳として　天　低《た》る　鶻　没するの処
青山一髪是中原　　青山　一髪　是中原

天草、五和町の海（2018年8月19日、筆者撮影）、遠く水平線近くに船の白帆が肉眼で見える。この海域ではイルカウォッチングが楽しめる。

この詩は、南の果て海南島に左遷されていた蘇軾が都に召還された際の心境を詠んだものである。一見して分かるとおり、第四句の表現は「天草洋に泊す」詩に類似しており、この詩が山陽詩の典拠になっているとの指摘もある。この句は海南島の北岸から中国本土を眺め、遠く水平線に重なる一筋の髪の毛程度にしか見えない遥かな地こそが我が在るべき地なのだというものであるが、この詩に詠まれる海は自分と中原を隔てる好ましくない存在という、マイナスの海観によっている。

この蘇軾の詩が「天草洋に泊す」詩の典拠であるならば、マイナスの海観に基づいて生み出された蘇軾の水平線に関する表現が、プラスの海観を持つ日本人の手で、恐らくは川景の表現を参考に改変されて雄大な海景を詠む表現として定着、そしてそれが漱石の詩にまで繋がっているということになる。或いは想像を逞しくすれば、冒頭で述べた如く漱石自身が漢籍に精通していたからには、江戸漢詩を経由せず直接唐宋詩の水平線に関する表現を受容した上でアレンジした可能性もあるかもしれない。

いずれにせよ『木屑録』の詩は、若き日の漱石が熱心に中国や日本の漢詩を学び、それを自らの詩作に生かそうと努力していた証拠であることは疑いない。漱石詩の若々しく雄大な水平線に関する表現の「水面下」には、日中の海に対するイメージの差と、その差を乗り越えて文化を取り込んでいこうとする日本人の努力の歴史が潜んでいると言えよう。

〔参考文献〕

・『漱石全集』第一八巻 漢詩文 一海知義訳注 岩波書店 一九九五年
・高島俊男『漱石の夏やすみ——房総紀行『木屑録』』朔北社・二〇〇〇年、のち、ちくま文庫・二〇〇七年
・揖斐高『頼山陽詩選』岩波文庫 二〇一二年
・小川環樹・山本和義選訳『蘇東坡詩選』岩波文庫 一九七五年
・石川忠久『日本人の漢詩 風雅の過去へ』大修館書店 二〇〇三年
・その他、頼山陽・夏目漱石・蘇軾の漢詩に関する書籍・論文など。

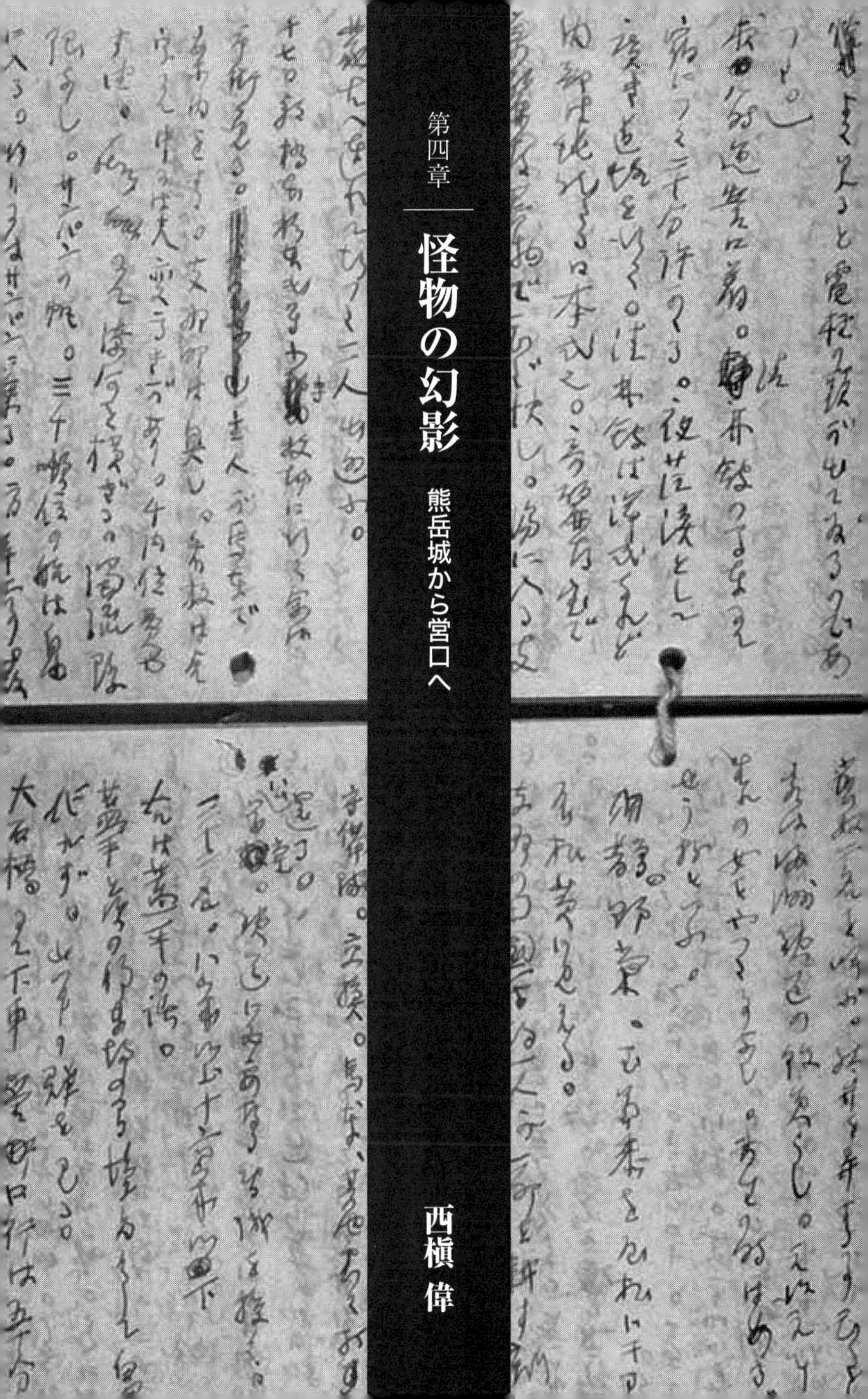

第四章

怪物の幻影

熊岳城から営口へ

西槇　偉

はじめに

明治四二年九月一六日の日記に、夏目漱石は次のように記している。


　朝天気。直ちに風呂に入る。宿の風呂は熱し。次の風呂に入る。混浴なり。満洲の空の美しき事。牛群れて河を渡る。電話の柱に柳の木があり。夫から葉がさす。朝貌が一面に生えてゐる。

　午後四時二十分の汽車で立出営口に向ふ。

　昨夜十一時に就いた客が営口の〓〔祇〕園館から芸妓二名を呼ぶ。駄弁を弄する事甚だし。客は満洲鉄道の役員らし。元治元年生れの女をやつた事なし。書生の時はあるでせう抔といふ。

　羽鵲。野菊。玉蜀黍を屋根に干す。屋根黄に見える。

　支那の田園平均一人が二町を耕す割。高粱の利用。穀は屋根。壁。薪。アンペラ。笠。

　守備隊。交換。馬、車、其他悉く持ち還る。

　公学堂。鉄道に必要なる智識を授く、三十二名。八歳以上十六歳以下
　右は蓋平の話。

蓋平と次の停車場の間塩多くして畠作れず。山羊の群を見る。

大石橋にて下車　営口行は五十分待ち合す。食堂に入る。立派なり。

（夕暮の空赤き所に黒く高く続きたる塀の様なものが見える。其上を人が馳けて行く　よく見ると電柱の頭が出てゐるのであつた。）

夜八時過営口着。清林館の馬車にて宿につく二十分許かゝる。夜茫漠として広き道路を行く。清林館は洋式なれど内部は純然たる日本式也。奇麗な室で奇麗な器物で甚だ快し。湯に入る支那人が脊中を流す。停車場に正金銀行支店中杉原〔長〕氏及び甘糟〔天春〕氏と橋本の蒙古へ連れて行つた二人出迎ふ[1]。


この日、熊岳城温泉で朝を迎えた漱石は、起きてすぐ温泉に入った。秋晴れの天気に恵まれ、川辺にある宿の風呂は熱すぎて、すぐ隣接するお風呂に行き、そこは混浴であった。河原にある温泉風呂から川を渡る牛の群や、遠山が眺められ、気分は爽快だったであろう。

「電話の柱」とは電話を設置してある柱だろうか。それとも、電話線を架設した電柱だろうか。柱の柳の木に緑の葉がさす寸景は、紀行文『満韓ところどころ』では、「電話の柱に柳の幹を使ったのが、何時の間にか根を張って、針金の傍から青い葉を出しているのに気が付いて、あれでも句にすれば可かったと思った」（三七）として、熊岳城に関する記述の最終節の締め括りに用いられた。

柳の木は根を張りやすく、生命力があるということだが、柱材には適せず、急ごしらえの感を与える。宿を発つ前に、漱石が女将さんに与えた句は、前述のように「黍遠し河原の風呂へかち渡る」であった。

日記では、早朝の入浴を記した後、営口への移動に筆が進むかと思えば、すぐに営口から二人の芸妓を呼ぶ満鉄役員の羽振りの好い遊びぶりが書き留められた。「駄弁を弄する事甚だし」いこの人物は、漱石には好ましくは見えなかった。

それからは、汽車で営口へ向かう道中の車窓の風景や、聞き書きのメモになる。「羽鵲」は「烏《う》鵲《じゃく》」の誤記であろう。「烏鵲」はカササギの異名で、中国東北部や朝鮮半島にはよく見られる。日本では九州の一部を除いて、ほとんど見ることはできない。異国の風物に漱石の目が敏感に反応をしている。収穫後干すために積まれた玉蜀黍で、屋根が黄色く見えた。その色彩が目についただけでなく、漱石はその背景となる農耕文化をも見ようとしている。その証拠に、彼は日記で続いて、一人当たりの耕作面積を記している。この辺りは、同行の橋本から聞いたのかもしれない。そしてさらに、玉蜀黍と並んで、主要作物の高粱が土地で食される以外に、どのように利用されているかについてもメモを取っている。高粱の殻は家の屋根に、壁に、燃料としても使われる。オンドルに敷く蓆、または笠を編む材料にも使われる。

「守備隊」は「南満洲鉄道守備独立大隊」だろうか。そうであれば、「関東都督ニ隷シ南満洲鉄道ノ守備ニ任ス」と『改正陸軍軍制要領』（明治四一年、川流堂）にあるように、満鉄を守るための軍隊である。蓋平は熊岳城から営口に向かう途中の駅で、日露戦のときその南の官家子に満洲軍総司令部が置かれた。

蓋平公学堂は、同駅線路沿に見える。『南満洲写真大観』（一九一二）所収の図版「蓋平の公学堂」を見ると、学堂は駅舎と並び建っている。図版の説明文には、「満鉄会社は支那児童の教育機関を試験的に此地に開設して附属地内四箇村の児童を教育す」とある。漱石は同校の児童数をメモしているが、その情報源は定かではない。

蓋平とは清の康熙年間に設けられた県の名称で、その後幾たびも変遷を経て、一九九二年に蓋州市に改められ、現在に至る。

次の駅までの間、沿線の土地は塩分が多く、畑作に適せず、放牧される山羊の群が見られた。大石橋で下車して営口までの路線に乗り換える。

大石橋から営口へ行く途中で日は暮れかかるが、黄昏時の車窓は幻想的な風景を映し出す。日記では、車窓で見て、感じたままの形式のメモが、括弧でくくられて記されており、やや特別な感じがする。それがやがて紀行文で敷衍され、詳述される。ちなみに大石橋も営口市管下の県であったが、一九九二年に市に昇格している。鉱物資源のマグネシウム鉱石の貯蔵量が豊富で、これまでの農漁業に加えて、近年工業の発展が著しい。

営口駅には正金銀行支店長や、橋本の蒙古行きのお供をした知人が迎えに来ていた。すっかり暗くなった夜ということもあり、街の様子についての記述はなく、宿泊先の清林館は内部が和風で、漱石はその快適さを気に入った。

一　鹼蓬草原と豚

営口への旅は、『満韓ところどころ』では、第三八〜四〇節にわたって記される。最初の第三八節は、熊岳城から営口までの車窓風景を、たった一段落構成で描く。先に引いた日記には見えない内容も含まれる。作品全体においても、特色のある風景を写し取っており、この一節を全文引いておく。

窓から覗いて見ると、何時《いつ》の間にか高粱《こうりょう》が無くなっている。先刻迄《さっき》は遠くの方に黄色い屋根が処々眺められたが、夫《それ》もついに消えて仕舞った。この黄色い屋根は奇麗であった。あれは玉蜀黍が干してあるんだよと、橋本が説明して呉れたので、漸《よう》く左様《そう》かと想像し得た位、玉蜀黍を離れて余の頭に映った。朝鮮では同じく屋根の上に唐辛子を干していた。松の間から見える孤《ひと》つ家《や》が、秋の空の下で、燃え立つ様に赤かった。然《しか》しそれが唐辛子であると云う事丈《だけ》は一目ですぐ分った。満洲の屋根は距離が遠い所為《せい》か、ただ茫漠たる単調を破るための色彩としか思われなかった。所がその屋根も高粱も悉《ことごと》く影を隠して仕舞って、あるものは只《ただ》の地面丈になった。その地面には赤黒い茨《いばら》の様な草が限りなく生えている。始めは蓼《たで》の種類かと思って、橋本に聞いて見たら橋本はすぐ冠《かむり》を横に振った。蓼じゃない海草だよと云う。成程《なるほど》平原の尽きる辺りを、眼を細くして、見究《みきわ》めると、暗くなった奥の方に、一筋鈍く光るものがある様に思われる。海辺かなと橋本に聞いて見た。その時日はもう暮れ掛っていた。際限もなく蔓《はびこ》っている赤い草のあなたは薄い靄《もや》に包まれて、幾らか蒼くなりかけた頃である。明ら様に目に映るすぐ傍《そば》を能々《よくよく》見詰めると、乾いた土ではない。踏めば靴の底が濡れそうに水気《みずけ》を含んでいる。橋本は鹹気《しおけ》があるから穀物の種が卸《おろ》せないのだと云った。豚も出ない様だねと余は橋本に聞き返した。汽車に乗って始めて満洲の豚を見たときは、実際一種の怪物に出逢った様な心持がした。あの黒い妙な動物は何だと真面目に質問した位、異な感じに襲われた。それ以来満洲の豚と怪物とは離せない様になった。この薄暗い、苔の様に短い草ばかりの、不毛の沢地の何処《どこ》かに、あの怪物は屹度点綴《きっとてんてつ》されるに違《ちがい》ないと云う気が中々抜けなかった。けれども一匹の怪物に出逢う前に、日は全く暮《くれ》て仕舞った。目に余る赤黒い草の影は次第に一色《ひといろ》の夜に変化した。ただ北の方の空に、夕日の名残のような明るい所が残たのである。そうしてその明るい雲の下が目立って黒く見える。恰《あだか》も高い城壁の影が空を遮って長く続いている様である。余は高いこの影を眺めて、何時の間にか万里の長城に似た古迹《こせき》の傍でも通るんだろう位の空想を 逞《たくましゅ》うしていた。すると誰だかこの城壁の上を駆けて行くものがある。はてなと思って少時《しばらく》するうちに、又誰か駆けて行く。不思議だと覚《さと》って瞬《またたき》もせず城壁の上を見詰めて居ると、又誰か駆けて行く。何《ど》う考えても人が通るに違いない。無論夜の事だから、どんな顔のどんな身装《みなり》の人かは判然しないが、比較的明かな空を背景にして、黒い影法師が規則正しく壁の上を馳け抜ける事は確《たしか》である。余は橋本の意見を問う暇もない程面白くなって、一生懸命に、眼前を往来するこの黒い人間を眺めていた。同時に汽車は、刻々と城壁に向って近寄って来た。それが一定の距離迄来ると、俄然として失笑した。今迄慥《たし》かに人間だと思い込んでいたものは、急に電信柱の頭に変化した。城壁らしく横長に続いていたのは大きな雲であった。汽車は容赦なく電信柱を追い越した。高い所で動くものが漸く眼底を払った。(2)

九月半ば、ちょうどトウモロコシの収穫期である。とりいれたトウモロコシは穀粒を包む外皮を剝かれ、屋根の上で干されている。黄色の屋根は漱石の目には綺麗に見えた。ここで、漱石は唐辛子を乾燥させるために赤くなった朝鮮半島の屋根を思い出す。テキストの中ではまだ営口にも到着せず、鴨緑江を渡って朝鮮に入るのは一〇日あまり後の九月二八日だが、作者はすでに帰国して、東京で原稿を執筆していたのだ。

鉄道は海に近い低湿地帯を走っていた。「赤黒い茨の様な草」が一面に広がっている。この情景の描写がこの一節の真ん中に配置され、眼目といえる。とはいえ、赤い海辺の草原は日記には記録されてはいなかった。メモを取らなくとも、強い印象を記憶に刻みつけたということだろうか。紀行文には漱石と同行の橋本との会話は間接話法で綴られている。それは蓼のような草かと漱石が聞くと、蓼じゃない海草だよと橋本は答える。季節は秋、蓼は水辺の代表的な水草である。それではなく、どんな海草なのか、漱石は答えを得られなかった。漱石の眼差しは、日暮れの中で草の根元に届いている。水分をたっぷり含んだ土壌だということを橋本に確認すると、その土はアルカリ性で作物は育たないという。

そこで、漱石の想像力は豚に飛ぶ。今回の旅で初めて豚を見かけたのは、汽車の中からだと漱石は書いている。それは耕作地以外の草地などで放し飼いされたものだろうか。見なれないこの家畜は、彼に「一種の怪物」の印象を与えた。しかし、今、海辺の赤い草原を目の前にして、そこに豚がそこかしこ散らばっているのではないかと、漱石はそんなオブセッションにとりつかれた。

満韓旅行の前の年、漱石は『夢十夜』の「第十夜」で、庄太郎が豚の大群に襲われる情景を描いた。そこでは、女と電車を降りた庄太郎は、だだっ広い青草の草原を歩いていくと、急に足元が深い谷となって落ちくぼんでいく。飛び込むように女に言われた庄太郎がためらっていると、一匹の豚が鼻面を鳴らしてやってくる。庄太郎は持っていた檳榔樹の杖で豚の鼻面を打つと、豚は絶壁を転げ落ちる。しかし、豚は次々と、無際限にやってくる。庄太郎は七日六晩の奮闘の末に、精根が尽き、とうとう豚になめられ、崖の上に倒れた。

豚の大群に襲われるヴィジョンは、尹相仁氏が指摘するように、ブリトン・リヴィエアーの絵画《ガダラの豚の奇跡》(一八八三)から得たもので、もとは聖書の記述にもとづく。豚は庄太郎の「性的悪夢に登場する動物象徴」と解釈されうる(3)。

いっぽう、営口付近の海岸で幻視された豚はなんだろう。なぜ、それが「怪物」なのか。漱石の錯視は連続しており、次は電信柱が走り去る人に見えたというイメージである。その人びとは、万里の長城のような壁の上を疾走していく。万里の長城は否応なく中国と北方の異民族との争闘を想起させ、その上を人が駈けるのは戦争の幻影ではないか。

旅の間、守備隊に守られた列車に乗り、行く先には必ず知友の助力が得られ、橋本を道連れにする漱石は、不安を吐露することはあまりない。しかし、黄昏の車窓の風景に彼の不安が映し出されたといえないだろうか。「点綴」された豚も、城壁の上を疾走する影法師も、もしかして襲ってくるかもしれない。それは、現地人を蔑みながら、現地人の労働を搾取する植民者の心理に潜むものといえる。

ところで、赤い草はいったい何だろうか。それは夢幻だったのではなく、実景なのだ。赤い草は「鹼蓬草《けんぽうそう》」で、塩分の多いこのあたりの海辺の低湿地帯にはありふれたものである。二〇一七年夏、筆者は営口付近、遼東湾岸の遼東半島よりをタクシーに乗って走ってみた。沿岸の開発が進められ、表土が削られたところが多いにもかかわらず、道路沿いや河川敷には鹼蓬草がよく見られた（図1）。ただ、どこまでも広がるような草原はなく、それを見ようものなら、営口の隣りの盤錦市の自然保護地区――「紅海灘」（本書のカバージャケット、表紙参照）として知られる自然公園まで行かなければならない。

【図1】遼東湾岸の鹼蓬草原。営口から南東、浜海大道に沿って、約20キロ地点（2017年8月22日、筆者撮影）

さらに、この植物はかなり栄養価が高く、救荒植物として食されることもあり、家畜、特に豚の飼料とされることもあるのだ。「怪物」は漱石には畏怖の対象と言えるが、この地域の農耕文化には、大切な家畜なのである。

広域にわたり、遼東湾岸に群生する鹼蓬草は、秋になると葉や花穂が赤くなり、それらを採取して水につけて発酵させてから、ほかの飼料とブレンドすると、豚の好餌になる。営口から八〇キロ余り離れた農村に育った筆者は、幼少期に親に連れられ、鹼蓬草を採りに行ったことがある。

満韓ところぐ（二十五）　漱石

下を見下すと、山の側面は夫程急でないが、樹と名の付く様な青いものは丸で眸を遮らない。一眼に麓迄透かされるのみならず、麓からさき一里餘の畠が眞直に眉の下に集まつて來る。此邊の空氣は内地よりも遥に澄んでゐるから、遠くのものが、つい鼻の先にある樣に鮮である。其うちで高粱の色が一番多く眼を染めた。

あの先に、小指の頭の様な小さい白いものが見ゐるでせう、あすこから此方の方へ向いて對濠を掘出したのですとA君が遠くの方を指さしながら云つた。此邊に穴を掘るのは石を割ると一般なのだから一町掘るのだつて容易な事ではない。現に外濠から窖道へ通ずる路をつけるとき抔は、朝から晩迄一日働いて四十五サンチ掘つたのが一番の手柄であつて……

死體の收容をやる
り、あんまり下ら
めにしやうと相談
ひ合つたと云ふ話
三人は暗い廻廊
の上に立つた。日
く坊主山を照らし
さな花が點々に見
佇んでゐると、微
の裏で鳴いてゐる
で鳴いてゐるのが
方に支那人の影が
姿を認めるや否や
遣つて、何か掘り
と怖いものだから
中取り押へるのが
した。
後側へ回ると隣
階段の兵舎がある
つたものと思はれ
も出來ない。兵舎
圍はれて、外から
三人は容鰊を横に
た。とうとう四方

【図2】夏目漱石「満韓ところどころ」（二五）『東京朝日新聞』明治42年12月1日

この地域では、一九八〇年代初頭まで、農家ではかならず豚を一頭飼育していた。庭先の豚小屋で一年間大切に飼われる豚は、食肉を与えてくれるだけではない。豚小屋で堆肥が作られ、化学肥料のない時代にはそれがほかの家畜の糞や人糞とともに農耕には不可欠であった。春に子豚を飼って、旧正月の前に肥育されたその豚をつぶして、年越しをし、春先には豚小屋から堆肥を畑に運ぶ。農家の生活には豚はかけがえのない存在だ。

よって、鹼蓬草原に豚を幻想する漱石は、はからずもそのまなざしが文化の基層にふれたといえるかもしれない。筆者はそのように随筆に記したこともあるが、それは主観的でナイーブにすぎる批評でしかない(4)。なぜなら、作者にとって、そして当時の読者にとって、この挿絵は別の意味を持っていたと考えられるからだ。

豚へのオブセッションはことのほかに強く、『満韓ところどころ』の執筆中、漱石は掲載紙に豚を題材とする挿絵を登場させた（図2）。連載の第二五回に初めて挿絵カットがタイトル右に入り、それが豚飼いの図である。以後、毎回使われ、豚が紀行文に描かれた第三八回で終了する。作品で豚が描かれるのは第三八回のほかにはないため、視覚イメージで予告をして、文字テキストによる描写がなされたところで終了させたことになる。意図的な使い方といってよい。それ以降、新聞に掲載されたタイトルカットが三種類、使用回数は最多が八回で、豚の絵の一四回には及ばない。よって、作品の初出のイメージと読みに対して、豚の挿絵が強く働きかける。それは何を意味するのだろうか。注目すべきは中央やや上方に描かれた辮髪の男である。棒を手にし、豚を飼う中国人を表象する。時は清朝末期、この髪型は驚くに値しない。とはいえ、その横に豚が描かれるとなれば、当時の読者の間で、人種差別的な読みが共有されていたのではなかったか。

【図3】「鼻ッ摘み」『團團珍聞』第651号、明治21（1888）年6月2日、出典は『團團珍聞』第21巻、平文社復刻版、1982年6月

図3は明治一〇年に創刊された絵入りの風刺雑誌『團團珍聞《まるまるちんぶん》』の一こま。豚の群は陸続とやってくる清国人労働者を表象しており、当時の新聞でも日本人の仕事を奪うのではないかと報じられた。[5] 豚は一様に尾を立て、尻が人の顔に描かれ、辮髪をした清国人男性を諷刺

する。当時「豚尾漢」という語も用いられた。この雑誌は中国（人）＝「豚」のイメージを植え付け広めるのに大きな役割を果たしたといわれる[6]。類似の図像は少なくない。

漱石は赤い草原に豚が放たれた風景を幻想するのみだが、挿絵には辮髪の男と豚が描かれ、それが『満韓ところどころ』の代表的なイメージとして読者に印象付けられる。当時の読者は、紀行文に描かれた豚をも中国（人）を表象したものだと受け取ったものと想像される。したがって、新聞掲載時の『満韓ところどころ』のタイトルカットは、明治期の人種差別的な中国（人）表象を背景にしている。漱石は挿絵の制作にどうかかわったのかは知り得ないとしても、絵画モチーフの指定と紙面への掲載に、彼の意思が働いたとみていいのではないだろうか。ここに、彼の中国表象の一端がうかがえる。

二　空を呑む遼河

翌日、漱石は小寺牧場を見に行く橋本に同行せず、清林館主人林屋仲太郎の案内で、馬車に乗って、営口市街に出た。漱石の日記では先に遼河を見たように書かれ、売春窟を覗いたのはその後である。紀行文では順序がちょうど逆である。

ここでは、日記の順にしたがい、漱石の営口滞在を再構成してみる。第四〇節で漱石は次のように遼河を描写する。

馬車を乗り棄てて河岸《かし》へ出ると眼一杯に見えた。色は出水《でみず》の後の大川に似ている。灰の様に動くものが、空を呑む勢で遠くから流れて来る。哈爾賓《ハルビン》に行く途中で、木戸さんに聞いた話だが、満洲の黄土はその昔中央亜細亜《アジア》の方から風の力で吹き寄せたもので、それを年々河の流れが御叮嚀《ていねい》に海へ押出しているのだそうである。地質学者の計算によると、五万年の後《のち》には今の渤海《ぼっかい》湾が全く埋って仕舞う都合になっていますと木戸君が語られた。河辺に立って岸と岸との間を眺めていると、水の量が泥の量より少い位濁ったものが際限なく押し寄せて来る。五万年は愚か、一、二ケ月で河口は悉皆《すっかり》塞がって仕舞いそうである。それでも三千噸《トン》位な汽船は苦もなくのそのそ上って来ると云うんだから支那の河は無神経である。人間に至っては固《もと》より無神経で、古来からこの泥水を飲んで、悠然と子を生んで今日迄栄えている。(7)

遼河は、中国東北部の南部平野を貫流する、全長一四三〇キロメートルの大河。源流を吉林省、内モンゴル自治区や河北省に持つ。一九五八年の河口改修により、遼河は営口の旧河道と営口の西の盤山を経て双台子河の河道から海に流出するようになった。よって、今日営口で見る遼河は、漱石が見たものと同じではないといえる。下流の河道は屈曲し、含泥量の変化も激しく、遼河はよく水害を起こしたが、改修後にそれは解消されたという。

河口の港町として営口が築港され、栄えるようになったのは一八五八年の天津条約により上流の牛荘が開港場となったのがきっかけである。川幅や水深に恵まれた営口は牛荘の代わりに築港され、対外に開かれた港町となったのだ。日本は日清戦争と日露戦争の二度の戦争の後に、営口を占領し、日露戦の前の営口はロシアによって統治されていた。日露戦後の一九〇六年一二月、日本軍の撤収によって、二度目の日本による占領は終了するが、新市街などの地域は清政府に返還されることなく、それらの地域は一九四五年まで日本の植民

【図4】「遼河の帆船」（満洲日日新聞社『南満洲写真大観』1911年2月）

地であり続けた。

大連がロシアの租借地として開発されるようになったのは一八九八年以降であったことをおもえば、中国東北部では唯一の開港地として早く開かれた営口の近代史における位置は明らかであろう。よって、漱石が営口で下車し一泊したのも、この都市の命脈ともいえる遼河を見に行くのも不

思議なことではなかった（図4）。

「灰のように動くものが、空を呑む勢で遠くから流れて来る」という文は、濁流が滔々と流れる様をよくとらえている。「空を呑む」とは、誇張法を用いた表現で、流れの圧倒的な力を示す。そんな直感による印象の描写の後に、漱石は、「木戸さん」の口を借りて、流される泥の量を具体的な数字で記す。

漱石が見たのは、河道改修前の遼河であり、含泥量が今日の遼河より多かったと思われる。筆者が二〇一七年夏に、営口渡口からフェリーに乗り河を見た時、水は黄土を含んだ色とはいえ、「水の量が泥の量より少ない位」ではなかった。

泥水が奔流する大河を、「それでも三千噸ぐらいな汽船は苦もなくのそのそ上って来ると云うんだから支那の河は無神経である」と漱石は評する。大量の泥を含んでも川水は滔々と流れ、汽船も支障なく遡上している。この情景を漱石は「無神経」と表したのだろう。しかし、この語彙を中国人に転用するのは論理的に無理がある。随所で中国人の「汚さ」を指弾してきた漱石としては、河の汚さとのアナロジーにより思い浮かんだ類比であろう。もっとも、漱石が「汚い」とする中国人観は、漱石独自のものではなく、満鉄の調査書にも見受けられ、そのような衛生意識こそ帝国主義を下支えするものであったことは、朴裕河氏が指摘する通りである(8)。

フェリーボートで対岸に渡り、漱石と林屋仲太郎はサンパンで戻った。胃薬を飲むため、水を求めて二人は日清豆粕会社に立ち寄った。漱石は同社の職員とのやり取りで、この一節を締めくくる。

豆が汽車で大連へ出る様になってから、河を下ってくる豆の量が減ったでしょうかて様な事を、真面目腐って質問していた。(9)

ロシアによって、東清鉄道が全線完成したのは一九〇一年、日露戦後日本がその経営を受け継ぎ、南満洲鉄道が営業を一九〇七年に始める。かつては河によって運ばれた主要農産物であり輸出商品の大豆が鉄道で運ばれるようになったのである。よって、この時期、港としての営口の地位が、大連に脅かされていたといっていい。

『南満洲鉄道案内』(大正元年版、一九一二)では、営口港について、「輸出入品の数量は年々増加し最近明治四十四年の貿易額は約七千八百万円にして此に戎克貿易を加ふるときは一億円に上り大連安東県の商港新開せられたるにも拘はらず仍ほ満洲貿易の覇者たる地位を失はず」とある。同書には、大連港の貿易額も載せられ、輸出入の合計は九千百七十五万円余りで、総額は一億円を超えない。(10)

これらの数値は漱石が旅をした二年後のもので、日清豆粕会社を訪れた当日の日記には「営口、大連の豆荷は大した差異なし」とメモされている。

三　「怪しい」女郎屋

豆粕会社の屋根に上ったのだろうか。漱石の日記では次のように続く。

　屋根に上りて営口を見る。支那家屋の屋根は往来の如し。回々《フイフイ》教の寺だと云ふ。赤く塗つた塔の如きもの見ゆ。牛島氏芝居を見ろと云つて連れて行く。未だ開場でない。[11]

遼河を見てから、薬を飲み、時間はまだ昼前である。昼一二時半には正金銀行支店長杉原との約束があるが、それまでに予定はない。屋根の上から営口市街を眺めると、平屋建ての屋根は、往来の道路のように平らで、いわゆる「平房」という作りである。赤く塗った塔のような建物は、イスラム教の寺のものなのか、芝居小屋のものなのかはわからない。営口のイスラム寺院には東寺と西寺がある。後者の方が歴史は古く、漱石が目を留めたのはそちらであろう。

旅先で芝居を見るのは、卓見というべきであろう。その地の芸能にふれ、文化を体験できるからである。しかし、芝居はまだ開演の時間ではない。時間を少し持てあましているところへ、芝居小屋の後方に女郎屋を見つけた牛島氏が戻ってきて、皆をそちらへ連れて行った。女郎屋での見聞が、『満韓ところどころ』第三九節に記されている。日記の関連個所とともに引いておく。

芝居の後ろへ牛島君が出ていや女郎屋だと云つて却〔帰〕つてくる。煉瓦の低い長屋の如きもの横断面が往来に面してゐる。其長屋の両方の間を這入ると左右が房になつてゐる。其中の一人がまあ御掛けなさいと云つた。夫から本当の女郎町を見る。町の入口は並〔に〕んでゐる家は大抵前と同然也。這入つて左の門を這入ると。右に房三つある。一番は幕が低〔た〕れてゐる。二番には女が三人寐てゐた。其真中の一人は美くしかつた。小さい足を前へ出して半分倚りか丶つてゐた。其隣の室から絃歌の声が出る。覗いて見た時に恐くなつた。正面にtableがあつて、其右に真黒な大きな顔の支那人が一生懸命〔に〕を声を出して拍子木の様なものを左へ持ち右に嗌〔笠〕竹の様なものを一本持つてtableをた丶く。tableの前に十四五の女が立つて歌つてゐる。盲目だか何〔だか〕異様の面をした奴が懸命に胡弓を摺つてゐた。tableの左方には女が三人並んでゐた。其部屋の前の部屋では真中に卓を置いて汚い丼を置いて二三人食つてゐる。何事か分らず。(12)

狭い小路の左右は煉瓦の塀で、一寸《ちょっと》見ると屋敷町の様に人通りが少い。それを二十間《けん》程来て左手の門を這入《はい》った。只《ただ》偶然に這入ったのだから、家の名も主人の名も知る筈がない。今から考えると、小路のうちには同じ様な家が何軒となく並んでいて、同じ様な門が亦幾何《またいくつ》でも開いているのだから、とくに此処丈《ここだけ》を覗くべき誘致《インジュースメント》は少しもなかったのである。余はただ案内者の後に跟《つ》いて何の気なしに這入った。その案内者も亦好《い》い加減に這入った。案内者は清林館と云う宿の主人《あるじ》である。かつて二葉亭と一所《しょ》に北の方を旅行して、露西亜《ロシア》人に苛《ひど》い目に逢ったと話した。

門を這入ると、右も室《へや》、突き当りも室である。左りも隣の壁に隔てられなければ室であるべき筈なのだから、中の一筋丈が頭の上に空を仰ぐ訳になる。其処《そこ》に立って右手の部屋を覗くと、狭い路次から浅草の仲店を看《み》る様な趣がある。実際仲店よりも低く小さい部屋であった。その一番目には幕が垂れていて、中は判然《はっきり》と分らなかったが、次を覗いて見る段になって驚いた。二畳敷位の土間の後《うしろ》の方を、上り框《がまち》の様に、腰を掛ける丈の高さに仕切って、其処に若い女が三人いた。三人共腰を掛けるでもなく、寝転ぶでもなく、互《たがい》に靠《もた》れ合って身体《からだ》を支える如くに、後の壁を一杯にした。三人の着物が隙間なく重なって、柔かい絹をしなやかに圧し付けるので、少し誇張して形容すると、三人が一枚の上衣を引き廻している様に見える。その間から小さな繻子《しゅす》の靴が出ていた。

三人の身体が並んでいる通り、三人の顔も並んでいた。その左右が比較的尋常なのに引きかえて、真中《まんなか》のは不思議に美しかった。色が白いので、眉がいかにも判然していた。眼も朗かであった。頬から顎を包む弧線は春の様に軟《やわらか》かった。余が驚きながら、見惚れているので、女は眼を反らして、空《くう》を見た。余が立っている間、三人は少しも口を利かなかった。

清林館の主人は自分程この女に興味がなかったと見えて、好加減に歩を移して、突き当りの部屋に這入った。其処も狭い土間で、中央には普通の卓上《テーブル》が据えてあった。それを囲んで三人の男が食事をしている。皿小鉢から箸茶碗に至る迄汚ない事甚《はなは》だしい。卓に着いている男に至っては尚更《なおさら》汚なかった。丸で大連の埠頭で見る苦力《クーリー》と同様である、余はこの体裁を一見するや否《いな》や、台所で下男が飯を搔き込んでるんじゃなかろうかと考えた。所がつい隣の室でしきりに音楽を遣《や》っている。今見た美人のいる所とはつい三間とは離れていない。実に矛盾な感じである。

余は二歩ばかり洋卓《テーブル》を遠退いて、次の室の入口を覗いて見た。そうして又驚いた。向《むこう》の壁に倚添《よりそ》えて一脚の机を置いて、その右に一人の男が腰を掛けている。その左に女が三人立っている。その前には十二、三の少女が男の方を向いて立っている。少し離れて室の入口には盲目が床几《しょうぎ》に腰を掛ている。調子の高い胡弓と歌の声はこの一団から出るのである。歌の意味も節も分らない余の耳にはこの音楽が一種異様に凄《すさま》じい響を伝えた。机の右に居る男が、右の手に筮竹《ぜいちく》の様な物を持て、時々机の上を敲《たた》くと同時に左の掌《てのひら》に八橋と云う菓子に似た竹の片《きれ》を二つ入《いれ》て、それをかちかちと打合せながら、歌の調子を取る。趣向はスペインの女の用いるカスタネットに似ているが、その男の顔を見ると、アルハンブラの昔を思い出す所ではない。蒼黒く土気付いた色を、一心不乱に少女の頭の上に乗しかける様に翳《かざ》して、腸《はらわた》を絞る程恐ろしい声を出す。少女は又《また》瞬きもせず、この男の方を見詰めて、細い咽喉《のど》を合している。それが怖い魔物に魅入られて身動きの出来ない様子としか受取れない。盲者は彼の眼の暗い如く、暗い顔をして、悲しい陰気な、しかも高い調子の胡弓を擦《す》り続けに擦っている。左りの方に立っている女の一人が余を見た。それが忌むべき藪睨《やぶにらみ》であった。日の目の乏しくって暮易い室のうちで、この怪しい団体はこの怪しい音楽を奏して夢中である。余は案内の袖を引いてすぐ外へ出た。(13)

日記の記述と紀行文を照らし合わせながら読むと、女郎町全体と漱石が覗いたそのうちの一軒の構造がよく見えてくる。

小路の両側が女郎屋で、この一帯が女郎町である。漱石が足を踏み入れたのはそのうちの一軒ということになる。紀行文だけ読むと、一帯は女郎町だとは明らかにはなっておらず、漱石が覗いた一軒は孤立したようにみえる。

この店の構造を図示すると次頁（図5）のようになるだろうか。

漱石は言葉を解さず、この場の誰とも交流することはなかったようである。日記では別の店で

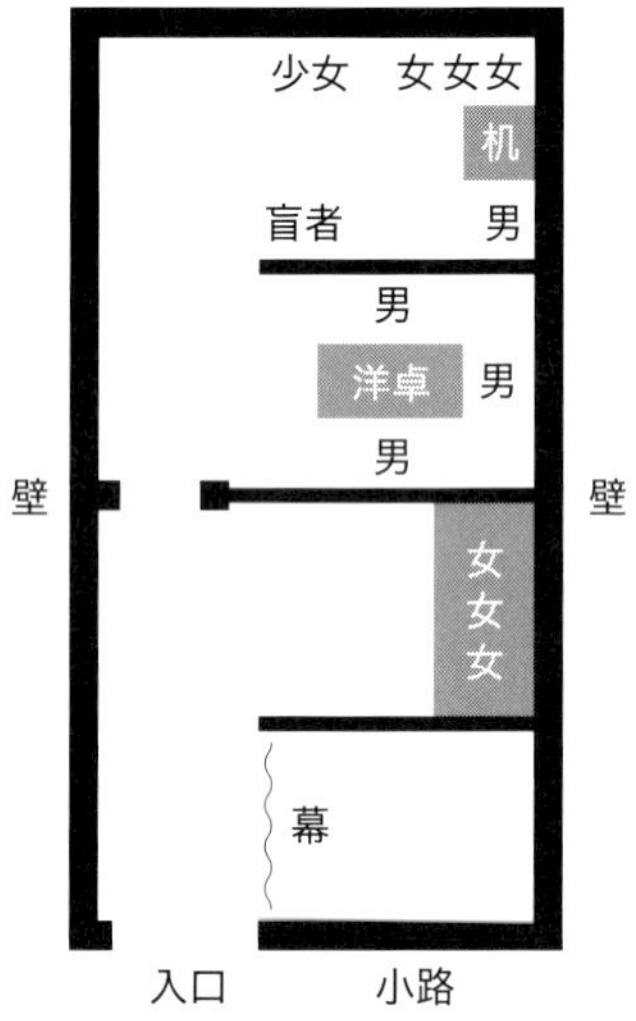

【図5】

「まあ御掛けなさい」と声をかけられ、日本人客がこの界隈を訪れるのは珍しいことではないのだろう。だが、この店では闖入者で観察者一行は一声も発することなく、逆に被観察者たちの方は食事をしたり、楽器を鳴らして謡ったりして、気にするそぶりはない。来客を気にしないのは、言葉が通じないということのうえ、両者の間に不均衡な力が働いていたからだろう。引率者の林屋仲太郎は、旅館経営者ゆえに女郎町と付き合いがあったかもしれないが、彼らは日本人だから隔たりが生じ、不均衡な力が働くにちがいない。つまり、植民地に支配と被支配の構造が両者間に存在する。

まず、漱石の記述によれば、この店は全部で四部屋ある。普通の女郎屋であれば、寝室がいくつもあるはずだが、それについての言及はない。漱石には見えなかった可能性もあるが、ここで漱石のテキストにもとづいて考えることにする。彼は店の空間の構造と人物の位置を克明に記そうとしている。

表門を入って右手二番目の部屋に若い女性が三人いる。彼女らの「掛けるでもなく、寝転ぶでもなく、互いに靠れ合」う姿勢は、午前中という時間帯のためだろうか。夜更かしをした倦怠感とまだ気楽でいられる心理的な余裕のポーズに見える。漱石の目が彼女たちの「小さな繻子の靴」を認めたように、それでも彼女たちは女性としての魅力をアピールして男の目を引かなければならない立場である。靠れ合うのは、同じ運命にある連帯感を示し、それは「一枚の上衣を引き廻しているように見える」親密さである。

紀行文の次の段落では、三人の女性の顔立ちに目を向ける。「余」が見惚れるほどの美しい人は、「目を反らして、空《くう》を見た」。つまり、拒否の視線である。「余」が日本人だとわかっていながらの反応で、視線をそらして、口も利かない。

突き当たりの部屋に、清林館の主人の後に付いて、「余」も入って行った。中央のテーブルを囲み、男性三人が食事をしている。朝食にしては遅く、昼にしてはやや早い時間である。食器にしても、男たちの身なりにしても、「汚ない」ように見えて、「埠頭で見る苦力と同様」だと描かれる。彼らは店の従業員ではなく、下層の肉体労働者と見受けられる。

食事をする男たちの隣りの部屋では、芸人の一団が歌い、演奏をしている。好奇の目を見張り、漱石はこの情景を眼底におさめては、帰国して筆で紀行文に再現したことになる。そこでは、一座の長と見える男は机の右に腰掛け、笠竹とカスタネットのような楽器を両手にそれぞれ持ち、「腸を絞るような恐ろしい声を出す」。机の反対側に女性が三人立っている。その前に、一二、三歳の少女が男の方を向いて立っている。胡弓で伴奏するのは盲者で、部屋の入り口近くの床几に腰をかけている。

一座は食事中の男性たちに気を遣うふうもなく、陽気な様子も見受けられない。ここはあるいは立つ女性たちに歌の稽古をつけているのかもしれない。楽器と歌う様子からして、彼らは快板《クワイバン》（拍子竹）でリズムをとり、胡弓の伴奏で唄い語りをしている。それはかなり庶民的な芸能（二人転《アーレンジュアン》か）で、高い音調と早いリズムを特徴とする。漱石は「怪しい団体」による「怪しい音楽」と断じるが、それは猥雑で通俗的とはいえ、歓楽の巷に似つかわしいものといえるのではないだろうか。

四　営口講演

営口に滞在した明治四二年九月一七日の日記で、遼河と売春窟に行った後のことを、漱石は以下のように記す。

> 先刻から腹痛十二時半に杉原氏へ行く約束があるのを断はる。宿へ帰って寐る。三時頃杉原氏橋本と来る。約束故支度をして倶楽部へ行って演話をする。くらぶ軍政時代に造りたる

もの比較的立派なり。約一時間の後宿に帰りて又寐る。橋本五時過帰る。すぐ立つ。(14)

正金銀行支店長杉原氏から昼食を招待されていたのだろうか。漱石は胃の具合が悪く、それを断って宿で休むことにした。午後に講演の予定があり、体調を整える必要はあった。三時頃に杉原氏と橋本が来て、準備をしてから営口倶楽部へ講演しにいく。一時間ほどの講演を終えてから、また宿に戻って休む。橋本が五時頃に講演会場から帰ってきて、一緒に宿を発つ。この辺りの時間の流れを見て、移動の手段が触れられていないことを考えると、宿の清林館と営口倶楽部とは至近の距離にあると推測される。営口倶楽部について、『漱石全集』第二〇巻では、「会長は日本領事館の領事太田喜平」と注記するのみで、詳細はわからない。

『営口日本人発展史』は、営口倶楽部について、若干の手がかりを与えてくれる。同書第八章第二節「公会堂の変遷」において、清林館と営口倶楽部および旭ホテルの関わりを次のように記録する。

現清林館の建物は明治三十八年二月軍政署にて建築に着手、三十九年四月落成、六鵜アサに貸し付け旅館旭ホテルを経営せいしむ。現憲兵隊厩舎なる建物も同じ頃軍政署にて建築せしものにて三十九年の十月には略竣工せり。右二ッの建物の中間なる二階建（憲兵宿舎？）は旭ホテル狭隘を以てアサ女よりの願ひ出でにて建築されしもの。旭ホテルは和式宴会場、憲兵隊のは洋式宴会場とするが目的のものにて、右三建築物は一聯の機構の下に運用せんとて成りしもの、又三建築物は内部は共通し往来自在なり。宴会場とは云へ、表面は旭ホテルとなり、又一方には営口倶楽部置かれたり(15)。

右の文章を整理すれば、清林館（もとは旭ホテル）と憲兵隊既舎の間には、二階建ての増築された洋式宴会場があり、合わせて三棟の建物は中でつながっており、自由に行き来ができていた。このうちの洋式宴会場はホテルの一部であると同時に、営口倶楽部でもあったということになる。したがって、漱石は清林館から外に出ることなく、営口倶楽部つまり洋式宴会場へ講演に出向いたわけだ（図6）。

【図6】絵葉書「営口新市街専業旅館清林館」（発行所・発行年未詳）

さて、漱石の講演は「趣味に就いて」を題目に、営口で発行されていた日本語紙『満洲新報』に掲載された。二回に分け連載された一回目は掲載紙の欠号により見ることはできないが、後半部分は『満洲新報』を初出として、『漱石全集』に収められている。「趣味」は漱石の文学についての重要な概念であり、講演記録後半の冒頭で、漱石は次のように述べている。

私は四年間文科大学に講座を担当して居りましたが文学は何を意味するものであるかに就てはまだ述べ尽したと思ふて居りませぬ。唯今日《こんにち》一口に申上ましたら人生、趣味の研究とでも申しませう。此趣味です、趣味は文学上必要なものであるがさてこの趣味とは如何なるものなりやと言ふに、好悪の感念《かんねん》の表現であると言ふに帰するのである。即ち好きである嫌ひであると言ふ感情である。好き嫌ひは各人通有性の感情であつて物を行《や》る標準となり、事を仕遂げ出すべき筈の物と解釈することが出来る。斯《かく》の如く好悪の感念が発動する其趣味は吾人の行為動作を支配する一種の標準となるので、諸君の実業が如何程《いかほど》錯雑であるとも皆「アーノム」の支配下にあるものなることを悟ることが出来る。[16]

文中の「アーノム」は、『漱石全集』第一五巻で注記されるように「テースト」の誤植であろう。文学とは「人生、趣味の研究」ということができ、その趣味とは好き嫌いの感情で、人の行動を左右する力がある。漱石はここでそのように主張する。この主旨に通じることを、漱石は『文学評論』第四編でも記している。そこでは「文学は吾人の趣味《テースト》の表現《エキスプレツシヨン》である。即ちある意味に於て、吾人の好悪を表はすものである」として、作家の作品は「未来の行為言動を幾分でも支配する傾向を帯びたものである」と趣味の概念と役割を説いている。「趣味」には「テースト」とルビを付しているように、漱石は西洋の《taste》概念を意識している。明治期に西洋の《taste》概念が受容され、もとからあった漢語の「趣味」に、「美」を判断する原理として新たな意味が付け加えられたことは木戸浦豊和氏が跡付け、漱石の「趣味」概念も当時のそうした思想の流れの中でとらえるべきだと指摘する。(17) 営口の聴衆に向かって、漱石は「趣味」概念を説明してから、実生活に及ぼすその影響を語る。

其人の趣味が行為動作に表はれて斯の如き結果となるから、是に依つて美はしき家庭を得る満足は人生最大の幸福で、殊に海外にあつての家庭、少数の団体には殊更に必要であると思ひます。前申せし通り業務は業務の趣味があるが業務以外の趣味を有し選択し発展せしむることを必要と思ひます。然らば如何なる趣味を選択するかと言ふに夫れは私が深く立ち入て云為《うんゐ》する筈のものでない。唯《ただ》人間健全なる意味に於ての趣味を其家庭及社交上に応用するときは異郷に在るとも愉快に人生を楽娯《たの》しむことが出来ると思ひます。(18)

つまり、「人の行為動作」を左右するため、仕事の成功と家庭の幸福を得るには、趣味の働きは不可欠だ。続けて、漱石は「趣味」を「文化」に近い概念と捉えているように思われる。西洋文化の移入により、圧迫されていた「吾人の趣味」つまり「日本の文化」を広める必要があると力説する。漱石は大連での経験を引き合いに出しているが、今回の旅行で植民地で西洋と日本文化のせめぎ合いを目の当たりにした実感が込められていよう。営口で宿泊した清林館についても、その和風調度の心地よさを日記でほめたたえている。講演の最後にかけ、「趣味即ち好悪の感念は我日本の舵をとる」として、その力の重大さを強調し、「国家社会其他百般の関係の上に一種の趣味の折合いを発見した〔と〕きは亦た道徳上に趣味の築き上げられたるものと思ひます」と期待が述べられる。ここには、国際社会において、互いの趣味、文化の相互理解により、共通の価値基準にも趣味が加えられる、と理解してよいのではないだろうか。ここで漱石の示した見通しが、大連上陸以降の満洲旅行体験から影響を蒙っているかどうか、またその後の漱石に活かされたか否か、興味が持たれるところである。

〔注〕

（1）『漱石全集』第二〇巻、岩波書店、一九九六年七月、一一〇～一一一頁。

（2）藤井淑禎編『漱石紀行文集』岩波文庫、二〇一六年七月、一〇九～一一一頁。

（3）尹相仁『世紀末と漱石』岩波書店、一九九四年二月。

（4）西槇偉「鹸蓬草と豚――漱石が見た満洲の風景を求めて」『漱石の記憶　夏目漱石生誕１５０年　没

後100年』熊日出版、二〇一八年一二月、一〇二頁。
(5)『朝野新聞』明治二一(一八八八)年七月二五日付、ここでは『團團珍聞』第二一巻、平文社復刻版、一九八二年六月により、八頁。
(6)小松裕「近代日本のレイシズム――民衆の中国(人)観を例に」『文学部論叢』七八号、熊本大学文学部発行、二〇〇三年三月。
(7)前掲書、一一四～一一五頁。
(8)朴裕河「漱石と帝国主義」『ナショナル・アイデンティティとジェンダー 漱石・文学・近代』クレイン、二〇〇七年七月。
(9)前掲『漱石紀行文集』一一七頁。
(10)『南満洲鉄道案内』大正元年版、南満洲鉄道株式会社、一九一二年。
(11)前掲『漱石全集』第二〇巻、岩波書店、一九九六年七月、一一一頁。
(12)前掲書、一一二頁。
(13)前掲書、一一一～一一四頁。
(14)前掲書、一一二頁。
(15)営口商工公会編纂『営口日本人発展史』同商工公会発行、康徳九(一九四二)年一二月、八六～八七頁。
(16)『漱石全集』第二五巻、岩波書店、一九九六年五月、二八頁。
(17)木戸浦豊和「夏目漱石の「趣味《テースト》」の文学理論――価値判断の基盤としての「感情」」『漢文脈の漱石』

山口直孝編、翰林書房、二〇一八年三月。
(18) 前掲『漱石全集』第二五巻、二九頁。

コラム 3

漱石先生への祈り

『明暗』の翻訳を終えて

金貞淑

熊本大学に出講してから四年目になる。初めて漱石先生縁の地を踏んだ時のキャンパスは若葉でまぶしかった。漱石先生もこの若葉を見たのだろうかと思いを馳せ、赤レンガの旧校舎に行くたびに、くちひげを生やした英語の教師が現れそうで、胸がどきどきした。ちょうどこの頃、『明暗』の韓国語訳に取り掛かり始めていたので、思いはより強いものになったのかも知れない。私は、漱石先生の銅像の前で、「『明暗』翻訳を無事に成し遂げられますように」と、ひたすら手を合わせ拝んだ。銅像の前での祈りは、今春（二〇一八年）『明暗』の出版を完遂するまで、一度たりとも欠かすことはなかった。本の扉の献詞に、「夏目漱石先生と恩師の佐藤泰正先生にこの本を捧げます」と記したのは、時空を超えて、自分を支えてくださった二人の先生方に対する感謝の念に他ならない。

まず、『明暗』との出会いから話そう。私が『明暗』を読んだのは、学部四年生の時である。

最初に、この作品の生き生きとした〈言葉〉の絶妙さに大きな感銘を受けた。例えば、女主人公であるお延の「あるのよ、あるのよ。ただ愛するのよ、そうして愛させるのよ。そうさえすれば幸せになる見込みはいくらでもあるのよ」というセリフ。このような言葉のリズムと美しい響きが作品全体に散りばめられている。お秀や吉川夫人など、作品に登場する他の女性達の言葉も同様である。私自身、日本語の習得に苦労していた時期でもあり、女性的会話にあふれる『明暗』の世界は驚きそのものだった。この話法に惹かれた私は、迷わず卒業論文に『明暗』を選び、大学院まで『明暗』を中心に研究を進めることとなった。

さて、長年『明暗』の研究に取り組んでいたにも関わらず、いざ翻訳を始めると、研究とは全く異なる次元の難関が次々に現れた。あれほど惹き込まれた女性の会話であっても、例えば、お延とお秀が愛の論争をする場面で、「なんぼ秀子さんだって、気の多い人が好きな訳はないでしょう」の一行を、どう韓国語で表現するか、ずいぶんと悩んだ。〈気の多い〉という日本語には、多くの意味があったからである。

【図1】熊本大学構内の漱石像の横で翻訳を手にする筆者

【図2】筆者が翻訳した『明暗』書影。表紙デザインは李姫瑛氏。

『明暗』には、漱石独自の比喩や、裏を読み解かないと理解できない含蓄に富んだ表現、抽象的な表現も多い。例えば、津田が自分の父について語るくだりをあげてみよう。「微かな暗示が津田の頭に閃いた。秋口に見る稲妻のように、それは遠いものであった。けれども鋭いものに違いなかった」ここでは、自分に切り込んでくる父への不安を〈秋口に見る稲妻〉に喩えている。ただの稲妻ではない。日本で初秋に見られる稲妻である。その雰囲気を摑まないと、作者が意図した比喩は生かせない。この点は『明暗』の翻訳で、最も翻訳者の能力が求められた点でもあった。また、意味が把握できず、苦労した文章を見てみよう。津田に失望したお延が、悩みを岡本に告白するかどうか躊躇するくだりに、何の前触れもなく「すると自然の勢いが彼女にそれを逐一叔父に話してしまえと命令した」というのがある。このままでは韓国の読者には意味が通じない。この表現を「昔、叔父に何でも話したように、自然と自分の悩みを全て叔父に打ち明けたくなった」と私は訳すことにした。こういう例は枚挙にいとまがない。

さらに、心に残っているのは、親戚関係についての表現である。日本の親族を表す用語は簡単で、父方系と母方系を区別せずに、お爺さん、お婆さん、叔父（伯父）さん叔母（伯母）さんと呼ぶ。一方、韓国の親族用語は、父方と母方を区別し複雑である。作品の中で、岡本はお延の「叔父」と書かれている。最初は父方系の叔父と思い読み進めたが、物語が進んだ六二章に「親身の叔母よりもかえって義理の叔父の方を、心の中で好いていたお延は」という文章が現れる。それでは、叔母の方の姪に当たるが、叔母の女の兄妹の姪か、男の兄妹の姪かの手掛かりが作品中には一切ない。韓国では、その関係から叔父と叔母の呼称が異なるので大変迷った。仕方なく、日本の友人達に会う度にこの問いを投げかけ意見を求めた。結局叔母をお延の母の兄妹とみなすことにして、韓国的な呼称の「イモ」「イモブ」とした。ちなみに、男の兄妹の姪なら「ゴモ」「ゴモブ」となる。呼称は、作品の内実に大きくは影響しないものの、人間関係を明確にする役割がある。「たかが呼称、されど呼称」であって、その背景には異なる文化があるのだ。

翻訳完成までには二年の年月を要した。作業がつらく〈暗〉に落ちる度に、死に至る病苦の中で筆を離さなかった作家漱石の強靭な精神を思い、〈明〉を求めた。『明暗』の翻訳は、私にとって日本語習得から漱石研究に至る、長い道程の総決算のようなものと言える。漱石作品の翻訳出版はこれで八冊目となるが、漱石の全作品を完訳するという夢にはまだ程遠い。「無暗に焦ってはいけません。ただ牛のように図々しく進んで行くのが大事です」といった漱石先生の言葉を胸に刻んでいる。今後も、当分は漱石銅像の前での祈りが続けられそうだ。

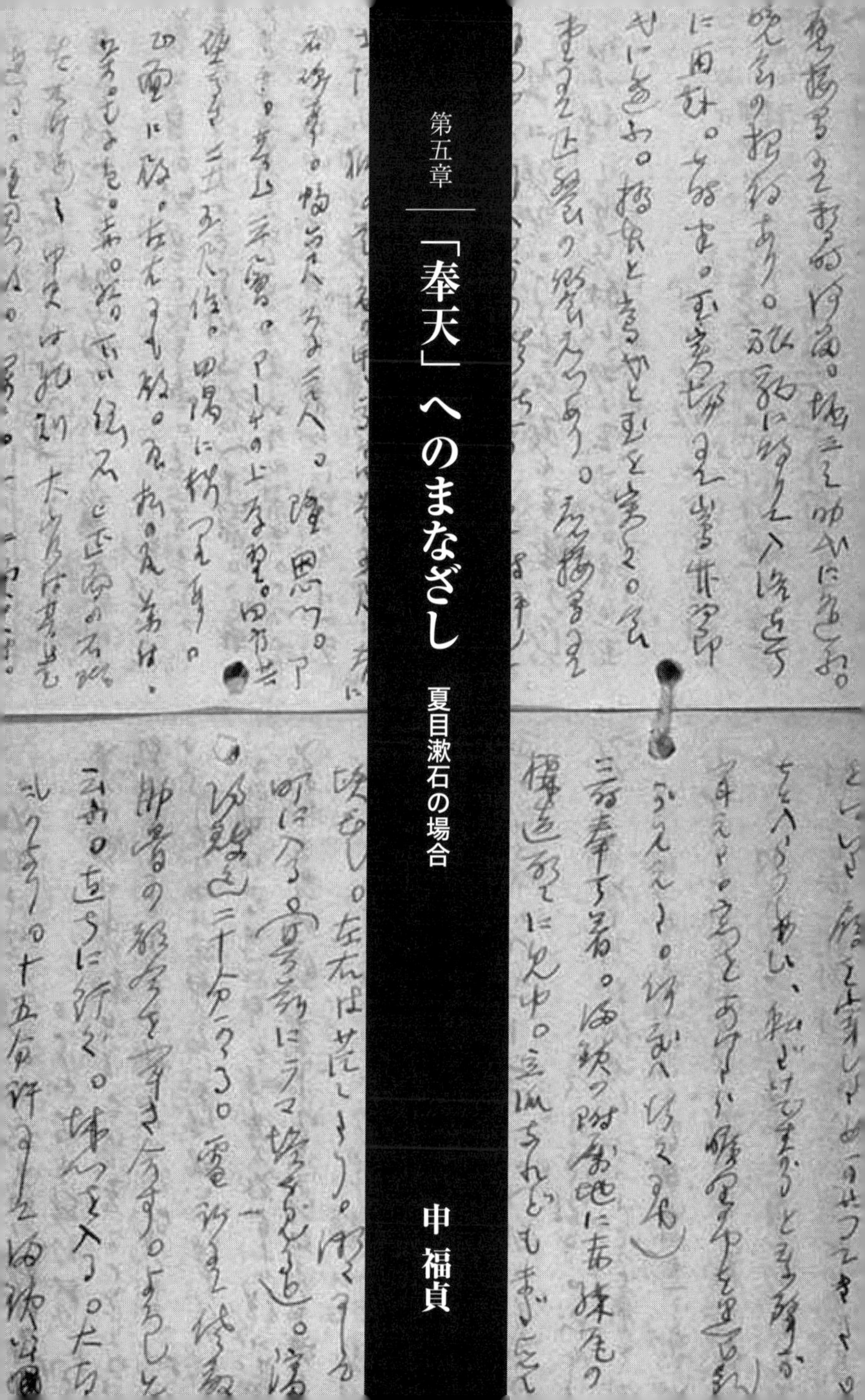

第五章

「奉天」へのまなざし

夏目漱石の場合

申 福貞

はじめに

北陵の宮居をめぐる松と楡《にれ》みどりの雲の引くけしきかな（晶子）
われは聞く小西門《せうさいもん》のほのぐらく見ゆる窓にて夢の話を（同）
與謝野寛・與謝野晶子『満蒙遊記』（一九三〇年）

清王朝の発祥地となった瀋陽は現在の中国遼寧省省都、かつて盛京、奉天とも呼ばれたが、今は「盛京文化」「奉天街」「奉天料理」などの言葉が、瀋陽の歴史を伝えている。実は「瀋陽」「盛京」「奉天」の中で最も早く史料に現れるのは「瀋陽」で、元の時代である。清朝の太祖皇帝ヌルハチが都を遼陽から瀋陽に移し（一六二五年）、その後、瀋陽を盛京と名を変えたのは太宗皇帝の皇太極である（一六三四年）。北京に遷都してからは、「奉天承運」の意味で奉天府がおかれ、瀋陽も次第に「奉天」と呼ばれるようになる。近代に入って、張学良の「易幟」（一九二八年）事件以後、瀋陽と呼ばれるようになったが、「満洲事変」以後は再び奉天となった。

戦後、奉天が瀋陽に改められ、現在に至る。「盛京文化」「盛京文学」など、盛京が文化的なイメージをあらわす傾向が強いのに対し、奉天は「奉天街」「奉天料理」など、庶民の生活の営みをイメージするような気がする。言ってみれば、奉天という言葉が歴史の中では一番長く使われているものだが、今の中国人にとってむしろ「満洲」時代を想起させる。今も町の中で目に触れることのできる「満洲」時代の建物などは、近代瀋陽の歴史を顧みるものにもなっている。一方、戦前において奉天での生活経験を持つ日本人にとっては、「奉天」はまた複雑な思いを喚起させるものと思われる。

この日本と深いかかわりをもつ瀋陽を、最も早く訪れた近代日本の文学者は夏目漱石であり、その「満洲」での見聞が紀行文に残され、『満韓ところどころ』として知られる。

中国国内において、これまで漱石の満洲紀行文『満韓ところどころ』は、中国に対する差別意識、植民地主義を見出す評価が多かったが、近年テキストそのものがもつ多義性を評価しようとする論も見られる。高潔は、『満韓ところどころ』には戦争への批判意識がみられ、発表された当時は作品の評価は低く、また、戦後においては中国人に対する差別的な表現が植民地に対する迎合とみなされ、批判を受けることとなり、作品の評価は「批判と迎合」の間で揺れ動いていたと言う[1]。『満韓ところどころ』の掲載が中断された理由について劉凱は、伊藤博文の暗殺という社会的な要因のみならず、旅行中に一貫して植民地支配者と一定の距離を置いていた作者自身の、掲載をあきらめようとする意識が主な要因になっていると指摘する[2]。朴婕は、作品に使われている差別的な用語についてのこれまでの批判は、表現技法に対しての表面的な批判に留まり、このような評価は作品のもつ日本文化の政治性を見逃していると言う。また、漱石が見た「満洲」の風景とは、「満鉄」によって提示された「満洲」にすぎず、一つの風景として見出した「満洲」の風景とは、作者自身の意識の中に既に存在していた「満洲」そのものの現われであり、中国の現状は漱石の文明批判の対象にはならなかったと指摘している。(3) 以上主に中国で発表された論文を見てきたが、本論ではこれまでの先行研究を踏まえた上で、漱石の瀋陽、撫順での見聞についてより詳細に考察していく。

　漱石が大連から出発し、営口、鞍山を経て、奉天に到着したのは一九〇九年の九月一九日。当時瀋陽で発行されていた中国語紙『盛京時報』は「日本小説家游歴抵奉」という見出しで漱石の奉天到着について報道している。(4) おそらくこれは夏目漱石の名前が中国で発行される中国語紙に登場する最も早い記事(宣統元年八月一一日付、西暦一九〇九年九月二五日)であろうと考えられる。鞍山から瀋陽に着いた時の駅の周りの風景について、漱石の日記には次のように書かれている。「十九日(日)快晴。八時半起床。入浴。甚だ愉快。十一時発奉天に向ふ。(中略)三時奉天着。満鉄の附属地に赤練〔煉〕瓦の構造所々見ゆ。立派なれども未だ点々の感を免かれず」現在でも使われている瀋陽駅(旧・奉天駅)が完成したのは、漱石が奉天を訪れた翌年の一九一〇年七月で、日記には「立派なれども未だ点々の感を免かれず」と、建設中の駅周りの風景について述べており、「立派」という言葉には、間もなく完成する新しい駅への期待感が示されている。が、その期待感もほんの一瞬で、鞭を激しく閃かせている出迎えに来た御者の振舞いは、「平和を喜ぶ輩」に苦痛を与え、その期待感も乗り物に対する不快感へと転換していく。しかし、馬車は当時の主な交通手段で、御者が鞭をふるうのはいわば当然のことである。馬車が通らなくなった現在でも、馬を操る文化の名残りだろうか、公園で鞭を鳴らす音が聞こえることがある。今や鞭をふるうのはスポーツであり、その音は御者の鞭の音と比べものにならないほど大きい。もちろん鞭も実際馬にふるう鞭より数倍長いものである。中国の江南地域では耳にすることのないこの音は、おそらく東北ならではの音の風景で、その音を聞くだけでもこの地域の人々の気質が分かるような気がする。

一　「大きな門」

奉天駅で下車した漱石は、宿屋の馬車で城内に入る。九月一九日の日記は次のように書かれている。「瀋陽館の馬車にて行くに電鉄の軌道を通る。（中略）瀋陽館迄二十分かゝる。電話にて佐藤肋骨の都合を聞き合す。よろしと云ふ。直ちに行く。城門を入る。大なるものなり。十五分許にして満鉄公所に着。門は純然たる日本式次の門は純支那式」。ここで漱石は、城内への入り口である城門と、満鉄公所の日本式と中国式の門について触れている。また、『満韓ところどころ』には、門についての記述が数箇所見られる。

そのうち大きな門の下へ出た。奉天へ前後四泊した間に、この門を何度となく潜《くぐ》った覚《おぼえ》がある。その名前も幾度《いくたび》となく耳にした。所がそれを忘れて仕舞った。その恰好も甚《はなは》だ曖昧に頭に映る丈《だけ》である。然《しか》し奉天の市街《まち》に入って始めて埃だらけの屋根の上に、高くこの門を見上げた時は、はあと思った。その時の印象はいまだに消えない。（中略）この門は色としては、古い心持を起す以外に、特別な采《あや》を一向具《そな》えていなかった。木も瓦も土も略一色《ほぼひといろ》に映る中に、風鈴丈が器用に緑を吹いていた丈である。瓦の崩れた間から長い草が見えた。廂の暗い影を掠《かす》めて白い鳩が二羽飛んだ。余は久し振りに漢詩というものが作りたくなった。待っている間少し工夫して見たが、一句も纏まらないうちに、橋本が筆と墨を抱えて出て来たので興趣は破れて仕舞った。

この外《ほか》にこの門から得た経験は、暗い穴倉のなかで、車に突き当りはしまいかと云う心配と、煉瓦に封じ込められた塵埃《ちりはこり》を一度に頭から浴びると云う苦痛丈であった。(5)

この「大きな門」は、奉天府の内城を城壁で囲んだ東西南北それぞれ二つずつあった八つの門の中で、小西門のことをいう。八の門はそれぞれ、懐遠門（大西門）、外攘門（小西門）、撫近門（大東門）、内治門（小東門）、徳盛門（大南門）、天佑門（小南門）、福勝門（大北門）、地載門（小北門）である。

ただ、再建され現在見られるのは、西側にある懐遠門（大西門）と、その向い側にある撫近門（大東門）の二門だけである。地下鉄の懐遠門の駅から降りて、撫近門（大東門）へ向かう途中に瀋陽故宮がある。漱石が通った「大きな門」は、今の懐遠門（大西門、図1）の北側にあった城内（旧市街　いわゆる「シナ街」）に通じる小西門である。この小西門から東側の小東門に通じる通りが、いまの繁華街、「中街」辺りである。(6)

【図1】現代の建物として再建された懐遠門（2017年10月17日、筆者撮影）

漱石の一九〇九年九月二五日の日記には「外出筆と墨壺を買ふ。七円に三円二十銭也」と書いてあるが、筆を買うために店に入ると記した文章は、一日瀋陽を離れ、ハルビンから再び瀋陽に戻った時のことであると考えられる。同行していた橋本が筆と墨を買いに行っている間、漱石ははじめてこの門を見あげた時の驚きと、自分を漢詩の世界へ誘ってくれた、夕暮れの中に聳えている門と、その門の周りの風景について述べている。漢詩は結局完成しなかったが、「古い心持を起す以外に、特別な采を一向具えていなかった」「風鈴丈が器用に緑を吹いていてい」ることの門が、漱石をどんな詩の世界へと誘っていたか興味深い。この瞬間漱石の思考は現実の中国を離れ、憧憬の古典の世界を漫遊していたかもしれない。名前も「その恰好も甚だ曖昧に頭に映る丈」の門であったが、この城門が奉天見物の中でも漱石に深い印象を与えたことはテキストに書かれている通りである。

「大きな門」は、門の前へ佇んでいる漱石を中国古典の世界へ導いた「門」であり、また、「煉瓦に封じ込められた塵埃を一度に頭から浴びると云う苦痛」を与えた現実へと、同じ場所で同時に異なる世界へと誘ってくれた門である。かつて巨大な力の象徴でもあったはずの城門だが、「瓦の崩れた間から長い草が見える」ほこりだらけのこの門は、まるで晩清の衰えていく有様を語っているかのようにも見える。

戦前に発行された北原白秋の『小国民詩集　満洲地図』にも「奉天城門」という詩がある。

奉天城門、／かつかつと／蹄の音が／きこえます。／大山大将／幕僚と／ここを入城、／そのむかし。／裏毛の外套／ふかぶかと、／襟をうづめて／まづさきに。／三月寒空、／挙手をして、／がんじり肥つた／あの身体。／奉天城門、／今にても／蹄の音が／きこえさう。(7)

ここに登場する「大山大将」とは、おそらく日露戦争時の大山巌であろう。しかし、この詩は門そのものの描写というより、「大山大将」という人物に触れることによって、日露戦争の記憶を呼び起こすものとなっている。

実は、小西門は城内に入るのに一番よく使われた門で、一九三一年に「満洲事変」が起きた翌日には、日本軍による城門の占領で戦前の統制がはじまったのである。戦後になって交通の便などを考慮し、いま復元されている懐遠門と撫近門以外の門は取り壊されたが、近代において小西門の存在はある意味では戦前の日中の歴史を象徴するものでもある。

【図2】瀋陽滞在中、漱石がよく訪れた満鉄公所(満洲日日新聞社『南満洲写真大観』1911年2月)

奉天に滞在する間、漱石は何度もこの城門を通っているが、その行き先の一つが「満鉄奉天公所」(図2)である。二〇〇八年に瀋陽市文化遺産となった「満鉄奉天公所」の旧址は、瀋陽故宮から南東へ八〇〇メートル離れた今の朝陽街一三一号に位置し、工部巷の南側にある。工部巷は奉天に設置されていた盛京五部の一つである工部衙門が置かれていたところからつけられた工部衙門胡同が今の工部巷になったものである(盛京五部は、清が北京に遷都してから奉天に設置した戸部、礼部、兵部、刑部、工部などをさすものである。『清代中央国家機関概述』黒龍江人民出版社、一九八三年)。日本がこの場所に「満鉄奉天公所」を設立したのは日露戦後のことであるが、今残っているのは一九二四年に再建されたもので、漱石が満鉄公所を訪れた時に見た建物は再建される前のものであると考えられる。満鉄公所の業務は鉄道経営のみでなく、経済、政治など多岐にわたり、その影響力を伸ばしていたことはすでに知られているものである。「満洲事変」の時、満鉄公所は奉天市街に住んでいる日本人の避難場所ともなっていたが、一九三一年一二月に閉鎖された。戦後になって瀋陽市立図書館、瀋陽市児童図書館として使われていが、近年建物の老朽化が進み、昨年からは立ち入り禁止となっている。修復後ふたたび一般開放されるという。

二　北陵公園

明・清王朝の皇帝墓群の一部として、二〇〇四年に世界遺産に登録された北陵は、市民の憩いの場として、現在瀋陽市で一番大きな公園となっている。公園前の広場は季節ごとに風景が変わる（図3）。最大の祝日である春節になると、大きな黄色の龍が公園の正門に飾られ、春節の気分を高める。温暖な春から暑い夏にかけては、広場は市民の娯楽の場となる。夕方になると、社交ダンスを楽しむ人、「広場舞」を踊る人、縄跳びをする人、いつも大変な賑わいである。そこにいるだけでお祭りの気分が味わえる。実は、今の北陵公園は清昭陵の周りを開発し、拡大したもので、今の公園の正門が建てられたのもそれほど昔のことではない。公園の正門からは清昭陵の正門まで約一・五キロ——。真ん中の歩道を行くと、皇太極の銅像が聳える広場が現れる。公園の中には人工池があり、夏にはボート、冬にはスケートと橇が楽しめる。

今は地下鉄北陵駅もあり、また路線バスの便数も多く、交通が便利になったが、漱石は馬車に乗って北陵まで来たのである。『満韓ところどころ』には、奉天市街から北陵に近づく際に見えた石碑について、次のように書いている。

【図3】春の北陵公園前広場、花壇と噴水に対して龍は存在感を示している（2018年5月12日、筆者撮影）

そう云う場所へ来ると、馬車の上から低い雑木を一目に二丁も眺められる。向うに細長い石碑が立ていた。模様丈が薄く見えるが、刻字は無論分らなかった。

しばらくすると、路が尽きて高い門の下へ出た。門は石を畳んだ三つのアーチから出来上っているが、アーチの下迄行くには大分高い石段を登らなくてはならない。門の左右には大きな龍が壁に彫り込んであった。(8)

【図4】北陵公園内の下馬碑（2017年10月17日、筆者撮影）

ここでいう「細長い石碑」は、清昭陵の正門、神橋からすこし離れたところにある下馬碑のことであろう。前近代社会では身分をあらわす一つの尺度にもなっていた下馬碑は明、清の時代に皇陵や故宮によくたてられたものである。テキストに「模様丈が薄く見えるが、刻字は無論分らなかった」と書いたのは、おそらく当時漱石は馬車に乗っていたため、その石碑に刻まれた文字がよく見えなかっただろう。しかし、その石碑に字が書かれていたのは確かなことであった。現に北陵には対となっている下馬碑が三か所ある。テキストの石碑にふれた文章のすぐ後ろに「しばらくすると、路が尽きて高い門の下へ出た」という文が続いているので、漱石が見た石碑はおそらく清昭陵の正門、神橋の南側にある「下馬碑」（図4）であると考えられる。その碑には「官吏等はここにて下馬すべし」（漢字による碑文は「官員人等至此下馬」）という意味の文言が満、蒙、漢三つの文字で刻まれている。

この「下馬碑」から北へ少し進むと正門に至る。「三つのアーチから出来上っ」た門の中で、真ん中にある中門が神門、西門が臣門、東門が君門と言われる門で、普段観光客に開放されているのは、右側の君門である。門を通ると、向こう側には頌徳碑がある。「突き当りにある楼門の様な所へ這入ったら、今度は大きな亀の脊《せ》に頌徳碑《しょうとくひ》が立ててあった。亀も大きかったが、碑も高い。蒙古と満洲と支那の三国語で文章が刻《ほ》ってある」。テキストにも触れているこの頌徳碑は、皇太極の功績を称えるために作られた「大清昭陵神功聖徳碑」のことであるが、いまはそこに文字があるのかもわからないほど薄れている。漱石がみた「大きな亀」は、実は中国の伝説上の「贔屓」という龍が生んだ九頭神獣の一つで、中国語でBixi（ビシ）と読む。日本語の「ヒイキ」の読みはこの発音から来たものであろう。日本語では気に入った人を特に引き立てるとの意に使われ、「贔屓の引き倒し」などの諺もあるが、中国語では贔屓を用いた諺はあまりみられない。ただ、観光地では贔屓の頭を撫でると衣食に困らないうえ、首に触ると病気にかからないなどの俗信がある。また、贔屓に関する伝説として、三山五岳を載せて、海や河でよく波風を起こした贔屓が、禹に征服され、禹の治水事業に貢献したという伝説がある。禹はその功績を刻んだ大きな石碑を贔屓に載せたという。中国では頌徳碑は殆どこの贔屓が背負うが、日本では贔屓についてあまり知られていないようである。[9]この神功聖徳碑を後にして先に行くと、「隆恩門《りゅうおんもん》と云うのが空に聳えてい」る。左右には「方城」（漱石は、左右に回らしてある壁と表現している）に上がる石階段があるが、その方城に沿って北へ進むと、「月牙城」と呼ばれる北陵を取り巻いている半月形の壁が現れる。テキストには「正面にある廟《びょう》の横から石段を登って壁の上へ出ると、廟の後丈が半月形になって所謂《いわゆる》北陵を取り巻いてい

【図5】清朝第二代の太宗文皇帝ホンタイジの墓「月牙城」宝頂、頂上にあるのは「神樹」といわれる楡の木（2018年5月12日、筆者撮影）

る」と、「月牙城」に言及するが、ここではその「月牙城」の宝頂に植えられている楡の木について少々触れたい。

「月牙城」は宝城（半月形になっている壁のこと）、宝頂、地宮（地下）三つとなっている。この「月牙城」の真ん中にある丘の形をしているのが宝頂で、その上には一本の楡の樹が植えられている。「神樹」とも呼ばれるこの楡の木は、清永陵（「関外三陵」と呼ばれる永陵、昭陵、福陵）の「神樹」に由来する。一七五四年一〇月、乾隆皇帝が東へ二度目の行幸をした時、永陵に大きな楡の木をみつけ、これを「神樹」と名付けたという。北陵の宝頂に現在ある楡の木は、元のが枯れてしまい、三〇年ほど前に植えられたものである（図5）。

実はこの楡の木について満洲族の民間では様々な伝説が伝わるが、その中でも皇太極の父であるヌルハチの話が有名である。ヌルハチは長い跋渉をしたある日、一息つこうと楡の枝の股に両親の遺骨箱を置いたまま、宿屋に行った。翌日に戻ると遺骨の箱はすでに土の中に埋もれていた。地面の土がせり上がり、木の枝の股よりも高くなったのだ。それに、遺骨箱を取ろうとしても取れない。そこで木に斧をいれたら、木から血のような赤い液体が流れ、不思議にその傷はまたすぐ癒合し、何度も同じことが繰り返されたという。ヌルハチはそこを祖先の永眠する聖地だと判断し、後の永陵（一六五九年に興京陵を永陵と改称）を作ったと言い伝えられる。これはあくまでも統治者が自らの統治を正当化し、政治的な基盤を固めるために作られた伝説のようなものであるが、現代においては観光の楽しみを与えるものになっている。また、テキストには番頭に金の玉を売ろうとする、中国の小僧を描いているが、これは文物の盗難事件が多かった清朝末期の状況を想像させる。
北陵の見物を終え宿屋に戻る途中、漱石は馬車に轢かれた六〇ぐらいの老人の様子を目にする。

余も分らない乍《なが》ら耳を立てて、何だ何だと繰返して聞いた。不思議な事に、黒くなって集《あつま》った支那人はいずれも口も利かずに老人の創《きず》を眺めている。動きもしないから至って静かなものである。猶《なお》感じたのは、地面の上へ手を後へ突いて、創口をみんなの前に曝している老人の顔に、何等の表情もない事であった。痛みも刻まれていない。苦しみも現れていない。と云って、別に平然ともしていない。気が付いたのは、ただその眼である。老人は曇《どん》よりと地面の上を見ていた。

馬車に引かれたのだそうですと案内が云った。医者はいないのかな、早く呼んでやったら可いだろうにと間接ながら窘《たし》なめたら、ええ今に何《ど》うかするでしょうという答である。(10)

傷を負った「何等の表情もない」老人を心配し、「医者はいないのかな、早く呼んでやったら可いだらうにと間接ながら」御者を窘める漱石の言葉には、身分と国籍を離れ、異国の百姓に向けられた一人の人間のあたたかい気持ちが率直に表れている。テキストには傷を負った老人の顔には「痛みも刻まれていない」「苦しみも現れていない」と書かれているが、しかし、「痛み」「苦しみ」を老人は感じなかったわけではないだろう。「痛み」と「苦しみ」を感じていたとしても、どうすることもできない老人の心情が「曇よりと地面の上を見ていた」その目によって現れている。老人を心配し、その「曇よりと地面の上を見ていた」目に気づいたものの、「御馳走が無暗に出る待遇を受けながら（漱石はそれを願っていたわけではないが）、満洲の各地を歩いた漱石には、その老人の目が語るものを理解することはできなかっただろうし、「いずれも口も利かずに老人の創を眺めて」いる「黒くなって集った支那人」の行為が「不思議」に思われることしかできなかっただろう。一方、撫順を含む瀋陽での見聞は常に日本が参照される。例えば満鉄公所でお茶を飲みながら「如何にも汚い国民である」と、「支那人」についての結論と、「いくら綺麗好きの日本人が掃除をしたって、依然として臭い」と、「きれい好きの日本人」が対照的に書かれている。また、北陵に向かっている途中の風景描写であるが、郊外の「季節丈に青いもの」を眺めながら、「何故是程の地面を空しく明て置かは、家屋の発展に忙殺されつつある東京ものの眼には即時の疑問として起る訳」であった。「樹も草も見えない広い原」を通りながら、ここで思い出されたのは、近代都市建設のために忙しい東京の姿であった。

原が急に叢《くさむら》に変化するのは不思議であった。此所《ここ》に是丈《これだけ》の樹が生えるなら、原の中ももう少し茂って然《しか》るべきであると気が付いた時は既に車の両側が塞がっていた。竹こそないが、藪と云うのが適当と思われる位な緑の高さだから、日本の田舎道を歩く様な大人しい感じである。所々細い枝などが列を外れて往来へ差し出ているのを、通りながら潜《くぐ》り抜けたり、撓《しな》わしたりして行き過ぎるのが何より愉快だった。路も先刻《さき》よりは平たくなって、真白《まっしろ》に草と木の間を貫いている。ある所には大きな松があった。葉の長さが日本の倍もあって色は海辺のそれよりも黒い。ある所は荒れ果た庭園の体に見えた。(11)

これは北陵の近くに来た時の自然描写である。城内から離れているこの辺りは「日本の田舎道を歩く様な大人しい感じ」で、「所々細い枝などが列を外れて往来へ差し出ているのを、通りながら潜り抜けたり、撓わしたりして行き過ぎるのが何より愉快」な感じを与えるところであった。日本を思わせるような風景を走りながら、漱石ははじめて「愉快」感をおぼえるのであった。テキストには奉天の街を歩きながら目に留まっていた異境の風景が描かれているものの、漱石が感じていたのは異文化体験の面白さというより、想像を外れた「汚い」「満洲」の現実であり、「窮屈な人間」

であった。これは中国古典への憧れと現実との隔たりがあまりにも大きかったことに由来しているともいえるが、その旅先で「愉快」感を感じさせるものはやはり「日本」的なものであった。「大連の日は日本の日より慥かに明るく眼の前を照らし」、「とでも評したら可かろうと思う程空気が透き徹って、路も樹も屋根も煉瓦も、夫々《それぞれ》鮮やかに眸《ひとみ》の中に浮き出し」ている近代都会へと発展していく大連市街と、「暗い穴倉のなかで、車に突き当りはしまいか」と、心配を与える城門に囲まれた奉天と、大連と奉天が漱石に与えた印象は明らかに違うものであった。大連を描くにあたって、明るい大連市街の背後に表れている中国、ロシア、日本三者の緊張関係、そしてその緊張感の上に成り立っている大連の歴史と現実を、漱石は象徴化して描いていたとすれば[12]、奉天においては、様々な経験を与えた「城門」を描くことによって、その街の歴史を浮き彫りにすると同時に、現にそこに住む人々の精神世界と生活の営みを表現していたのであった。

三　撫順

瀋陽から東へ約六〇キロ離れたところに、かつて「煤都」（炭都）と呼ばれていた撫順がある。撫順に行けば一日で千金を儲けられるという言い方から、二〇世紀のはじめは千金寨と呼ばれていたが、一〇〇年も経つと石炭も掘りつくされ、撫順はいま産業構造の転換を迫られている。当時アジア第一露天掘り炭鉱と呼ばれた西露天炭鉱は、今巨大な炭坑を残したまま、採掘作業は殆ど行われず、観光地となっている（図6）。炭鉱と近代撫順の波乱万丈の歴史を後世に伝えようと、二〇一一年には西露天鉱に撫順煤礦博物館が建てられた。撫順駅からタクシーで二〇分ほど離れている博物館に向かう道沿いには、炭坑の遺跡が眺められる展望台がいくつかある。開館時間は朝八時半から午後三時半まで、普段見学に来る人はそれほど多くない。博物館の一階には炭鉱の自然状況についての映像と説明文が見られ、二階には撫順炭鉱の一〇〇年の歴史が展示されている。中には満鉄が経営していた時に使われた設備なども見ることができる。三階には新中国成立後の成果が展示されている。建物一〇階には館内から西露天炭坑遺跡を眺められる展望台があるが、博物館の外にも参観台がいくつか設けられている。西露天鉱は今、一つの観光地となっているものの、巨大な炭坑が環境や地盤に与える影響、また、その影響がもたらした環境問題についての対策が一つの課題として

【図6】採掘がほとんど行われていない今日の撫順西露天炭鉱。遠くに発電所のタービンや煙突が見える（2018年7月22日、筆者撮影）

残っている。

今も瀋陽を訪れる日本人観光客の中では、撫順まで足を運ぶ人は少なくないが、日露戦争後、撫順炭鉱がロシアの手から日本側に移り、満鉄の管理下におかれるようになって間もない頃、漱石はこの撫順炭鉱を訪れていた。奉天での見物が終わり、漱石は九月二一日に橋本左五郎と奉天発の汽車で撫順に向けて出発し、九時二〇分頃到着。漱石が撫順での主な見学地は撫順炭鉱であった。

事務所へ帰って午餐《ひるめし》の御馳走になったとき英国人は箸も持てず米も喰えず気の毒なものであった。この領事は支那に十八年とかいたと云うのに、二本の箸を如何《いかん》ともする事の出来ないのは案外である。その代り官話は達者だそうだ。松田さんは用事が忙しいとかで、食卓へは出て来られなかった。接待役として松田さんに代った人は、英語で英国人に話したり、日本語で余等に話したり甚《はなは》だ多事であった。けれども橋本氏も余もこの時迄英語は一切使わなかった。元来英人と云うものはプラウドな気風を帯びていて、紹介されない以上は、他に向って容易に口を利かない。だから我々も英人に対しては同様にプラウドである。(13)

これは漱石が撫順に着いてから同じ食卓を囲んでいた英国人に対する印象を述べた一節である。ここで言う英国人は、漱石が撫順行き汽車の中で会った西洋人で、英国領事である。撫順のことを書くに当たって漱石は、撫順炭鉱の風景と炭坑内の様子について書いているものの、短い撫順見物の中でかなりの分量を費やし書いているのが英国人についての描写である。汽車の中でも汽車を降りてからも、また、食事の最中でも漱石は、「客車内で持参の弁当か何か食ってい」た二人の西洋人が気になっていた。「その内の一人は奉天の英国領事であった」ことは、汽車を降りてから「出迎へのものが挨拶している所を聞いて見」て分かったのである。「官話は達者」であっても、「支那に十八年とかいたと云うのに、二本の箸を如何ともする事の出来ない」英国人に、漱石は「案外」であると、英国人の「支那」文化の接し方に不思議な意を示している。「官話は達者」である英国人と会話ができる能力が十分あったにもかかわらず、漱石は「英語は一切口にしなかった」と強調している。それは、「プラウドな気風を帯びてい」る英国人に対しての、日本人の「プライド」を保つことであり、「一切」という言葉を使うことで、英語に対しての強い違和感を示している。漱石が英語を話さなかったのは、ただの「日本語」と「英語」という言語の問題ではなく、言語の背後に表れている「プライド」の問題、つまり「日本」と「英国」、「東洋」と「西洋」という図式が強く働いていたからである。「西洋人」に会った漱石は、「西洋」あるいは「西洋人」について、出来るだけ「日本」の「プライド」を守ろうとしていた。一方、テキストに登場する人物は「日本人」と「西洋人」であり、ここで意識されているのは「西洋人」のみで、「現地人」の様子は書かれていない。漱石の「西洋」への意識は次のところからもあらわれている。

やがて松田さんが案内になって表へ出た。貯水池の土堤《どて》へ上ると、市街が一目に見える。まだ完全には出来上って居ないけれども、悉《ことごと》く煉瓦作りである上に、スチュヂオにでも載りそうな建築ばかりなので、全く日本人の経営したものとは思われない。しかもその洒落た家が殆《ほと》んど一軒毎に趣を異《こと》にして、十軒十色とも云うべき風に変化しているには驚いた。その中には教会がある、劇場がある、病院がある、学校がある、坑員の邸宅は無論あったが、いずれも東京の場末へでも持って来て眺めたいもの許《ばか》りであった。松田さんに聞いたら皆《みんな》日本の技師の拵《こしら》えたものだと云われた。(14)

ここでいう「スチュヂオ」(Studio)は、漱石が購読していたイギリスの月刊美術雑誌(一八九三年創刊)である。「貯水池の土堤へ上」り、市街を眺めたとき漱石の目に入っていたのは、「全く日本の経営したものとは思われない」「スチュヂオにでも載りそうな建築ばかり」であった。漱石を驚かせた撫順炭鉱の「洒落た家」は、「東京の場末へでも持って来て眺めたいもの許りであった」。「皆日本の技師の拵え」た建物が、決して「西洋」に劣らないこと、そして、満洲での日本人の奮闘振りが決して「日本」に遅れないことを、漱石は「スチュヂオ」と「東京の場末」という言葉をもって表している。「西洋」と「日本」、そして、「日本」と「満洲」、いずれにしてもここで描かれているのは「日本」を中心とするもので、中国は意識されていない。漱石が撫順炭鉱を訪れた二三年後の一九三二年、撫順では「平頂山事件」が起き、無辜な命が犠牲となった痛ましい事件があった。一面に広がっている撫順炭鉱の巨大な炭坑が語っているのは、自然の移り変わりのみならず、その痛ましい歴史事件の背後を教訓にいま生きている人々に平和の大切さを静かに伝えるもののように思われる。

「松田さんの話しによると、何処《どこ》を何う《どう》掘っても一面の石炭だから、それを掘尽すには百年でも二百年でも掛かるんだそうである」。これは当時の撫順炭鉱長である「松田さん」が漱石に聞かせた撫順炭鉱の話。「掘尽すには百年でも二百年でも掛かる」と言われた、「何処を何う掘っても一面の石炭」であった撫順炭鉱は、「海外雄飛」を夢見る日本人の憧れの場所であったかもしれない。しかし、その「海外雄飛」の夢も、「満洲国」の夢も、燃え去った石炭のように、日本の敗戦とともに歴史の中に消えてしまったのである。

四、石炭と文学

「炭鉱」「坑夫」等の言葉と漱石の文学を考える時に、すぐに思い出すのは漱石の『坑夫』であろう。明治四一年一月一日から四月六日まで、『東京朝日新聞』と『大阪朝日新聞』に掲載された『坑夫』は、『虞美人草』の発表以来、新聞小説の第二作として知られている。「『坑夫』の謂れは斯うなんだ。——或日私の所へ一人の若い男がヒヨツクリやツて来て、自分の身の上に斯ういふ材料があるが小説に書いて下さらんか（後略）」と漱石自身が執筆の事情について語っている。[15] 荒井と言う青年の体験を素材として書かれた『坑夫』は、その素材の異質さのゆえに、漱石の他の小説と違って、作品に対する評価は決して高いものではないと言われてきた。裕福な家庭に生まれながら、女性との恋愛問題に苦悩し、家出をした主人公は、銅山の坑内でインテリの坑夫に出会い、坑夫になろうと決心する。が、気管支炎で結局坑夫にはなれず、「飯場の帳附」として五か月間の勤務を終え、銅山を離れる。テキストには主人公が銅山で坑内に降りたときの様子や坑内にいた人との会話を通じて、労働環境の厳しさを伝えているものの、主人公は銅山で働いている間、坑夫としての経験を持たなかった青年である。『坑夫』というタイトルは、社会の底辺で過酷な労働を強いられていた労働者のイメージを想像させるが、作品自体は主人公の労働者としての意識の変化を描いたものではない。池田浩士は「漱石の『坑夫』の本質的意義は、この作品によって鉱山の労働と、それを担う労働者の姿とが、現実的に描かれていることにあるのではなく、むしろ坑夫という種属についての社会通念を生きいきと体現していることにある」（圏点は原著者）と、鉱山で働いているいわゆる元インテリの坑夫に、社会からのまなざしを語らせることによって、鉱山の労働者の社会地位を体現していたことに、この作品の意義があるとする。[16] 一方、漱石の『坑夫』と全く同じタイトルである宮嶋資夫の『坑夫』は、大正労働文学・プロレタリア文学の嚆矢に位置する作品とされるが、社会の最底辺における坑夫の生活を描いているものの、主人公の石井金次は集団に属する仲間たちから裏切られ、「移動・放浪」を重ねた末、死を迎える。[17] 自殺を考え、家を出た漱石の『坑夫』の主人公は、ある意味では「放浪者」であるが、両作品において「放浪者」である主人公の運命は正反対の結末となっている。

漱石の『坑夫』は、近代文学作品の中で炭鉱を小説の素材とする作品の先駆をなしていたとも言われるが、古典文学において石炭を題材としている最もよく知られているのは、松尾芭蕉の句、「香に匂へ泥炭《うに》掘る岡の梅の花」であろう。これは松尾芭蕉が伊賀上野に帰郷した時詠んだ句で、泥炭を掘り起こした岡のうえにも梅が美しく咲いて、その梅の花の香りが泥炭の臭いを和らげてくれるという光景を想像させるものである。中国文学史の中でも石炭はしばしば登場するが、古典文学においてよく知られているのは蘇軾の「石炭」である。[18] 一〇七七年四月、蘇軾は徐州の太守として赴任したが、その年は黄河の氾濫で、食料不足となり、それに冬の寒さをしのぐ薪の不足が深刻な問題となっていた。冬の防寒問題を解決するために、各地を歩き回ったところ石炭を発見した蘇軾は、予想外の大きな収穫に喜びを感じ、その場で石炭を賛美する「石炭」を作ったと言われる。近代に入ってからも、徐州は中国の石炭の重要な産地として知られてきたが、徐州の石炭の歴史を調べるのに蘇軾の「石炭」は無視できない重要な文献となっている。中国の近代文学においても、石炭は多くの文人によって歌われた。日本と深いかかわりをもつ郭沫若は、一九一九年に発表した「地球、我的母親」(『郭沫若全集 文学編 第一巻』人民出版社、一九八四年)という作品の中で、炭坑で働く労働者を「全人類のプロメテウス」にたとえ、また、一九二〇年に『時事新報』の副刊である「学灯」に発表された「炉中煤」(『郭沫若全集 文学編 第一巻』人民出版社、一九八四年)の中でも石炭について触れている。この作品は郭沫若が日本に滞在していた時に書いた作品で、詩集『女神』に収録された。作品の中で作者は、祖国を「女郎《おとめ》」に、石炭を「我」と呼び、「我」の「女郎」に対する情熱を伝えている。すでに日本滞在中であった郭沫若は、このような擬人法を通じて「五・四」運動後の中国の明るい未来に対しての希望と祖国に対する愛国心をこの詩に託していた。同じ時期に書かれた朱自清の「煤」(『朱自清大全集』新世界出版社、二〇一二年)も、自分を犠牲にしながら人類に光と熱をあたえる石炭の精神を高く賛美している。また、小説のジャンルでは、蕭軍の「四条腿的人(四本脚の人)」(一九三六年)苗培時の「矿工起义(炭坑夫の蜂起)」(一九四五年)などが、戦時下の炭坑夫の様子を描いた重要な作品として知られている。二〇世紀八〇年代に入ってからは、炭鉱文学を表彰する「乌金文学奖(烏金文学賞)」(一九八四年)が設けられている。中国と違って、今の日本では炭鉱を小説の題材とする文学の創作は殆ど行われていないともいえるが、戦前の日本においては中て漱石の『坑夫』は例外として、その多くの作品はプロレタリア文学であり、この点においては中国と通じるところがあると思われる。

　二一世紀に入ってから、中国でも「満洲」と東アジアの関係性の中で、「満洲」文学に関する研究が盛んに行われるようになった。その流れのなかで日本文学者の「満洲」旅行に関する記述も注目を集め、様々な視点から論じられてきている。漱石の『満韓ところどころ』は、日本人作家の「満洲」に関するかなり早い紀行文であるが、その後も多くの作家が「満洲」を訪れ、「満洲」の諸相を描いてきた。しかし、そこに瀋陽が描かれた作品はそれほど多くない。そういう意味で漱石の『満韓ところどころ』は、日本作家の瀋陽へのまなざし、また、明治から昭和にかけて作品に描かれた瀋陽のイメージの変化を跡付ける重要な作品であると言える。

〔注〕
（1）高潔「迎合与批判之间——论夏目漱石的『满韓ところどころ』」『日語学習与研究』三、二〇〇八年六月、六六～七〇頁。
（2）劉凱「军国主义语境里的殖民地书写——夏目漱石《满韩漫游》辍笔考辩」『东北亚外语研究』一、二〇一四年三月、六三～六九頁。

（3）朴婕「〝満洲〟铁路叙述与日本帝国神话」『外国文学評論』三、二〇一七年八月、三五～四八頁。
（4）『盛京時報』宣統元年八月一一日付（一九〇九年九月二五日付）原文は「日本小説家游歴抵奉　日本小説家夏目君漱石（大坂朝日新聞記者）此次游歴満韩各埠日前道经大連営口安抵奉天即赴撫順遊歴一週擬於日内回奉是以旅奉日僑有預備請夏目君講演佳話之挙」である。和訳すると「日本の小説家夏目漱石氏（大阪朝日新聞記者）はこの度満韓各地を歴訪し、先日大連、営口を経て奉天に安着。すぐ撫順に赴き、一週間滞在する予定。数日のうちに奉天に戻り、夏目氏に講演を要請する在留日本人もいるという」となる。漱石の瀋陽到着は九月一九日のため、この記事の掲載はかなり遅いといえる。二一日に撫順に赴き、その日に瀋陽に戻るが、泊まらずに哈爾浜にむけて北上し、再度瀋陽に戻るのは九月二五日であった。記事の情報源は定かではないが、漱石の旅程は流動的だった可能性がある。結局、瀋陽での講演は実現しなかった。ちなみに、瞥見のかぎり、漱石の名前をいち早く伝えた中国の新聞は『申報』で、一九一六年一二月一一日付である。漱石の逝去を伝えるわずか二〇文字程度の記事である。『盛京時報』の記事はそれより七年も早い。
（5）『漱石紀行文集』岩波書店、岩波文庫、二〇一六年、一三一～一三二頁。
（6）原武哲「夏目漱石『満韓ところどころ』新注解」『敍説』Ⅱ　一〇号、二〇〇六年、二一～四八頁。
（7）北原白秋「奉天城門」『満洲地図』フタバ書院成光館、一九四二年、八六～八八頁。
（8）『漱石紀行文集』岩波書店、岩波文庫、二〇一六年、一四〇～一四一頁。
（9）胡玉遠編『京都勝迹』北京燕山出版社、一九九五年、二六〇頁。
（10）『漱石紀行文集』岩波書店、岩波文庫、二〇一六年、一九二頁。

（11）『漱石紀行文集』岩波書店、岩波文庫、二〇一六年、一四〇頁。
（12）坂元昌樹「漱石が見た大連の風景と日本人たち」『KUMAMOTO』二三号、二〇〇八年六月、一四四頁。
（13）『漱石紀行文集』岩波書店、岩波文庫、二〇一六年、一四四頁。
（14）『漱石紀行文集』岩波書店、岩波文庫、二〇一六年、一四三頁。
（15）夏目漱石「『坑夫』の作意と自然派伝奇派の交渉」『文章世界』三巻五号、明治四一年四月一五日、ここでは『漱石全集』第二五巻、岩波書店、一九九六年五月、二五三頁より。
（16）池田浩士『石炭の文学史』（海外進出文学）論・第Ⅱ部 インパクト出版会、二〇一二年九月、四二頁。
（17）椈沢健「大正五年の『坑夫』――宮嶋資夫『坑夫』論」『国文学研究』第一二三号、一九九七年一〇月、一〇一頁。
（18）『蘇軾詩集』巻一七、中華書局、一九八二年、九〇二～九〇三頁。

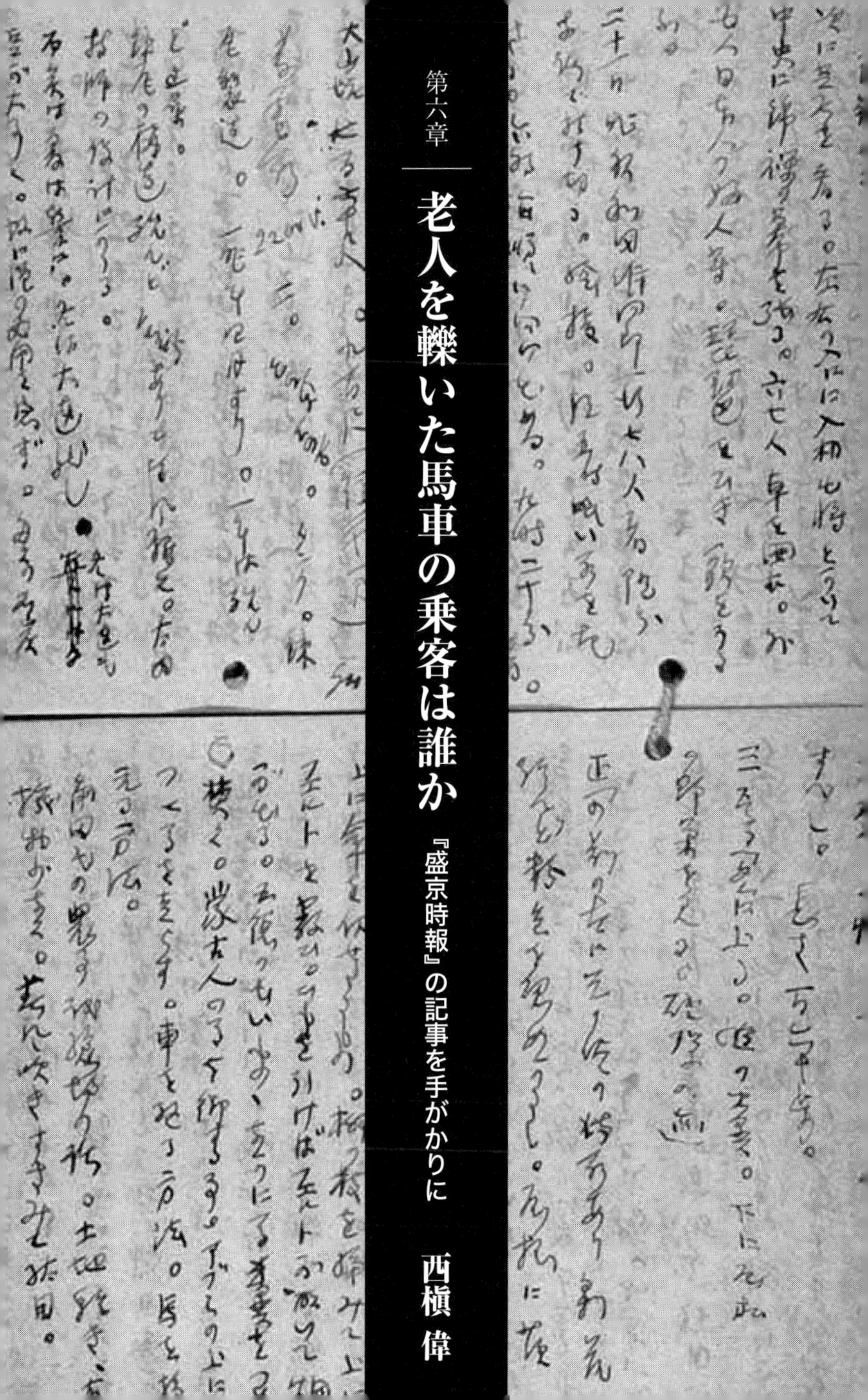

第六章

老人を轢いた馬車の乗客は誰か

『盛京時報』の記事を手がかりに

西槇 偉

はじめに

鞭鳴らす頭の上や星月夜
「漱石日記」明治四二年九月二四日付

『満韓ところどころ』が『朝日新聞』に連載された際に、計四種類のタイトルカットが用いられ、順に豚の絵、馬車、城門、ラマ塔である。豚の絵についてはすでに述べたが、ここで馬車の絵にも注目したい(図1)。

馬かラバが一頭立てで引くのは、御者が鞭を手にした幌つき馬車である。馬の脚元には石ころとも土くれともわからないものが散らばる。この馬車の乗客となれば、かなりの揺れに難儀すると予想される。馬車は、『満韓ところどころ』において、かなり重要な表現モチーフの一つである。旅行中、満鉄の列車に乗るほか、漱石はしばしば馬車の乗客となった。馬車の揺れにもずいぶん苦しんだ。大連埠頭に到着早々、漱石はまず「汚ならしい」「見苦しい」「不体裁」な「クーリー」に軽蔑の視線を向け、次に目にとめたのは馬車に他ならなかった。第四節の後半から末尾にかけてのくだりを引く。

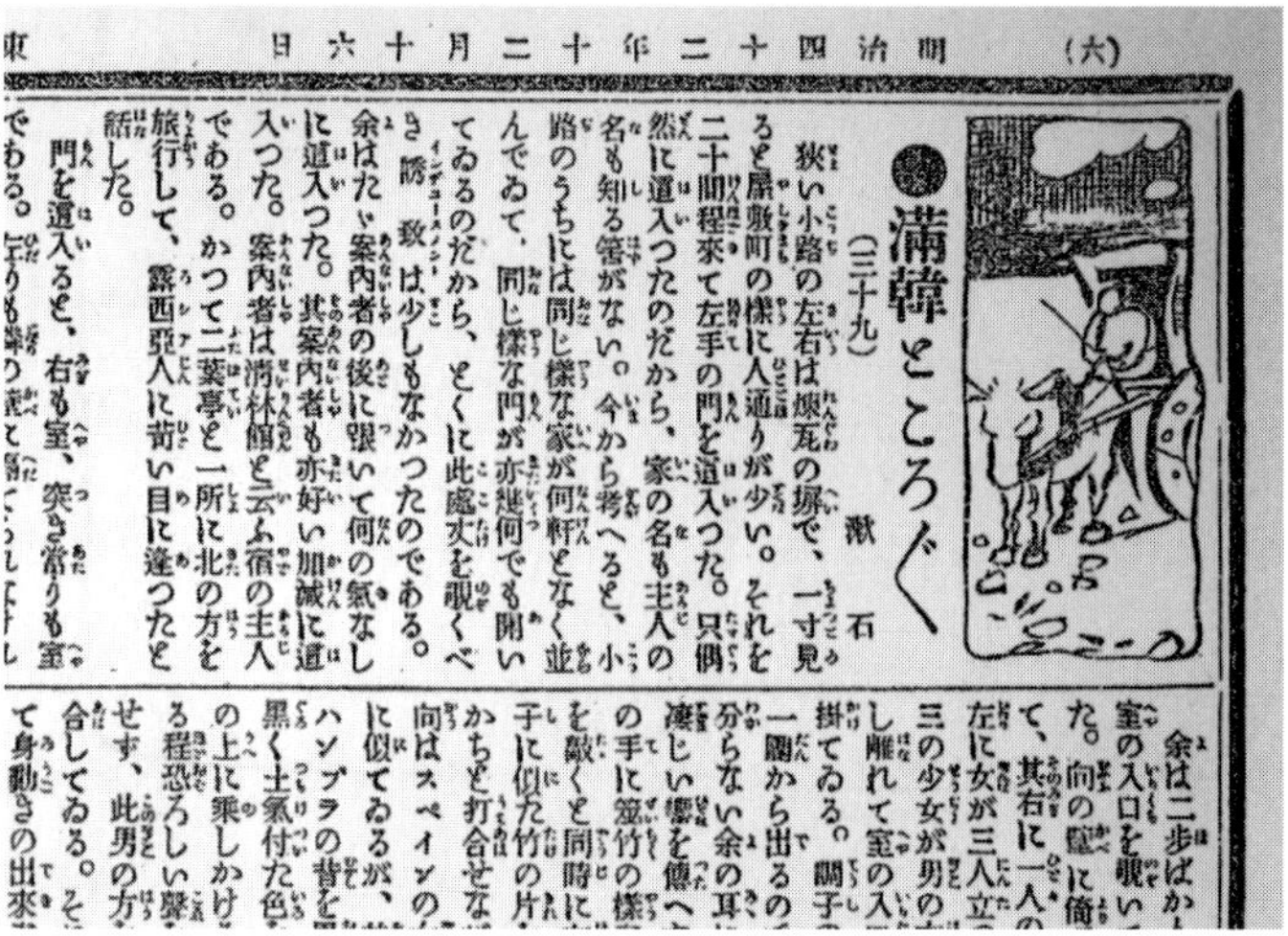
（六）　明治四十二年十二月十六日　東

滿韓ところ〴〵（三十九）　漱石

狹い小路の左右は煉瓦の塀で、一寸見ると屋敷町の樣に人通りが少い。それを二十間程來て左手の門を這入つた。只偶然に這入つたのだから、家の名も主人の名も知る筈がない。今から考へると、小路のうちには同じ樣な家が何軒となく並んでゐて、同じ樣な門が亦幾何でも開いてゐるのだから、とくに此處丈を覗くべき誘致は少しもなかつたのである。

余はたゞ案内者の後に跟いて何の氣なしに這入つた。其案内者も亦好い加減に這入つた。案内者は淸林館と云ふ宿の主人である。かつて二葉亭と一所に北の方を旅行して、露西亞人に苛い目に逢つたと話した。

門を這入ると、右も室、突き當りも室である。左りも[illegible]

余は二歩ばか…
室の入口を覗い…
た。向の壁に倚…
て、其右に一人の…
左に女が三人立…
三の少女が男の…
し離れて室の入…
掛てゐる。卓子の…
一間から出るの…
分らない余の耳に…
凄じい響を傳へ…
の手に筮竹の樣…
を敲くと同時に…
子に似た竹の片…
かちと打合せな…
向はスペインの…
に似てゐるが、…
ハンブラの背を…
黒く土氣付た色…
の上に乘しかけ…
る程恐ろしい聲…
せず、此男の方…
合してゐる。そ…
て身動きの出來…

【図１】「満韓ところどころ」連載第39回目に登場したタイトルカット『東京朝日新聞』明治42（1909）年12月16日付。

じゃホテルの馬車でと沼田さんが佐治さんに話している。河岸の上を見ると、成程馬車が並んでいた。力車も沢山ある、所が力車はみんな鳴動連《めいどうれん》が引くので、内地のに比べると甚《はなは》だ景気が好《よ》くない。馬車の大部分も亦《また》鳴動連によって、御《ぎょ》せられている様子である。従って何《いず》れも鳴動流に汚いもの許《ばかり》であった。ことに馬車に至っては、その昔日露戦争の当時、露助が大連を引上《ひきあげ》る際に、この儘《まま》日本人に引渡すのは残念だと云うので、御叮嚀に穴を掘って、土の中に埋めて行ったのを、チャンが土の臭《におい》を嗅いで歩いて、とうとう嗅ぎ中《あ》てて、一つ掘っては鳴動させ、二つ掘っては鳴動させ、とうとう大連を縦横十文字に鳴動させる迄に掘り尽したと云う評判のある、――評判だから、本当の事は分らないが、この評判があらゆる評判のうちで尤《もっと》も巧妙なものと、誰しも認めざるを得ない程の泥だらけの馬車である。

その中に東京の真中《まんなか》でも容易に見ることの出来ない位、新しい奇麗なのが二台あった。御者が立派なリヴェリーを着て、光った長靴を穿《は》いて、哈爾賓《ハルビン》産の肥《こえ》た馬の手綱を取って控えていた。佐治さんは、船から河岸へ掛けた橋を渡って、鳴動の中を突き切って、わざわざ余をその奇麗な馬車の傍《そば》迄連れて行った。さあ御乗んなさいと勧めながら、すぐ御者台の方へ向いて、総裁の御宅迄と注意を与えた。御者はすぐ鞭を執った。車は鳴動の中を揺《ゆる》ぎ出した。（1）


鉄嶺丸を降りた漱石は、郷里から呼び寄せた老人を出迎えに来たという満鉄秘書の沼田政二郎の挨拶を受け、それから大連ヤマトホテルの馬車まで案内された。下船客は人力車か馬車で市内に向かうが、引手、御者は下層労働者ばかりである。彼らは荷運び労働者と同様、漱石には「鳴動連」と呼ばれて蔑まれる。漱石の非常に強い階層意識がうかがえる。そこでためらう漱石を沼田と鉄嶺丸の事務長佐治はヤマトホテル専用の送迎馬車まで案内した。

ここで馬車に関する「評判」が記されているのも興味深い。日本が日露戦争に勝利をしたのに、負けたロシア人の財産を中国人が横取りをしたという日本人の心理が透けてみえる。

その後数日間、大連の市街を漱石は馬車に揺られて見物している。第八節の冒頭に「ホテルの玄関で、是公が馬車をと云うと、ブローアムに致しますかと給使が聞いた。いや開いた奴が好《い》いと命じている」と記される。御者台が外にある箱馬車よりも、「開いた奴」はオープンカーといったところか、市街見物に相応しいにちがいない。元書生の俣野義郎とも「相乗りで立派な馬車を走らして北公園に行った」(一五)。その先の旅順、瀋陽でも漱石はしばしば馬車を利用して、市内を移動した。

一　馬車に轢かれた老人

第四五節は、馬車とその事故に焦点を当てる。まず瀋陽の交通事情について述べられる。市街を鉄道馬車が走る横を、乱暴な走り方をする馬車が通り、その左右に歩行者が込み合って、非常に危険な状況にある。続いて、馬車による人身事故の起きた後の様子が描かれる。

現に北陵から帰りがけに、宿近く乗付けると、左り側に人が黒山の様にたかっている。その辺は支那の豆腐やら、肉饅頭《にくまんじゅう》やら豆素麺抔《まめそうめんなど》を売る汚ない店の隙間なく並んでいる所であったが、黒い頭の塊《かた》まった下を覗くと、六十許《ばかり》の爺さんが大地に腰を据えて、両脛《すね》を折ったなり前の方へ出していた。その右の膝と足の甲の間を二寸程、強い力で刳《えぐ》り抜いた様に、脛の肉が骨の上を滑って、下の方迄行って、一所に縮れ上っている。丸で柘榴《ざくろ》を潰して叩き付けた風に見えた。斯《こ》う云う光景には慣れているべき筈の案内も、少し寒くなったと見えて、すぐに馬車を留《と》めて、支那語で何か尋ね出した。余も分からない乍《なが》ら耳を立てて、何だ何だと繰返して聞いた。不思議な事に、黒くなって集《あつま》った支那人はいずれも口も利かずに老人の創《きず》を眺めている。動きもしないから至って静かなものである。猶《なお》感じたのは、地面の上へ手を後へ突いて、傷口をみんなの前に曝している老人の顔に、何等の表情もない事であった。痛みも刻まれていない。苦しみも現れていない。と云って、別に平然ともしていない。気が付いたのは、ただその眼である。老人は曇《どん》よりと地面の上を見ていた。

馬車に引かれたのだそうですと案内が云った。医者はいないのかな、早く呼んでやったら可いだろうにと間接ながら窘《たし》なめたら、ええ今に何《ど》うかするでしょうという答である。この時案内はもう本来の気分を回復していたと見える。鞭の影は間もなく又閃めいた。埃だらけの御者は人にも車にも往来にも遠慮なく、滅法無頼に馬を追った。帽も着物も黄色な粉を浴びて、宿の玄関へ下りた時は、漸《よう》や残酷な支那人と縁を切った様な心持がして嬉しかった。(2)

この事故の挿話はさまざまな議論を呼んできた。乗客は日本人ではないかという推論、表情のない老人と魯迅が「一件小事（小さな出来事）」で描く年老いた女性との比較論などがある。(3)

旅行中の漱石日記には、この事故は書きとめられていない。鮮烈な印象を残したため、メモを取る必要はなかったのだろう。わずかなメモから、海辺の車窓風景を緻密に描き出した第三八節については、先に述べた。

「北陵から帰りがけに、宿近く乗付けると」とのことばから、事故の起きた時間と場所をほぼ特定できる。瀋陽の城外、西北方向約六キロの距離にある北陵に行ったのは、九月二〇日の午前で、その帰りとなると昼頃である。漱石は午後には故宮を見学しており、日記には「午後二時宮殿拝観」とある。

宿の瀋陽館は、『吾輩は何処に泊らう』（日韓旅館要録編纂所、一九一〇年）によれば、「小西門門外」「奉天停車場ヨリ三十丁」の距離という。つまり、奉天駅から三・三キロで、小西門という城門の外にある。旅館の位置を特定はできないものの、小西門の外、遠くない場所であれば、馬車は幹線道路の「小西関大街」を通るに違いない。よって、北陵から宿に戻る昼頃、鉄道馬車も走る小西関大街で事故を目撃したことになる。

二　『盛京時報』馬車の事故を報じる

当時、大連や瀋陽で発行されていた新聞は数紙あるが、その中の中国語紙『盛京時報』（図2）は、

【図2】『盛京時報』第870号、宣統元年8月9日付、3頁全図（『盛京時報』影印本、第12冊、盛京時報影印組刊、1985年2月、東京大学東洋文化研究所図書室蔵書）

以下の記事を載せている。

　昨日昼一二時、南満洲鉄道株式会社頭取某が四輪馬車で小西関大街を通り、大井沿胡同入口で、道が狭く人が込み合い、注意不充分で、物乞いの侯某を轢き、車輪で左足を怪我させた。頭取は事故に気付き、御者に停車させ、巡察に名刺を渡し、怪我人をすぐ病院へ搬送させた。費用はすべて頭取が支払うことなど、後処理を終えてから馬車で引き返した。（原文は中文、訳と傍線は引用者）[4]

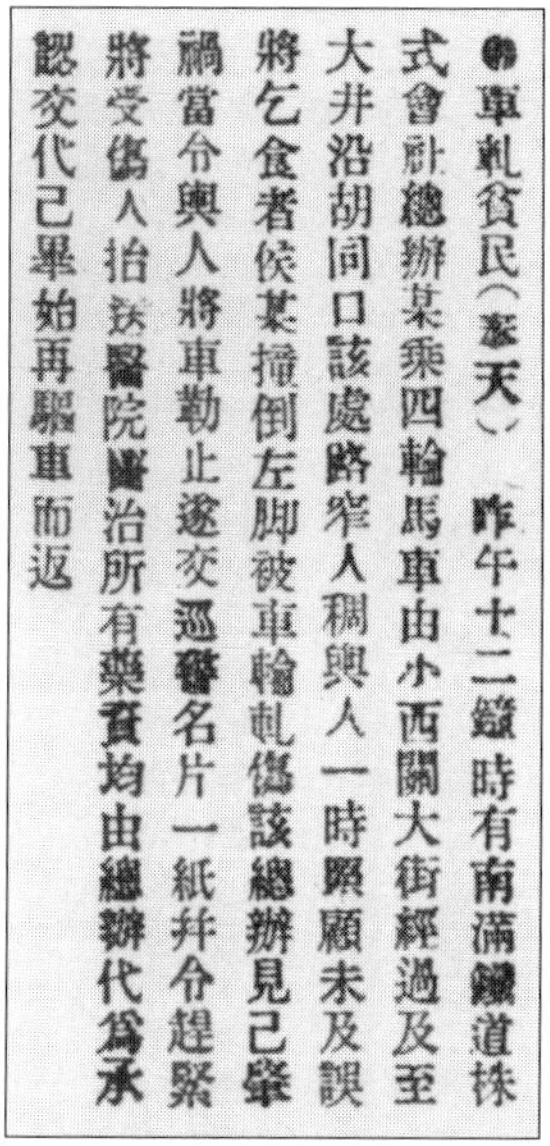
◉車軋貧民（奉天）　昨午十二鐘時有南滿鐵道株式會社總辦某乘四輪馬車由小西關大街經過及至大井沿胡同口該處路窄人稠輿人一時照顧未及誤將乞食者侯某揷倒左脚被車輪軋傷該總辦見已肇禍當令輿人將車勒止遂交巡警名片一紙幷令趕緊將受傷人抬送醫院醫治所有藥費均由總辦代爲承認交代已畢始再驅車而返

【図3】『盛京時報』（図2）6段目にある馬車の事故の記事拡大図

掲載されたのは「盛京時報附張」（三頁）六段組みの第六段で、「市井雑俎」欄である。同欄の二番目の記事として、「車軋貧民（馬車、貧民を轢く）」との見出しが付けられている（図3）。この記事が報じる事故の発生日時と場所はどうか。「昨日昼一二時」とあるから、普通に考えれば発行日の前日になる。発行日は「宣統元年八月九日」とあるが、西暦の「九月二三日」にあた

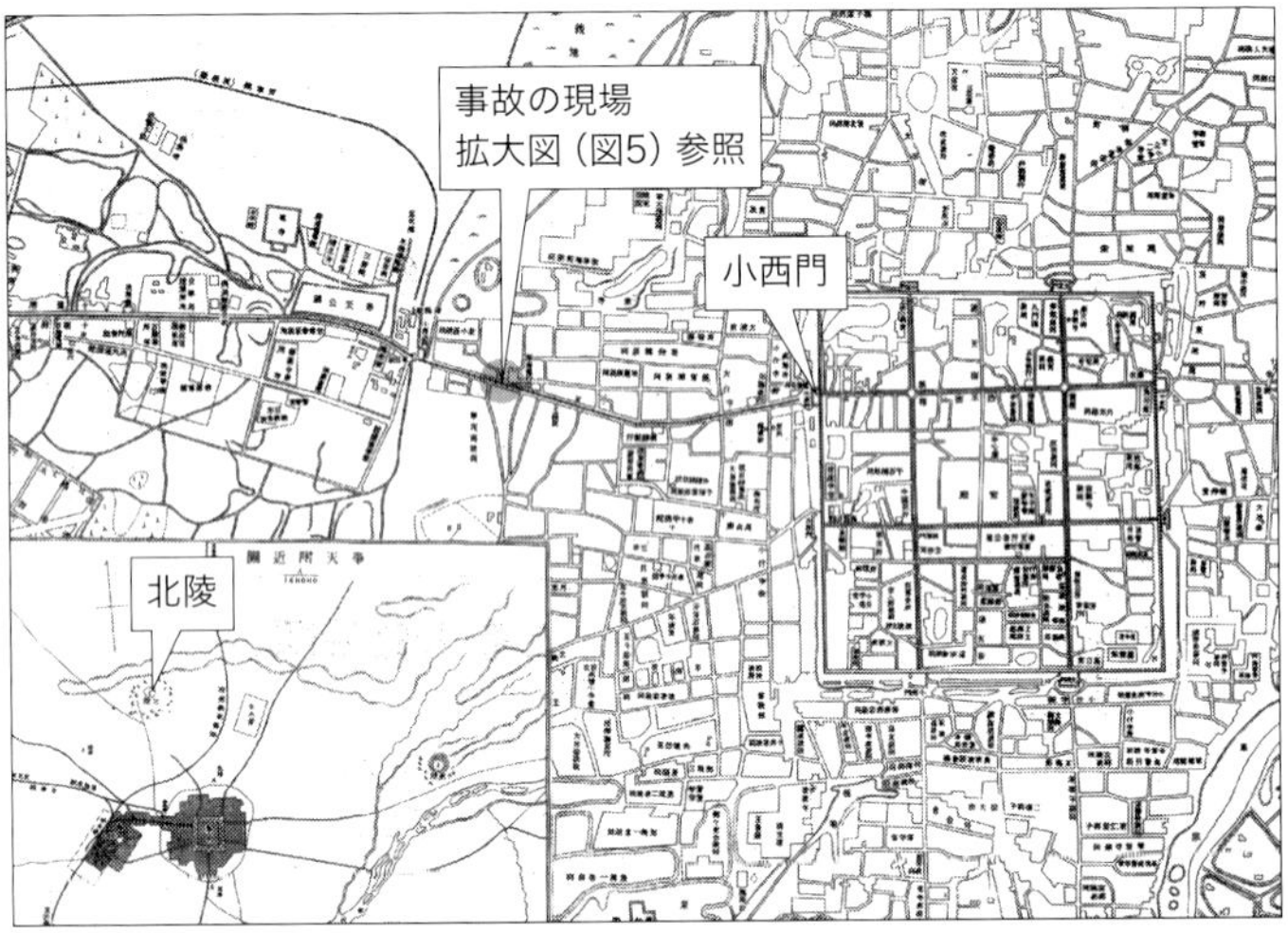

【図4】瀋陽地図（部分）『最新奉天市街図』山陽堂書店、1920年2月より作成。中央よりやや上に小西門大街が横に走り、右は「小西門」を終点とする。その付近に瀋陽館があり、北西方向の北陵から帰路、小西辺門を入り、小西門大街を通り、小西門に向かうはずである。

る。とすれば、事故は九月二二日正午に起きたことになる。

漱石が目撃した事故とは時間は一致しても、日にちは二日遅い。ところで、事故が二〇日に起きたことは間違いなく、新聞記事の掲載が遅れた可能性は考えられる。掲載予定の二一日には、何らかの都合で新聞は発行されていない。組まれた活字版は二二日にも載り損ねて、二三日の掲載となったのだ、という推定はできる。実際、当の事故記事に先立つ記事「知法犯法（奉天）」（入場料を払わずに観劇した警察学校の学生たちに警察が注意をしても聞かなかったこと）は「六日」つまり「九月二〇日」に起きた事件であり、二、三日遅れの掲載は不思議なことではない。

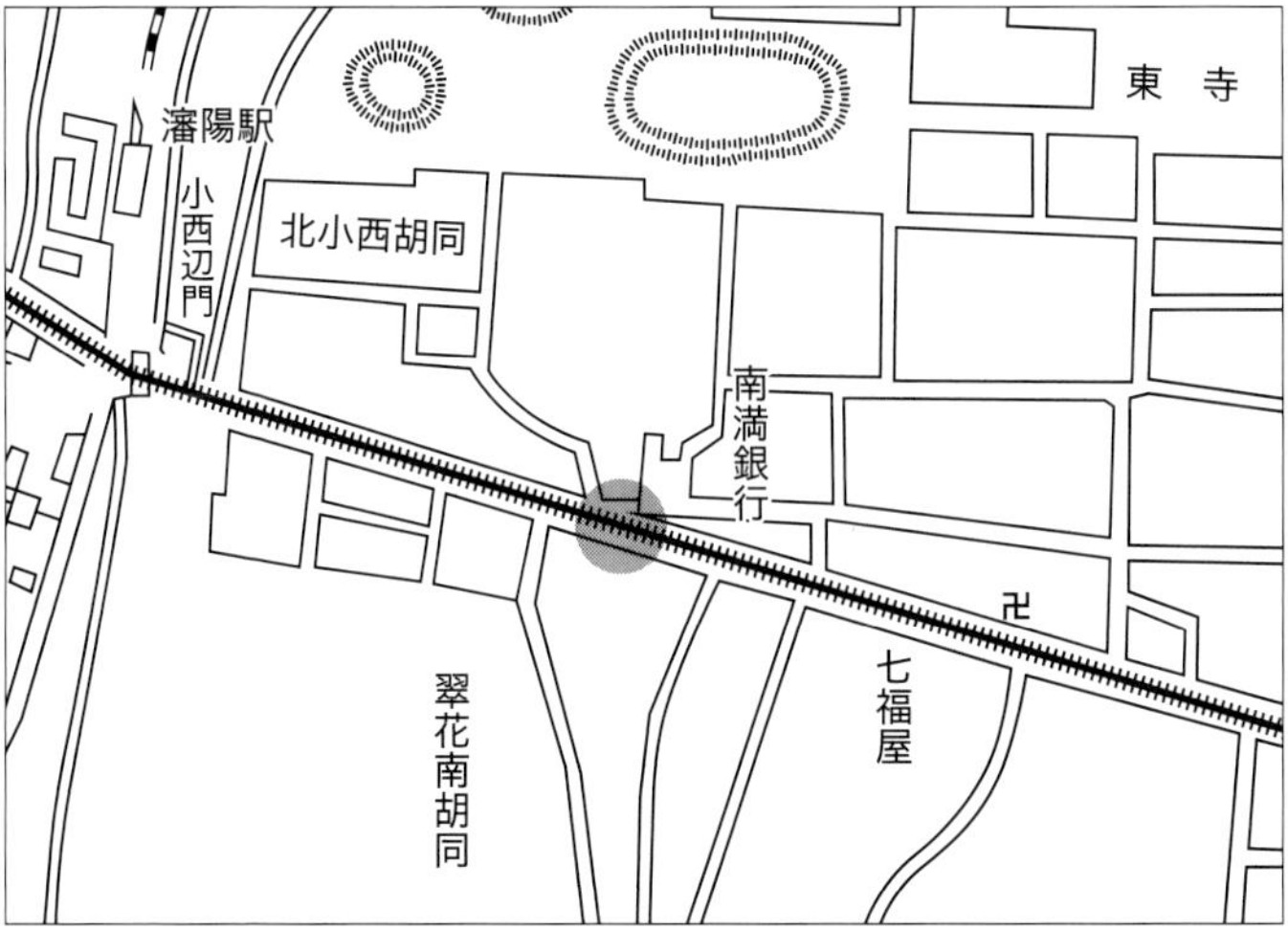

【図5】印を付した場所の左上やや斜めの道が、軍政署発行の『満洲奉天城略図』で「大井沿北胡同」と記された路地。大通りと交差し南へ行く道もあったが、この地図には見えない。城外から小西辺門を入り、300mほどの場所である。さらに1キロあまり右に行けば小西門があり、その途中に漱石が泊る瀋陽館があった。

では、事故の起きた場所は一致するのか。新聞では「由小西関大街経過及至大井沿胡同口（小西関大街を通り、大井沿胡同入口に至り）」と伝える。言葉通りに読めば、鉄道馬車が走る通りで、「大井沿胡同」と交差するあたりであろう。問題は、「大井沿胡同」の地名は小西関大街沿いにあるかどうかである。国会図書館地図室所蔵の奉天軍政署発行による「満洲奉天城略図」（発行年月不明、一九〇?年）を見ると、小西関大街の小西辺門近く北方に、「大井沿北胡同」との通りの名称を確認できる。北にあるのが「北胡同」なら、地図で確認できなくても、南にも通じており、全体で「大井沿胡同」と呼ばれるのではないか[5]（軍政署発行の地図は不鮮明なため、図4で示すのは一九二〇年刊の市街図)。

瀋陽の中心地、城内に入る城門への幹線道路と路地の交差点で、事故が起きたのだ。この地点は、事故が多発する場所のようで、四輪馬車による人身事故の一一日後にも馬車同士の衝突が起きている(記事の掲載は事故発生の二日後)。また、『盛京時報』の「市井雑俎」欄を見ていくと、馬車の事故はかなり報道されていることがわかる。それらの記事には、事故発生の日時、場所、事故発生の様子、負傷者の状況、後処理などがつぶさに伝えられている。負傷者の怪我の恢復状況を伝えることさえある。同紙は日本人が経営しており、在外領事館の支援も受けていたが、事故を起こした馬車の乗客が日本人であることを報道する例はほかにもある。(6) 同年、大連で日本人客が馬車を早駆けさせ、非地元民を轢いて重傷を負わせ、怪我人を放置したまま走り去ったことが報じられた(旧暦二月七日の事故、記事掲載は事故発生の五日後)。

このほか、事故の被害者は一致するのだろうか。六〇歳ほどの男性が、膝と足の甲の間を轢かれたと漱石は記すが、新聞記事では年齢、性別の記載はなく、物乞いの侯某とある。怪我の位置についいて、足は一致するが、記述は左右反対である。そのようになったのは、見る側か、または本人の立場からの見方のずれによると考えられる。馬車の事故をよく伝える『盛京時報』の特色を考えれば、城内へ通じる大通りでの事故を伝えないわけにはいかなかったのではないか。迅速に怪我人を搬送させたといった記述については、あるいは事故車の乗客に配慮をしたものかもしれない。

三　おわりに

以上のように、当時瀋陽で発行された中国語紙が伝える事故を、漱石が目撃した可能性は高い。ならば、紀行文に記されなかったことは、四輪馬車の乗客は日本人で、しかも満鉄の重役だったということである。紀行文に事故車の乗客にまったく触れないことは、思えば少々不思議なことではある。こうして、事実が明らかとなってみれば、それを伏せた理由も明瞭であろう。満鉄の招待で旅した漱石は、満鉄の宣伝も兼ねた紀行文に満鉄の重役の乗った馬車の事故を、当時の主要メディアである『朝日新聞』に書けるはずはない。乗客は日本人ではないかと作品から推測をした先学諸氏は炯眼であったといえる。(7)

乗客が誰なのかに触れなくとも、テキストには論理的な破綻は感じられない。助けずに傍観する人々が強調され、さらに中国人であろう御者にも責任があるから、「宿の玄関へ下りた時は、漸く残酷な支那人と縁を切った様な心持がして嬉しかった」という表現によって、傍観者と御者たちが「残酷な中国人」との読みが誘導される。

新聞記事から、漱石の作品の読みを深めることもできよう。文学にはその場の人間の表情が記録されている。被害者は座ったまま、地面を見つめるばかりで無表情である。それは、記事によれば彼は物乞いだということと関連があるかもしれない。彼は座った姿勢で物乞いをすることに慣れており、座ったままで逃げ遅れたと思われる。栄養状態も悪く、座ったままでいるため、敏捷に逃げることはできなかったのだろう。また、物乞いは人に顧みられず、言葉や表情が乏しくなることもあり得る。

周囲の反応はどのように理解すればいいのか。社会の底辺にいる物乞いは、あまり周りから興味を持たれないが、馬車に轢かれたという事件の発生に驚き、人が集まってきたのだろう。しかし、漱石の言葉をそのまま受け取るならば、彼らが助けようともせずに黙っているのはいささか不思議である。同情のために近寄り集まってきた彼らは、責任を取るべき身分の高い日本人乗客に気兼ねをしたのかもしれない。あるいは、近寄ってきた漱石とその案内者も日本人だと気づき、傍観者たちは緊張感を覚えたとも考えられる。

新聞記事も合わせて考えれば、漱石が見たのは、事故の後処理が話し合われている間、あるいは話し合いが終わり、負傷者が搬送を待っている間とも推測される。その時、馬車とその乗客はすでに現場を離れており、そのためか紀行文には言及はされていない。そして、漱石の案内者は「支那語で何か尋ね出した」わけだ。この案内者は事故の真相をすぐに知り得ただろう。それで、「馬車に引かれたのだそうです」と言い、早く医者を呼べばいいと言う漱石には「ええ今に何うかするでしょう」と答えもする。この曖昧な答え方で、責任を負う主体が隠蔽されたのだ。案内者は続けて馬車とその乗客について何も話さなかったとは考えられないだろう。

仮に案内者が語らなかったとしても、満鉄の重役が馬車に乗り事故を起こしたことは、満鉄関係者の間でも話題になったであろう。常に身の回りに満鉄関係者がいた漱石は、彼らから話を聞いた可能性もある。

〔注〕
（1）藤井淑禎編『漱石紀行文集』岩波文庫、二〇一六年七月、一七～一八頁。
（2）前掲書、一二九頁。
（3）伊豆利彦は「漱石とアジア」（『漱石と天皇制』有精堂、一九八九年九月）で、加害者の馬車の不在に触れ、「その加害者は日本人の乗っていた馬車ではなかったろうか」と推測し、「中国の民衆は抗議の声すらあげず、権力と金力の横暴をじっと見つめて耐えている。その沈黙、その静かさが不気味である。たしかに、漱石は無言の圧力を感じないではいられなかったはずである。「宿の玄関へ下りた時は、漸く残酷な支那人と縁を切った様な心持がして嬉しかった」と書いている」と述べる。伊豆の推測が正しいことは本書第五章補論で跡付けられるが、馬車の乗客が日本人であれば、漱石が中国人に責任転嫁をすることの矛盾を指摘していない。相原和邦は「漱石と魯迅――「満韓ところどころ」と「小さな出来事」」（『広島大学教育学部紀要』第二部、四七号、一九九八年）で、人力車で年老いた女性を轢いたことを描く魯迅の「小さな出来事」と『満韓ところどころ』の馬車の事故の描写との間で、「地面」に老人が「伏したまま」または「腰を据えて」いることや、ともに被害者をいったん突き放すことなどの共通点が見られることから、魯迅が漱石に影響を受けた可能性を示唆する。外国人の描く中国人像を中国の作家が受容することはありうることだとしても、同論文で魯迅作品の後半には「同胞の発見」があり、漱石文学にはそれが乏しいと認めるように、両作品のテーマは異なる。両作品の間の影響関係についてはなお検討の余地がある。影響があったにせよ、魯迅が批判的に受容したといえよう。大杉重男は、「アンチ漱石――固有名批判（十一）」『群像』（第五六巻九号、二〇〇一年九月）で、この事故の挿話には、表象不可能なものを目にする漱石の不安が色濃く現われているとして、そうした不安が漱石を「満洲の権力者である旧友たちにますます依存させ、諧謔めかした語り口の中で「支那人」の「汚さ」への神経症的言及を反復させる」とする。さらに馬車の乗客が日本人だと推測する伊豆利彦の論に対して、御者を批判する語り手は日本人の道徳的潔白さを確信していると異議を呈する。大杉氏は「「友」と「供」のポリティクス――夏目漱石の「満韓」表象における「友愛」の構造」においても、「旧友」たちとは互いに認識のまなざしで見つめあうことはしないのに対して、娼婦や馬車に轢かれた老人の目の色を注視することにより、「相手を物体のように扱い、社会的関係を拒絶する」と論じる。

（4）『盛京時報』宣統元年八月九日、第八七〇号、水曜日、三頁。原文は「●車軋貧民（奉天）昨午十二鐘時有南満鉄道株式会社総辦某乗四輪馬車由小西関大街経過及至大井沿胡同口該処路窄人稠輿人一時照顧未及誤将乞食者侯某撞倒左脚被車輪軋傷該総辦見已肇禍当令輿人将車勒止遂交巡警名片一紙併令趕緊将受傷人抬送医院医治所有薬資均由総辦代爲承認交代已畢始再駆車而返」。

（5）図4の地図中央下方にも「大井沿胡同」を確認できるが、方向は異なり、車が込み合う場所ではなさそうである。漱石が満鉄公所に向かうにしても、遠回りになるそちらを通るとは思われない。満鉄公所は、地図右、奉天城内、東南部にある。

（6）李相哲『満洲における日本人経営新聞の歴史』（凱風社、二〇〇五年五月）によれば、同紙は一九〇六（明治三九）年一〇月一八日、瀋陽で創刊された中国語紙で、中島真雄個人の経営によるものであった。創刊一年後から日本領事館の補助を受け、明治日本の利権を擁護するプロパガンダの役割を荷いながらも、地元の官民商工業者からも信用が篤かったといわれる。

（7）伊豆利彦のほかに、波潟剛は「北進の記憶――漱石の満韓旅行記と『東京朝日新聞』」（『明治から大正へ　メディアと文学』筑波大学近代文学研究会、二〇〇一年一一月）では「その馬車に乗っていたのは日本人であったとも考え得る」と推測し、「そのとき中国人の御者も、乗客である漱石も身の危険を感じる瞬間があったのではなかろうか」と述べる。同論文は、中国人を「残酷」とする漱石の表現は、伊藤博文関連記事からの影響があると見る。

コラム 4

上海パブリック・ガーデン

犬と中国人入るべからず——について

原武 哲

一九〇〇（明治三三）年六月、第五高等学校教授夏目金之助（漱石）は、文部省第一回官費留学生として「英語研究ノ為満二年間英国へ留学ヲ命ズ」という辞令を受け、一旦帰京して、九月八日、第一高等学校教授藤代禎輔（ドイツ語）、東京帝国大学文科大学助教授芳賀矢一（国文学）と共に横浜港からプロイセン号でヨーロッパに向け、出航した。途中、神戸・長崎に寄港、九月一三日、最初の外国である上海に上陸した。上海には漱石たち三人の帝大文科の同窓生立花政樹（東大英文第一期生）が江海北関（芳賀は「日誌」で「江北海関」と誤っている）で清国税務司として赴任しているので、会いに行こうと衆議一決した。立花は突然の旧友の出現に驚喜、和風旅館「東和洋行」で午餐を楽しみ、久闊を叙した。立花の寄寓先、朝日館で「晩餐ヲ喫シ公園ニ至リ奏楽ヲ聞ク」（漱石日記）。

「公園」とは英語名パブリック・ガーデン Public Garden のことで、中国名公家花園《ゴンジャファユエン》、現在は黄浦公園《フワンプゴンユエン》になっている。一八六八（明治元・同治七）年六月一日、外国人居留民の憩いの場所として、租界工部局（中国名。英語名はMunicipal Council. 英米仏租界の自治行政機関。一八五四年に成立。当初土木建築事業を中心に行なっていたが、やがて警察権・行政権を司る機関に発展）により、黄浦江と蘇州河の合流点の河畔に開園された。外灘《ワイタン》にたむろする非衛生的な苦力《クーリー》が公園に入り、不作法に飲食・睡眠して衛生的に問題があると、欧米人から工部局に苦情が来たので、工部局側は中国人の入園を禁ずる園規を作成した。

『中国近代史』（二〇〇八年三月、中国社会科学院近代史研究所月刊）に掲載された熊月之の「外争権益與内省公徳――上海外灘公園歧視華人社会反応的歴史解読」によると、一八八一年四月、上流階級の中国人である虹口医院の医師顔永京と怡和洋行買弁の唐茂枝の二人が、公家花園に入園しようとしたが、拒否された。当局の工部局に中国人の入園要求を訴えたが、やはり否決された。

一八八五年一一月二五日、唐茂枝・顔永京ら八名が「唐茂枝等八人致工部局秘書函」を提出し、「隣国の日本人と高麗人が自由に入場できるのに、我々中国人はかえって服装が異なるだけで、意外なトラブルに遭遇し入園を断られることは、全く理屈に合わない」と抗議した。

一八八一年四月二九日付『申報』という新聞に、「請馳園禁」（中国人の入園許可を要請す）が掲載された。

「上海の公家花園は西洋人によって造られたが、運営資金の大半は中国人の納税に頼っている。西洋人は大公無私を標榜するため、この公園をPublic Garden（公家花園）と名付けたが、実際は「私家花園」に過ぎない。西洋人は自由自在に入場し、園景を楽しむことができる。日本人と高麗人でも入場に恵まれて園内で嬉遊できるのに、我々中国人だけが厳しく入園禁止されている。この事実の存在は既に久しい。
名実矛盾の公家花園について、筆者が中国人として西洋人に訊きたいのは、この公園の創立と平日の管理運営がすべて西洋人の出費で賄われてきたか？　それとも中国の手も借りてきたか？　工部局への納税金額を見ると、中国人が西洋人よりもどのくらい多く納税しているか？　西洋法律にたとえても、中国人の貢献に対しては、入園禁止とされるはずはなかろう。だが、納税が西洋人より甚だ少ない日本人と全然納税しない高麗人がかえって優遇されている。どうしてこのように顚倒しているのか？」

中国人側から抗議されたものの、工部局は妥協する姿勢をあまり見せなかった。一八八五（明治一八・光緒一一）年に明示された「公園遊覧規則」は六条からなっていた（『上海租界志』上海社会科学院出版社、二〇〇一年）。

一、脚踏車及狗不准入内。（自転車及び犬を引き入れざること）。
二、小孩之座車応在傍辺小路上推行。（乳母車は園内の小路を推行すること）。
三、禁止採花捉鳥巣以及損害花草樹木、凡小孩之父母及傭婦等理応格外小心。（花を採り鳥の巣を荒し草花を痛め樹木を害すべからず。子どもの両親及び家政婦などは格別に注意すべし）。
四、不准入奏楽之処。（音楽堂に上るべからず）。
五、除西人之傭僕外、華人一概不許入内。（西洋人の婢僕にあらざる中国人は一切園内に入るべからず）。
六、小孩無西人同伴則不准入内。（中国人の子供は西洋人の同伴にあらざれば入るべからず）。
（『新上海』江南健児、一九二三年訂正増補版、上海日本堂）

この工部局の作成した六条の園規は、パブリック・ガーデンに掲示されていたという。しかし、園規第一条と第五条を一条に括った「犬と中国人は入るべからず Dogs and Chinese are not admitted」という看板が掲示されている写真はいまだ発見されていない。狗（犬）と華人（中国人）を並列、同格視した蔑視、侮辱的、差別的な看板はなかっただろう。しかし、六ヶ条の園規の中、第五条・第六条は充分に侮辱的である。「犬と中国人は入るべからず」「狗与華人不《コウウィーファーレンプ》准入内《ジュンルーネイ》」という犬と中国人を同列に見なした「一条」プロパガンダによって、民族意識は燎原の火となって火焔を吹き上げた。
園規は数度改訂され、一九一三年には、

1、此園為外国人専用。(この公園は外国人専用となっている)

2、狗与自行車不得入内。(犬と自転車は入るべからず)

と変更された。

一九一七年九月公布の「外灘公園的英文園規」(英文)は次頁のようなものであった。

この英文園規はパブリック・ガーデンの正門に掲げられた。

中国人が入園を認められたのは、五・三〇事件(一九二五年)、国民革命(一九二四〜二七年、共産党と国民党が反帝国主義・反軍閥を目指す民族統一戦線を結成した革命)と、ナショナリズムの高まりを無視できなくなり、抗議運動始まって実に四三年目の一九二八年七月一日のことであった。

日本人の場合

では、日本人は欧米人並みに、自由に公家花園内に入場できたかというと、必ずしもそう

PUBLIC AND RESERVE GARDENS.
REGULATIONS.

1. The Gardens are reserved for the Foreign Community.
2. The Gardens are opened daily to the public from 6 a.m. and will be closed half an hour after midnight.
3. No persons are admitted unless respectably dressed.
4. Dogs and bicycles are not admitted.
5. Perambulators must be confined to the paths.
6. Birdnesting, plucking flowers, climbing trees or damaging the trees, shrubs or grass is strictly prohibited; visitors and others in charge of children are requested to aid in preventing such mischief.
7. No person is allowed within the band stand enclosure.
8. Amahs in charge of children are not permitted to occupy the seats and chairs during band performances.
9. Children unaccompanied by foreigners are not allowed in Reserve Garden.
10. The police have instructions to enforce these regulations.

By Order.

N. O. Liddell.

Secretary.

Council Room, Shanghai, Sept. 13th. 1917

羅蘇文『滬濱閑影』「公園的誕生」（上海辞書出版社、2004年7月1日）をもとに作成ではない。明治初期から一九世紀末までに上海に来た日本人（一九〇〇年当時の上海日本人居留民人口は男七三七名、女四三五名、合計一一七二名。副島円照調査『上海の日本文化地図』上海文芸出版有限公司）は、少数の政府役人や一流会社社員以外、一山当てたい投機師《やまし》、食い詰めた出稼ぎ者、騙されて売られて来た娼婦（いわゆるカラユキさん）たちであった。彼らは日本での生活環境や習慣を容易に捨て切れず、上海租界の西洋化した唐風に溶け込むことができず、貧しい身なりや奇異な行動が目立った。貧しい農村からやって来た日本人が、藍や灰色の単衣《ひとえ》を着て兵児帯《へこおび》を締めて租界を歩く姿は、西洋人の眼には奇異に見えた。日本女性が乗船する時、強風にあおられ、着物の裾がめくれて白い太ももが露わになり、「はしたない」と西洋人から非難を受けた。岸田吟香（ジャーナリスト・事業家。岸田劉生の父）は、

「上海にて日本人と云へバ一種の奇風俗なりと常に中西各国人の指笑する所なるも無理ならず、領事館の官員と一、二の会社員との外ハみな洋服を着せず、木綿の短き単衣《ひとえ》に三尺へコ帯を〆《し》めイガグリ坊主に大森製の麦藁シャップを冠り素足に下駄をはき、ギチギチひよこひよこと虹口《ホンキュウ》辺を往来するハ贔屓目《ひいきめ》の我々日本人が見ても是が我同胞なりと云ふハ余ほど恥づかしく、夫よりハまだポルトガル人、印度人の方が衣服も整《ととの》ひ体格も宜しき様なり。」（一八八四年一〇月二五日付『朝野新聞』）

と「脱亜入欧」が果たせていないことに慨嘆した。

日本男子が伝統的な「奇妙な服装」（単衣・兵児帯）でパブリック・ガーデン（公家花園）に入り、車座になって飲酒したり、着物を着た日本娼婦がしどけない恰好で園内を徘徊していたりしていることに対して、西洋人から工部局や日本領事館に抗議がきた。一八九〇（明治二三）年、工部局総董事は日本領事に、「正式な民族衣装を着用していなければ、日本国民はパブリック・ガーデンへの入園を禁ず」と通達してきた。日本領事館は新たに、「婦人子供の外、日本人は着袴し足袋を穿《うが》つか洋服を着せざれば、園内に入るを得ず」いう規定を付け加えた（羅蘇文『滬濱閑影』「外灘——近代上海的眼睛」上海辞書出版社、二〇〇四年七月一日）。この追加規定は明らかに西洋人と日本人を差別した侮辱的な規定だった。

ところで、漱石・芳賀・藤代らは、この「奇装異服を着た日本人は公家花園に入れるな」という侮蔑的な「日人不准入園、着西服除外」（日本人は西洋服を着用した者以外、公園に入るべからず）除外規定の存在をおそらく知らされていなかったであろう。洋服を着た漱石らは、中国人ではないので、当然のごとく西洋人と等しく、入園を許された、と思っていただろう。実は日本人であるが、西洋服を着ていたから、入園を許されたのであった。多分、漱石たちは、原則日本人入園禁止、民族衣装正装並びに西洋服着用者は除外する例外規定を知らなかっただろう。芳賀矢一の「留学日誌」では、中国人入園禁止のみ記して、日本人の規定については何も書いていない。

もし知っていたならば、漱石は別として、愛国主義者の芳賀は憤慨して、侮辱的規定に対する憤懣を「日誌」にぶっつけていただろう。

「九時一同同市の公園にいたる　公園は河畔に在り　毎夜九時音楽隊の演奏ありといふ　外人の両々相携へて入り来るもの引きも切らず　同園は支那人の入園を禁ずといふ　椅子に踞し一、二曲を聞きたる後南京路を歩し左折して四馬路にいたる」（一九〇〇年九月一三日付芳賀矢一「留学日誌」『芳賀矢一文集』芳賀檀編、冨山房、一九三七年二月六日）

園内の小高い芝生に音楽堂があり、夏には毎日工部局より派遣される音楽隊の奏楽がある。多くの西洋人紳士淑女が肌寒いまでに吹き来る黄浦江の風に夏を忘れて嚠喨たる洋楽の音に酔い、一日の労を癒すという。

漱石たちは一、二曲聴いた後、上海第一の繁華街南京路から、四馬路へ散策した。

〔付記〕本稿は、拙著『夏目漱石の中国紀行』（不二出版）の一部を抜粋・改変したものである。

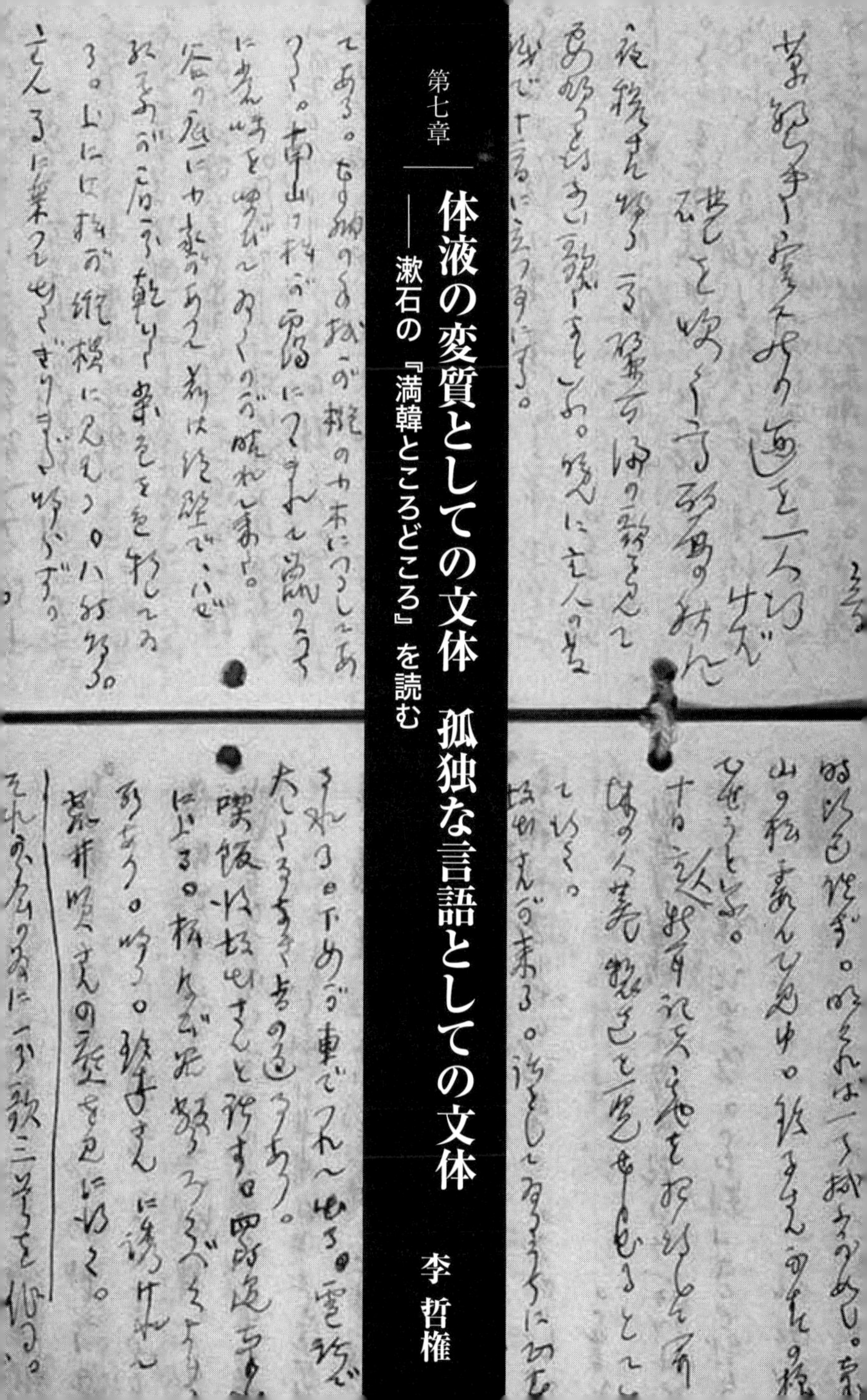

第七章

体液の変質としての文体　孤独な言語としての文体

——漱石の『満韓ところどころ』を読む

李　哲権

一　満洲——漱石的エクリチュールの書板

漱石の『満韓ところどころ』（以下、『満韓』と略す）は旅行記であり、紀行文である。これについて、多くの研究者がいろいろな視点から言及し発言をしている。それを大きく分けると、それには漱石的神話に瑕疵のつくのを防ごうとして意識的にオリエンタリズム的な視点を避ける一群と、あくまでもオリエンタリズムの視点を固守して漱石的知性の限界を暴こうとする一群とがある。後者は、オリエンタリストの多くが時代の申し子であったように、彼らも無意識のうちに時代の申し子となって、決して賞味期限の切れない時代のパラダイム、時代のディスクールを駆使して、同じく無意識のままに満洲に触れてしまった漱石について発言をしたり、言及したりしている。だから、彼らは以上の分類でいえば、あきらかに前者に属するであろう吉本隆明の以下のような発言には賛同しないはずである。

この満韓の旅は大陸の各地に散らばっている旧友たちとの同窓会のようなところがある。旧知と出会うことで青春時代のじぶんを掘り起したり、あらためて青春に目覚めたりする過程でもあった。もちろん漱石が意図して私的な青春期のじぶん自身との出会いや交歓や、旧友との数日間の同伴の愉しさに限定しようと意図した形跡もある。

わたしの勝手な推測にしかすぎないが、是公をはじめ旧知、旧友たちは、漱石があまり考えてみたこともなかった満洲経営の枢要な地位で、先駆的な活動をしていた。人によっては侵略した領土に笠にかかった治外法権を強要して経済的な優先権を植えつつあった国策を遂行する張本人が中村是公で、漱石の旧知、旧友の人々がたくさん各分野でそれに従事していたと解釈するかも知れない。是公はもしかすると漱石にその実状を見てもらって、あわよくばこの親友に文化的な片腕になってもらいたいという願望があったかも知れなかった。漱石はそれをかわして、まったく私的な遊行と見物と旧知、旧友との出会いの懐しさの記述にじぶんを封じこめた。(1)（傍線は引用者、以下同）

漱石が満韓の旅に出たのは、自我の改変、自己の変容を目的としたものではなかった。是公の招きによるものである。それによって、彼は満洲の各地に散らばっている旧友に会うことになる。旅は漱石に自我の改変、自己の変容のきっかけを提供する代わりに、青春時代の記憶を呼び覚まし、帰属意識を与えてくれる。漱石は『夢十夜』の「第七夜」で船という共同体から離れて、海に身を投げる登場人物を描いている。漱石は市井に身を処しながら出世間的な境地を求めてやまなかった存在である。『満韓』における漱石も是公のさまざまな誘い、たとえば舞踏会のような行事を断って、旅の孤独を味わおうとするかのように、ホテルの一室に自分を閉じ込めたりする。にもかかわらず、旧友との出会いは彼に旅のもたらしてくれる解放感と自由を満喫させてくれる。それが胃痛を耐えて満韓の旅を完遂するための力と高いエネルギーになっていることは間違いない。その点で、吉本の指摘は漱石の救済を意識することなく、的を射ているといわねばならない。このほかに、吉本は多くの批評家が見落としている『満韓』の文体的特徴についても、以下のような指摘をしている。

『満韓ところどころ』の文体は『坊っちゃん』の文体とおなじだ。き真面目な文体になることを避けるために、響きとリズムを芝居がかったポーズでへし折ってみせ、含み笑いを外にひらいた文体だといっていい。なぜそうなるかといえば是公と漱石の親和力が、知識や文化や社会的な交際の風習をすべて削り落した資質の磊落さと豪放さと思い遣りだけで発揮されるものだったからだ。(2)

これは非常に重要な指摘である。なぜなら、オリエンタリズムという色眼鏡だけを媒介にして物を見ようとする者にとってはその意表を突くものであるからだ。周知のように、『満韓』の批評には多くの人が手を染めている。一度もまともに漱石文学研究をしたことのない人たちが、まるで群がるようにして寄ってたかって来て堂々と自論を展開する。こうした背景には、オリエンタリズムの色眼鏡がちょうど都合の良いアプローチの手段として無料で配られ、使い放題にされていた事実が横たわっている。こうした時代の盛り上がりに対して、吉本は漱石の精神の世界、意識の世界におけるイデオロギーの次元に触れるのではなく、作家としての漱石の文体的特徴に触れている。つまり、『満韓』の文体は『坊ちゃん』の文体と同じであるだけでなく、生真面目になるのを危惧して、意識的に「響きとリズムを芝居がかったポーズでへし折って」「含み笑いを外にひらいた文体」にしていると、吉本はみている。言い換えれば、『満韓』の文体は『坊ちゃん』の文体であると同時に、『猫』の文体であり『草枕』の文体でもあるのだ。四つのテクストはいずれも漱石的エクリチュールの有する遺伝子レベルでの同根同質の性格を有している。このような性質を帯びた文体について、ロラン・バルトはそれをその主体との身体的肉体的関係において捉えなおし、その幾重にも重なりあった深層構造を言語の表面において展開する一つの出来事として記述している。

（前略）文体は、肉体と世界の境界において練り上げられる下＝言語から出発する盲目で執拗な変身の終点にほかならないかのように、〈必然性〉のようなやり方で働くのである。文体は、まさに発芽的領域の現象であり、〈体液〉の変質である。したがって、文体の暗示は、深みへと割り当てられているのだ。(3)

それ（文体）は、個人の閉ざされた記憶であって、物質のある種の経験から出発してその不透明性を構成する。文体は、けっして隠喩以外のものであることはない。すなわち、著者の文学的意図と肉体的構造との平衡にほかならないのだ（構造はある持続の置場であるということを想起しなければならない）。したがって、文体は常にひとつの秘密である(4)。

文体はどうかといえば、血とか本能の神秘に結びついた暗い部分であり、はげしい深みであり、イメージの濃密さであり、われわれの体、われわれの欲望、われわれ自身へと閉ざされたわれわれの秘密の時間の好みが盲目的に語るところの孤独の言語だということになる。著作家は自分の言語体を選びはしないのと同様に、自分の文体を選びもしない。それは、体液の必然性であり、彼のなかにおける怒りであり、嵐あるいは痙攣であり、彼自身との親しみから彼にやってくるところの緩やかさあるいは速さであって、それについて彼はほとんど何も知らず、しかも、彼を認識せしめる様子を彼の顔に与えるのと同じほど独異な調子を彼の言語に与えるものなのである。このようなもののすべては、いまだ文学と呼ぶべきものではない(5)。

つまり、文体とは作家の「肉体と世界の境界において練り上げられる下＝言語」として、つねに隠喩の次元を隠し持っている。それは作家「個人の閉ざされた記憶」という「血とか本能の神秘に結びついた暗い部分」を土壌にした「発芽的領域」であり、「変身の終点」である。作家はこの領域、この終点を有しているために、彼は決して想像力をもって何でも作りだす自由な創造主のような存在ではない。彼はこの「血とか本能の神秘に結びついた暗い部分」を背負っているために、一つの隷属の状態に置かれている。そのような隷属の状態は、いつも作家にその「文学的意図と肉体的構造」との間に平衡を保つように要求する。そして、そのような平衡が長い徒弟期の修業を経て、一つの慣習となってある種の恒常性を獲得するとき、そこにいわゆる文体という名の生産的で産出的だが、しかし固陋で頑迷で怠惰な性格を有したものが誕生するのである。したがって、文体とは作家の意志とも選択とも無関係である。それは「血とか本能の神秘に結びついた暗い部分」の深い所で自然発生的に起こった発酵作用によるものであり、「体液の変質」である。各々の作家はそれぞれ固有の文体を持っており、固有の「体液の必然性」を有している。文体が「孤独な言語」である理由はここにある。しかし、その孤独は苦痛を与えて快楽を奪うようなものではない。それにはむしろ巣穴にうずくまっている動物が感じるはずの温もりがあり、安心感があり、それによってもたらされる安らぎと居心地のよさが宿っている。したがって、「孤独な言語」なる文体に身をゆだねて、ゆっくりと筆を取り上げ、無我夢中で真っ白な紙の表面を「体液の変質」したものを持って塗りつぶすとき、作家というこの特殊な種族は悦楽を覚えるのである。一人の作家にとって、その文体が言葉では言い表せない一つの親しみであり、快い緩やかさであり、居心地のよい速さであるのは、その中にすでにこの種の悦楽が横たわっていて、それが彼に向かって笑みを浮かべ、優しく手を振っているからである。ある作家の言語にただよう「独異な調子」は、その文体が「孤独な言語」として秘密を有していることを物語っている。そしてその秘密は、「発芽の領域」から飛び立って「変身の終点」にたどりついた「下＝言語」の変身物語がいよいよ最終幕に到達していること、また「体液の変質」作用が止まって、いよいよ文体の完成＝死が訪れようとしていることを告げている。

こうした文体面に考察の視線を注いだ論に、ほかに泊功の「夏目漱石「満韓ところどころ」における差別表現と写生文」がある。同氏は、今日までの『満韓』についての議論を下記のように、

1　漱石の差別意識、植民地的優越意識の表われだと批判する立場。
2　漱石のリアリズムであると評価する立場。
3　漱石一流の「諧謔」あるいは「ユーモア」であるとする立場。

の三つに分けたあとに、「以下の本論では上記の議論を整理した上で、「満韓ところどころ」は漱石が意識的に選んだ「写生文」というジャンルもしくは文体の一種で書かれたという前提に立ち、最

近の論調の中で批判されることの多い③の立場を、あらためて検討してみたい」と述べて、漱石の「写生文」についての見解――写生文家の人事に対する態度は貴人が賤者を視る態度ではない。[6]賢者の愚者を視る態度でもない。男が女を視、女が男を視る態度でもない。つまり大人が子供を視るの態度である。両親が児童に対する態度である――を引用しながら、『満韓』の文体がいかに不即不離の態度で貫かれた文体であるかを強調している。結局、写生文は漱石の『満韓』にロラン・バルトの言う「意味の免除」を与え、免罪符を与えていることになる。[7]

周知のように、写生文は漱石が俳句的な小説を書くための手法である。その手法によって生まれてきたものが『草枕』である。『草枕』の主人公なる「余」は「山路を登る」時と同じように、ただひたすら歩く。そして見る。そして考える。見ることも、考えることもいずれも歩くことに付随した寄生的な動きである。それには意図もなければ目的もない。ゆえに、それは寄り道を知らない直線をたどるような描線的な性質の見る行為であり、考える行為である。

なぜなら、描線は、書き手が自分自身についてあたえたいと思っているうぬぼれたイメージから解放されているので、雄弁に表現することはなく、描くものをただ存在させるだけだからである。ある禅師が言っている。「歩くときには、歩くことだけをせよ。座したときは、座すことだけをせよ。けっしてためらうな！」[8]

歩くことの目的がただ歩くことそのことのためだけのものであるように、描くことの目的もただ描くことそのことのためだけのものである。それは正岡子規の写生文の理念、「只ありのまま見たるままに其事物を模写するを可とす」に通底するものである。それは出会いの瞬間に生起する現象の新鮮さを素早く摘み取るための手法であり、テクネである。ゆえに、そこには描線を引く者の主観が入る時間的、空間的余地がない。俳句的な「意味の免除」が生まれてくる契機も可能性もこの間髪を入れない余地のなさ、意図のなさ、目的のなさに存する。したがって、われわれは『満韓』を漱石がただひたすら歩いた結果、生まれてきたテクストとして読むべきである。

つまり、漱石は歩く。彼特有の漫歩術＝書法に従って満洲の街路の上を。そして彼は遭遇する。無数の偶景に。そして彼はそれを拾い上げて俳句のような写生文のようなものにする。瞬間との遭遇、そのような瞬間、そのような遭遇の中に軽いタッチで引かれたかすかな一過性の痕跡、漱石的エクリチュールとはそのような性質のものである。それは街路の上に落ちた儚い影のようなものである。その影とは、ロラン・バルトの言葉を借りれば、描線にすぎないものによって生かされたものたちのざわめきが残していった幽かな痕跡である。そのような描線、そのような痕跡が、その瞬間を存在させ、その瞬間に影を落としていったと思われる一過性の出来事のような存在たちを存在させる。意味も目的も解釈もなしに、ただそれらを存在させる。したがって、「汚いクーリー」とは記号ではない。実存でもない。それは、漱石の歩行に寄生する俳句的なエクリチュールが満洲の街路という書板から読み取った「意味の免除」を付与された描線であり、イメージである。ゆえに、そこにはそれを掠め取る主体の手（エクリチュールが流れ出るペンを握った末端）の意志もなければ、それを見つめる主体の視線の意志もない。あるのはただ、これから言及することになるゼロ度の俳句的な「恋恋趣味」、「依依趣味」によって紡ぎだされる描線だけである。

二　崖──反復する特権的な空間

苦しい十五分か廿分の後車《のち》は漸く《ようや》留《と》まった。軌道の左側丈《だけ》が、畠《はた》を切り開いて平らにしてある。眼を蔽う高粱の色を、百坪余り刈り取って、黒い砂地にした迹《あと》へ、左右に長い平屋を建てた。壁の色もまだ新しかった。玄関を這入って座敷へ通ると、窓の前は二間程しかない。その縁に朝顔の様な草が繁っているが、絡まる竹も杖もないので、蔓と云わず、葉と云わず、花を包んで雑然と簇がるばかりである。朝顔の下はすぐ崖で、崖の向うは広い河原になる。水は崖の真下を少し流れる丈であった。（『満韓ところどころ』三二）

これは漱石が予備門（のちの第一高等中学校）時代からの友人である橋本左五郎と北上する途中に立ち寄った温泉宿についての描写である。『満韓』は、漱石が同級生の中村是公の招きによって、実際に自分の足で満洲の埃にまみれた街路や凸凹の道を踏み、自分の目で満洲の高粱畑に代表される山川風物、汚いクーリーのイメージに集約された民族風習を見、自分の鼻で満洲の家屋に充満する異様な臭い、街路に立ち込める屎尿の臭いを嗅ぎ、自分の耳で満洲の人々の甲高い声、気持ち悪くなるほど軋む馬車の車輪の音、楽器の奏でる怪しい音を聞き、自分の舌で満洲の鶉の味、鮎の味、麺の味を味わって、書き上げた新聞記者なる漱石のルポルタージュ風の記録だといわれている。しかし、漱石のテクストを隅々まで舐めるように読み、愛撫したことのある真の読者なら以上の引用のなかでも特に圏点を引いた部分、すなわち「朝顔の下はすぐ崖で、崖の向うは広い河原になる。水は崖の真下を少し流れる丈であった」に接した際に起こる反応はだれかれの区別なく一様に同じであるはずだ。なぜなら、この部分は、真の漱石読者に『三四郎』のあの有名な場面を想起させるからである。

三四郎が凝《じっ》として池の面《おもて》を見詰めてゐると、大きな木が、幾本となく水の底に映つて、其又底に青い空が見える。三四郎は此時電車よりも、東京よりも、日本よりも、遠く且つ遥かな心持がした。然ししばらくすると、其心持のうちに薄雲の様な淋しさが一面に広がつて来

た。（『三四郎』二の三）

不図眼を上げると、左手の岡の上に女が二人立つてゐる。女のすぐ下が池で、池の向ふ側が高い崖の木立で、其後ろが派手な赤煉瓦のゴシツク風の建築である。さうして落ちかゝつた日が、凡ての向ふから横に光を透《とほ》してくる。女は此夕日に向いて立つてゐた。三四郎のしやがんでゐる低い陰から見ると岡の上は大変明るい。（『三四郎』二の四）

いうまでもなく、『満韓』は旅行記であり、紀行文である。そして『三四郎』は文学作品であり、フィクションである。にもかかわらず、両テキストには漱石的としか言いようのない文体的類似性、近似性が存在している。その近似性、類似性の度合はどれくらいのものであるかというと、ほとんど遺伝子レベルにおけるそれを彷彿させる程だといっても過言ではない。そこで、その真偽を確認するために類似性、近似性の表徴となる二つの証拠文を並列する形で並べておいて比較してみることにしよう。すると、まず目につくのは構文の一致である。つぎに目立つのは構成要素の類似である。こうした一致と類似を語り手の語りにおける傾向性を示すものだとすれば、これは間違いなく漱石的な語りの語り方である。

朝顔の下はすぐ崖で、崖の向うは広い河原になる。水は崖の真下を少し流れる丈であった。

（『満韓ところどころ』三二）

女のすぐ下が池で、池の向ふ側が高い崖の木立で、其後ろが派手な赤煉瓦のゴシック風の建築である。（『三四郎』二の四）

まず、二つの描写において対応をなしているのは、いずれにも水があり、崖があることだ。この二つの要素はこの二つの文を根底から支える内実であると同時に、漱石的テクストに遍在するものである。水は漱石的テクスト空間を湿らし、独特な雰囲気を作り出すための環境的な物質であり、崖は漱石的テクストが内包する地勢学に大きな隆起と隠れた折り目を彫り込むための建築的で構造的な要素である。その崖の上に、『満韓』では朝顔が咲いており、『三四郎』では女が立っている。花と女の入れ換え、置き換えである。そして崖の向こう側にはそれぞれ河原と木立がある。『三四郎』では、その木立の後ろにさらに「派手な赤煉瓦のゴシック風の建築」があると告げる。遠近法的な記述の継ぎ足しである。そのような奥行きを背景に、美禰子は夕日を浴びながら立っている。夕日が崖の下に広がる池という水鏡に美禰子を投影し、横たわらせるために意識的に挿入された、自然描写を装った装置であることについては、後述するようにすでに尹相仁の指摘がある。

要するに、『満韓』の崖は『三四郎』の崖を模倣することで、そこに交換可能な要素、すなわち花を導き入れ、河原を招き入れている。花と女、河原と木立が取り結ぶ交換関係、選択関係は、意味の増殖を可能にする置き換えであり、漱石的エクリチュールが好んで用いる手法である。こうした手法を、これからの記述における便宜のために、「漱石的パラディグム」と命名するならば、崖はそのようなパラディグムを可能にする共有の平面であり、土台である。漱石の『門』も同じく崖の地勢学をその根底に据えていることで、こうした漱石的パラディグムの系列に組み込まれるべきテクストである。そこでは、崖の下に宗助夫婦の家を据えつけ、崖の上に坂井家を配置することで、テクストの筋の展開に必要不可欠な諸要素間の選択関係、交換関係をたぐり寄せている。ほかに、『草枕』もこうした崖のパラディグムに組み込むべきテクストである。というのは、そこにある小高い巌頭もその足元には「鏡が池」を控え、その上には那美を立たせているからである。いうまでもなく、『草枕』の巌頭は漱石的崖が有するパラディグムの性質を多分に分有している存在である。

漱石テクストにおいて、登場人物の女たちは崖のような高いところに立ちたがる存在である。それに対して男の登場人物は三四郎のようにその崖の下に広がる池のような水辺の低いところに身を処したがる存在である。『三四郎』の水は池であることで、水の動の原理ではなく、静の原理を生きる物質となる。つまり、映す機能を持った鏡になる。三四郎がそのような水鏡のなかに確認したのは「青い空」でもあれば、「雲の女」、「風の女」である美禰子である。蓮實重彦が指摘しているように、漱石的テクストでは男と女は水のある空間で遭遇を果たす。三四郎と美禰子の以上の遭遇の場面は典型的なものである。この典型的な場面の前身をなしているのが、『草枕』の画工の「余」と那美が出会う場面である。そこには同じく池という水の空間がある。その池を『草枕』は「鏡が池」と名づけている。

鏡が池へ来て見る。（中略）

（中略）

余は水面から眸を転じて、そろり〳〵と上の方へ視線を移して行く。（中略）緑りの枝を通す夕日を脊に、暮れんとする晩春の蒼黒く巌頭を彩どる中に、楚然として織り出された女の顔は、――花下に余を驚かし、まぼろしに余を驚ろかし、振袖に余を驚かし、風呂場に余を驚かしたる女の顔である。（『草枕』十）

この部分の那美のイメージについては、さまざまな研究者がさまざまな議論を試みている。まずは、芳賀徹の指摘だが、彼は『三四郎』にも『草枕』のこの部分の描写に酷似した場面があることに着眼して、「しかし両作のなかでもとくに意味深いこの二つの情景が、これほどぴったりと相重なるのはただの偶然ではありえない。その底には、漱石のかなり強度な固定観念風の映像がなにかひそんで働いていたのではなかろうか。（中略）ここにはなにか「巌上の女（あるいは丘の上に立つ女）」といった詩的・絵画的な映像の体験があって、それが強く漱石の想像力を刺激しているにちがいないと思われる」と述べている。(9) つまり、高所に立っている那美と美禰子のイメージを、いずれも「丘に立つ女」という同種の鋳型から抽出したものと見ている。つぎに、蓮實重彦の見解だが、彼は漱石的テクストにおける水の環境について、「溢れる水は漱石的存在に異性との遭遇の場を提供する。しかも、そこで身近に相手を確認しあう男女は、水の横溢によって外界から完全に遮断されてしまっているかにみえる。」と述べている。(10)

この指摘に従えば、那美はみずからの意志で「鏡が池」に訪れたのではなく、水をたたえた空間なる「鏡が池」が「人の視線を垂直に惹きつける環境」として、彼女に向かって「水辺への手招き」の合図を送ったから、彼女は接近してきて巌頭の上に立ったことになる。(11) つまり、那美（「なみ」＝波）は「水の女」として、水の存する空間には自由に出入りする資格や特権をもっていたから、「鏡が池」にやってきたのではなく、「鏡が池」が特権的な空間として、みずからの引力によって彼女を自分の力学圏のなかに引きずりこんだ結果、那美はそうなったのである。最後に、那美のこの部分の描写について、尹相仁は下記のような指摘をしている。

今まであまり指摘されなかったことだが、なかなか絵が描けない「余」を催促するかのように、那美が《オフィーリア》の如く水の上に浮くポーズを直接とって見せる場面はすこぶる興味深い。「余」が「鏡が池」の水面に映る巌や松などをスケッチしているとき、巌の頂きに突然那美が姿を現わす。「体軀を伸せる丈《だけ》伸して、高い巌の上に一指も動かさずに立つて居る」その姿が池の水面に落としている影は、彼女が水面に浮いている様子そのものに他ならないのではなかろうか。「余は余の興味を以て、一つ風流な土左衛門をかいて見たい」と語る背景には、こういう美的趣向が下敷きにされていたに違いない。池に鮮やかに投影される「水の下なる影」、それが影なる故にオフィーリアの美しい亡骸より一層幻想的雰囲気を醸し出している。これは、水底のモティーフをめぐる漱石の美的幻想の深さを示す好例であろう。(12)

要するに、那美はみずから志願して「私が身を投げて浮いて居る所を奇麗な画にかいて下さい」と言いながらも、実際には「鏡が池」に身を投げたりはしていない。しかし、このように巌の頂きに立つことで、しかも斜めにさす夕陽の照射を受けることで、彼女は「水の下なる影」として水面に投影され、オフィーリアのように水の上に横たわる模倣者となるのである。尹相仁のこうした指摘はじつに示唆に富んだものである。既述した三四郎と美禰子が初めて出会う場面にも、この『草枕』と同様、そこには斜めにさす夕陽があって、それが美禰子をやはり投影された影として水面に横たわらせている。

漱石的テクストは、崖の上の朝顔を描いても、崖の上の菫（漱石は生まれ変わったら、菫ほどの小さな人間になりたいと俳句で詠んでいる）は描いていない。しかし、崖の下の菫のような生活を営む夫婦は描いている。『門』における崖下の宗助夫婦の生がすなわちそれである。それは間違いなく、菫の生であり、諦念の生であり、則天去私の生である。崖は垂直の生を生きることで、上と下を区切り、その区切られた四角い器のような空間に、パラディグムの論理に従って、上の方には花を入れ、女を入れ、河原を入れ、木立を入れておく。ほかに、子供の笑い声とブランコのある明るい家を忘れずに配置しておく。それに対して、下の方には大きな水たまりのような池を拡げておく。あるいは、日の当たらない巣穴のような住居を据えつけておく。そして、その住居の周りに決して菫の鉢ではない多くの花鉢を廻らしておく。

いってみれば、崖は漱石的テクストに穿たれた特権的な空間である。ゆえに、崖はみずからの論理を持ち、みずからの引力を有している。それは垂直に働く磁場であり、パラディグムの繊細な網目である。漱石的テクストに散在する数多の存在たちはいずれも、そのような磁場の引力がたぐり寄せてきたものたちであり、そのようなパラディグムの網目が捕捉したオブジェたちである。漱石的テクストにとって、崖の詩学が必要不可欠の要素であったのも、それがこのような数多のものたち、数多のオブジェたちの招集と参入を可能にしていただけでなく、人物と人物との出会い、言葉と言葉との遭遇、事件と事件との連結で可能になる筋の展開をも可能にしていたからである。漱石が重複の誹り（想像力の泉の枯渇が招来するエクリチュールの危機）を受ける危険性を冒してまで、すでに『草枕』で使い、『三四郎』で使い、『門』で使って、艦褸《ぼろ》切れのようになってしまった崖の空間を、ふたたび『満韓』に回帰させている最大の理由は、こうした機能と役割のほかに、漱石的テクストの建築術に対して、崖が特権的な空間として、構造論的に深く関わっているからである。

三　温泉と手拭　「跣足《はだし》の女」と纏足

水はもともと、不特定の多様なものと関わる、無限の象徴力を有した一つの関係構造である。このような関係構造と女という文学的イメージが手を結ぶとき、そこから水の属性を分有したイメージの豊穣さが生まれてくるのは必至である。漱石的テクストを読んで、そこに希薄な男性像よりも強烈な女性像——多くのバリエーションに富んだ、神秘的で魅力的な存在——を発見することができるのも、もしかするとそこに水という関係構造とのみごとな婚姻関係が成り立っていたからではないだろうか。また、そのような婚姻関係があったからこそ、池の水はいかなる連想や想像の媒介もなしに一瞬のうちに直接、女のイメージと結びつき、池のほとりも遭遇の儀式を演じる「特権的な遭遇の場」として、もう一方の異性なる男を引き寄せているのではないだろうか。さらに漱石的テクストにおいて、池のほとりがほかのいかなる空間の追随も許さない、特権的で異質な反復する空間として、珍重されているのもそのためではないだろうか。

では、漱石はなぜこれほどまでに崖にこだわり、池にこだわり、女にこだわったのだろうか。これについての理由と答えはすでに以上の三人の研究者、芳賀徹、蓮實重彦、尹相仁の指摘のなかにあったはずだが、しかし、漱石がなぜ遭遇のパターンを『草枕』と『三四郎』に繰り返し使っているのか、という理由と答えはいまだ与えられていないままである。漱石がここまでミレーのオフィーリアのイメージに執着心を示したのは、自分の良き教養と上等な趣味を誇示することで、一種の自己満足を得るための行為だったのだろうか。それとも漱石の美的夢想におけるフェティッシュな傾向がその書く行為に際して、無意識のうちに自然に流れ出してきたものなのだろうか。こうした推測は、単なる影響関係を議論するうえでは有意義であるかもしれないが、しかしこれから触れることになる『満韓』にも『草枕』と『三四郎』の遭遇の場面を彷彿とさせる描写があることを考慮に入れれば、こうした執着の心理現象は単なる教養や趣味の誇示、フェティッシュな美的夢想の現われとして片づけてしまうわけにはいかない性質のものであることは明らかである。漱石があえて重複を冒しながら、同種同様の遭遇のパターンを『草枕』と『三四郎』に繰り返し用いた背景には、両テクストに内包された構造が強いる意志が働いていたからではなく、書く行為を専門とする作家漱石のエクリチュールの習性、慣習が強いる意志が自動的にスイッチが入ったように作動していたからではないだろうか。

『満韓』における下記の遭遇の場面も、漱石が実際に満洲の地で遭遇した出来事ではなく、帰朝後に『満韓』を執筆しようとして筆を取り上げた瞬間に、その管を通して流れ出した漱石的エクリチュールの習性、慣習のイデアが捏造した、シュールレアリズムの作家たちの自動記述にも似た事後の夢想の産物として見ることはできないだろうか。フローベールのエジプト紀行が創造した奇矯性に富んだ非西洋のエキゾチックな物語と同じように、漱石的エクリチュール(＝文体＝「体液の変質」＝「孤独な言語」)がいつもの慣習によって練り上げたものではないだろうか。

濡れ手拭を下げて、砂の中をぼくぼく橋の傍迄帰って来ると、崖の上から若い女が跣足で降りて来た。橋は一尺に足らぬ幅だからどっちかで待ち合せなければなるまいと思ったが、向うはまだ土堤《どて》を下り切らないので、此方《こっち》は躊躇せず橋板に足をかけた。下駄を二、三度鳴らして、一間程来たとき、女も余と同じ平面に立った。そこで留まると思いの外、ひらひらと板の上を舞う様に進んで余に近づいた。余と女とは板と板の継目の所で行き合った。危ないよと注意すると、女は笑いながら軽い御辞儀をして、余の肩を擦って行き過ぎた。(『満韓ところどころ』三二)

漱石の真の読者なら、この引用の最初を飾る「濡れ手拭を下げて」を目にする瞬間、『三四郎』のあの場面を想起するだろう。つまり、三四郎が「汽車の女」といっしょに泊まった名古屋の旅館で下女が持ってきたお茶を飲んで風呂場へ行こうとする場面を思い出すだろう。念のため、そのまま引用すると「そこで手拭をぶら下げて、御先へと挨拶をして、風呂場へ出て行つた」となっている。風呂好きなのは三四郎だけではない。広田先生も同様である。『三四郎』はそのような二人がそろって風呂場へ行く場面をわざわざ描いている。それは広田先生が昼寝に女の夢を見たあとの出来事である。

「ああ眠かつた。好い心持に寐た。面白い夢を見てね」

先生は女の夢だと云つてゐる。それを話すのかと思つたら、湯に行かないかと云ひ出した。二人は手拭を提げて出掛けた。（『三四郎』一一の五）

『満韓』の漱石と橋本は広田先生と三四郎のように、手拭をフィクション空間を自由に移動するために必要な通行証のように忘れずに携帯している。『草枕』の画工なる「余」も漱石的テクストの登場人物である以上、那古井の温泉に浸かるためにはシンボルマークである手拭をぶら下げていなければならない。

寒い。手拭を下げて、湯壺へ下る。

（前略）只這入る度に考へ出すのは、白楽天の温泉水滑洗凝脂と云ふ句丈である。温泉と云ふ名を聞けば必ず此句にあらはれた様な愉快な気持になる。又此気持を出し得ぬ温泉は、温泉として全く価値がないと思つてる。此理想以外に温泉に就ての注文は丸でない。（『草枕』七）

したがって、手拭は漱石的エクリチュールが好んで描く対象であり、漱石的登場人物たちが好んで携帯する記号である。『草枕』と『三四郎』と『満韓』は記号として手拭を共有し、男の登場人物たちにその携帯を命じている。そこで、三つの作品が発表された年代順を調べてみると、『草枕』が明治三九年（一九〇六年）、『三四郎』が明治四一年（一九〇八年）、『満韓』が明治四二年（一九〇九年）である。つまり、『満韓』は『草枕』と『三四郎』のあとに発表された作品として、そこに姿を現している手拭は『草枕』の「余」の手拭、『三四郎』の三四郎と広田先生の手拭の血筋を引く代物であることは間違いない。言い方を換えれば、『草枕』を書き、『三四郎』を書いた漱石が『満韓』を書くためには満洲には日本と同じように温泉がなければならないし、手拭がなければならなかったのである。そのせいか、満洲で目にする多くのものに「汚い」という修飾語をつけたがる漱石が、橋本といっしょに探した温泉だけには「汚ない」「汚ならしい」という限定詞をつけずに、「底も縁も青い苔で色取られている」「澄み切って底まで見える」きれいな温泉だと記している。

足駄《げた》を踏むとざぐりと這入《はい》る。踵《くびす》を上げるとばらばらと散る。渚よりも恐ろしい砂地である。冷たくさえなければ、跣足《はだし》になって歩いた方が心持が好《い》い。俎《まないた》を引摺って居ては一足毎に後しざる様で歯痒《はがゆ》くなる。それを一町程行って板囲の小屋の中を覗き込むと、温泉があった。大きい四角な桶を縁迄地の中に埋け込んだと同じ様な槽である。温泉は一杯溜っていたが、澄み切って底迄見える。何時の間に附着したものやら底も縁も青い苔で色取られている。橋本と余は容赦なく湯の穴へ飛び込んだ。（『満韓ところどころ』二三）

漱石と橋本の奉天行きは「満鉄の事業」を視察することが当初の目的である。しかし、二人はそれを忘れたかのように、まずは日本人らしく温泉を見つけることに必死である。二人が見つけたこの底まで澄み切って見える温泉は、二人の旅の楽しみを増してくれる場である前に、漱石的エクリチュールが自由自在に動き回り、意のままに自分好みのものや人、特に女をたぐり寄せることを可能にする特権的な空間である。漱石が崖の上から下りてくる満洲の若い「跣足の女」と遭遇を果しえたのもこの温泉という遭遇を約束する特権的な場があったからである。女はまるで『草枕』

や『三四郎』の那美や美禰子のようにいままでずっと崖の上に立っていたかのようである。那美や美禰子が「水の女」として、水のある空間に住みついた浮遊霊のような存在であるとしたら、ここの「満洲の女」もそのような浮遊霊の性質を分有した存在である。彼女は間違いなく漱石的エクリチュールが好んで描いてきたイメージの女の部類に属する「誘惑する女」である。だから、彼女は浮遊霊のように温泉という漱石的な特権的な空間に住みついて、じっと漱石らの動きをつまびらかに観察し、彼らが温泉から上がってくるのを見計らって、わざわざその崖から下りてきたのである。出戻りが原因で「狂印《きじるし》」を帯びていた那美が画工の「余」の浸かっている温泉湯につかつかと入ってくるのとは違って、ここの「満洲の女」は温泉全体を見下ろせる崖の上でじっと待っていたのである。この崖が、『草枕』と『三四郎』の崖と同質のものであることは言うまでもない。その崖とは、漱石的エクリチュールが有する遺伝子レベルの物質の堆積によってできあがった異質のものである。それは岩や土の材質でできた一般的な崖ではない。漱石という固有名に刻印された石の中に水が身を潜めているように、この崖の中には漱石的エクリチュールの遺伝子が無数に孕まれている。では、そのような崖と関わりあった要素の一つをさきに取り上げるとすれば、それは何になるだろうか。

それは崖から下りてくる若い「跣足の女」である。漱石の視線は女の身体全体を確認する前に、その足が「跣足」であることを確認する。そして、彼はある種の失望感に襲われる。なぜなら、その足は期待していた小さな足ではなかったからである。漱石と同様、ロラン・バルトとともに中国を訪れたジュリア・クリステヴァはその著『中国の女たち』のなかで纏足のことに触れ、「いまもなお、北京でも、あるいは地方でも、黒づくめの服装をして、赤ん坊のような小さな足の老婦人たちが見られるが、わたくしには、そうしたかの女たちを写真にとることはおろか、しげしげと眺める勇気はなかった」と吐露する。(13) 彼女の眼は数多のオリエンタリストたちのそれとは違って、まだ汚染されていない。彼女の眼は横柄な観察者の眼ではない。彼女はできれば自分を見る位置ではなく、見られる位置に置こうとする。それだけではない。彼女は同じ女性として、中国の女たちの足に刻まれた類例を見ない歴史を知っている。

母たちは、五才にもならない少女たちの足の指を甲の下に折り曲げ、このように押しひしがれた足を数メートルもの包帯で固く締めつけ、血液の循環を妨げるのである。この手術は、想像もしがたい苦痛のうちに十年も十五年も続くのであるが、それによって酬いられるものとしてはただひとつ、ひとりの女がこうして愛玩物《フェティッシュ》に、またそれゆえ、たんなる愛欲の対象に変えられてしまうということだけであった。女は、不具にされ、愛玩物にされた自分の足の運命にいわば追随するように、愛の体系《コード》——涙と苦痛の体系に入るのである。しかし、この体系《コード》をひとたび出れば、集団的な夫婦契約という非個人的な地味な平和状態があり、あるいは、農民的な、道教的な、あるいは貴族的な、周知の伝統的な性愛《エロチスム》があったのである。(14)あらゆる階級の女たちが、たちまちこの拷問みたいな規則を甘んじて受け入れたが、それは少しも不思議なことではない。それは、多年の苦痛の後に、自分自身の称賛を勝ち得、また自分を婚家に認めさせる唯一の機会《よすが》であり、婚家の方では、携えてきた持参金に加えて、嫁の美しい小さい足を、彼女の従順さと辛抱強さの能力の否むべからざる証拠として誉め称えるであろうからである。(15)

クリステヴァのエクリチュールは、沸きかえった溶岩のように火を噴き、イロニーを込めて「纏足」という残酷な拷問についてこのように告訴する。しかし、漱石のエクリチュールは異なる。漱石的エロティシズムは日本というフィクション空間を離れて満洲というフィクション空間に移行すると、おのずと趣味の方向性を変えて、いかにも中国的としか言い様のない小さな足のエロティシズムへと向かう。教養人として西洋を知り、東洋を知っていた漱石は、東洋のなかでも特に中国をよく知っていた。否、「よく知っていた」とは語弊かもしれない。死ぬまで二〇八首もの漢詩を書き残し、帝国大学二年生の時から老子の哲学に没頭し、市井に身を処しながらいつも神仙の世界にその魂を遊ばせていた漱石は無類の教養人であり、東洋的な文人であった。『満韓』に散在するさまざまなトピックス、いろいろな観察対象、たとえば、渺茫たる赤い高粱畠、玉蜀黍で黄色く彩られた屋根、一面に広がる青い松林、カササギ来て鳴く白いポプラの木、瓦葺きの中国人の家屋とその軒下の風鈴（この風景を目の当たりにして漱石は「余は久し振りに漢詩というものが作りたくなった」と吐露する）、棺桶のような蒲鉾型の馬車、埠頭に群がるクーリーたち、男たちの欲望をくすぐる小さな足（＝纏足）の歌姫たち、怪物に見える満洲の豚、尻尾のような細長い辮髪、鳥籠を持った優雅な中国人、南画の世界を彷彿させる柳の風情……こうしたすべては、満洲における漱石が胃痛をこらえながら散策の途中、漫歩の途次にその視線が捉えた満洲原産のものである前に、漱石という文人がみずから耕す豊かな教養の畑にすでに自生していた品種――漱石特有の夢想を栄養源にして自生しているうちに自動的に品種改良を済ませているものではなかっただろうか。フローベールのエジプト紀行が手土産品として持ち帰ったと信じられていた、奇矯性に富んだ物語が既存の心象風景のなかに棲息していた想像の産物であったように、崖の上から下りてくる若い「跣足の女」も漱石の東洋的な文人趣味が無意識のうちに捏造したイメージではなかっただろうか。

というのも、漱石の想像の世界には、現実の世界で実際に出会った生身の女がいるまえに、さきに芳賀徹や尹相仁がいったような「強度な固定観念風の映像」なる詩的・絵画的な「丘の上に立つ女」や「ある種の淡いヴェールに包まれた非現実的な遠い存在のように映る」神秘的な女たち、「水の現実離れした絵画という美的理想の世界の影を引きずっている」詩的で絵画的な女たち、女」の系譜につながる世紀末のデカダンたちが好んで描いたニンフ、セイレン、ウンディーネ、人魚のような神話的な女たちが先住民族のようにすでに住みついていたからである。漱石が満洲の地で出会ったと告げる若い「跣足の女」も満洲という実存空間に実際に生きていた「世界‐内‐存在」ではなく、漱石の想像の世界から下りてきた「夢想の女」ではなかっただろうか。漱石的エクリチュールが女の登場人物を描く段になると、いつも急に生気を取り戻して、生き生きとしていて、活気に満ち溢れていた背景には、その想像の世界に以上のようなさまざまな女たちが住みついていたからではないだろうか。漱石的エクリチュールは、永遠の若さを保つためにはその想像の後宮に「三千の粉黛」を囲っていなければならなかったのである。だから、彼は『満韓』のような紀行文を書きながらも、必要あらばいつでも「夢想の女」たちをその想像の世界から呼び出すことができたのである。

四　幻影の女　形相の女　鳥の女

驚いた事はまだある。湯から帰り掛に入口の大広間を通り抜けて、自分の室へ行こうとすると、其処に見慣れない女がいた。何処から来たものか分らないが、紫の袴を穿いて、深い靴を鳴らして、その辺を往ったり来たりする様子が、どうしても学校の教師か、女生徒である。東京でこそ外へさえ出れば、向うから眼の中へ飛び込んでくる図だが、渺茫たる草原のいずくを物色したって、斯様な文采は眸に落ちるべき筈でない。余は寧ろ怪しい趣を以て、この女の姿をしばらく見詰めていた。（『満韓ところどころ』四四）

漱石的エクリチュールはここでも遭遇の偶然性にある種の自然さ、正当性を与えようとするかのようにある一文の挿入を忘れていない。つまり、「湯から帰りがけ」というさりげないつぶやきにも似た文句である。しかし、漱石的エクリチュールにおいてはこの一文は「開け、ゴマ」式の呪文が有している特権的な機能をもっている。大広間に通ずる廊下の入り口に立っている女は、いかにも漱石的テクストの登場人物らしく、自分の待ち伏せが成功するためには、どの時間帯を狙うべきかを予め熟知している。だから、彼女は崖の上から下りてくる若い「跣足の女」のように、「紫の袴」に「深い靴」を履いて漱石が湯から帰って来るのを待っている。まるで漱石の書いた『心』の女のように廊下の入り口に立って待っている。ここでは漱石は彼女に声をかけない。ただ「怪しい趣を以て、この女の姿をしばらく見詰めていた」だけである。崖から下りてくる若い「跣足の女」には漱石は珍しく声をかけていた。「危ないよ」と。それが日本語だったのか、中国語だったのか、真実はだれもわからない。またその注意が女に通じていたかどうかもわからない。ただその女が「笑いながら軽い御辞儀」をしたこと、そしてわざとらしく「余の肩を擦って行き過ぎた」ことだけは事実である。満洲の地に足を踏み入れて以来、そこに住み、そこに生きている多くの実存に「汚ない」「汚ならしい」（こうした言葉は漱石が機会あるごとに標榜していた「非人情」の倫理に背く表現である）という情緒的な言葉を投げかけていた漱石が、なぜかこのように「満洲の女」に出会うとその仏頂面を下ろして愛想よく振舞おうとする。こうした漱石を目の当たりにするとき、われわれは彼にどんな言葉を投げかければいいのだろうか。はたして、われわれはこうした記述を根拠に、漱石の倫理観を疑問視すべきであろうか。また、文学者としてではなく、生活者としての漱石の人格を疑問視すべきであろうか。むろん、こうした疑問についての答えは容易に出ないはずだ。また、軽々しく出してはいけないはずだ。なぜなら、「跣足の女」も「紫の袴」の女も、実在の女ではなく、漱石の夢想から生まれてきた「形相の女」だったかもしれないからである。その意味で漱石の文学者としての生も生活者としての生もどこかフランスのネルヴァルの生に似ている。ネルヴァルにとって、女は永遠に捕捉できない幻影であり、形相であった。そのようなネルヴァルの「形相の女」についてリシャールは次のような素晴らしいいくつかの記述を残している。

形相の現実性そのものが、常に彼の指の間からすり抜けてしまうのである。女神は逃げ去りながら姿を見せ、消え行きながら彼の前に現われる。これはにがい逆説である。時として、

女神は自分をひろげてみせながら、そのまま消滅する。(16)

《彼女が形を変えて行くにつれて、私は彼女を見失った。というのは、彼女はその大きな真紅のひろがりの中に消え去るように見えたからである……》。ここでは、化身の度がすぎて形相が消滅してしまう。形相は一つの自然の中に、無限にひろがる外界の中に、迷い込んでしまう。(17)

オーレリアは明るい光線の下で大きくなり始め、そのため庭は次第に彼女の姿をとるようになり、花壇や樹木は、彼女の着物のバラ模様・花づな模様になって行った。他方、彼女の顔と両腕は、空の赤い雲にその輪郭をしるしていた。(18)


リシャールがいみじくも指摘したこのネルヴァルの「形相の女」の性質は、そのまま漱石の「形相の女」のそれにあて嵌めることができよう。あまたの漱石的ヒロインたちは、風呂場に姿を現わすときは、湯煙のなかに自分を宿し、窓辺に坐るときは、彼方の空にたなびく雲に自分を映しだし、水辺の岡のうえに立つときは、横たわるオフィーリアの画に自分を重ねあわせる。われわれが出会うのは、このように無限の二重化を繰り返すヒロインたちである。漱石が『満韓』で出会ったと告げる女たちも、結局は『草枕』や『三四郎』に先在した那美や美禰子のようなヒロインたちの幻影を帯びた「形相の女」だったのである。だから、『満韓』は、「紫の袴」の女についての漱石の真剣な質問に対して、下女の口を借りて次のような「ちっとも要領を得ない」返事をする。

室に帰って又寝た。眼が覚めると窓の外で虫の声がする。淋しくなったから、西洋間へ出て、長椅子の上に腰を掛けて、謡《うたい》をうたった。無論出鱈目《でたらめ》である。そこへ下女が来た。先刻の女の事を聞いたら、何でも宅で知ってる人なんでしょうと云った丈で、ちっとも要領を得ない。昨夕飯《ゆうべめし》を済まして煙草を呑んでいると急に広間の方で、オルガンを弾く音がしたが、あの女が遣《や》ったんじゃないかと聞くと、いいえ昨夕のは宅の下女ですと云う。この原のなかに、夫程ハイカラな下女が居ようとは思いがけなかった。先刻の袴はもう帰ったそうである。

（『満韓ところどころ』四四）

この引用にあるのは漱石と下女という組み合わせである。漱石の読者ならこのような組み合わせの例をいとも簡単にあるところから引っ張ってくることができるだろう。つまり『草枕』からである。そこには那古井の温泉宿に着いた夜の画工の「余」と下女の組み合わせがある。そして、「余」と那美との遭遇がある。『草枕』は彼女の「余」の室内への潜入を次のような神秘的な筆致で描いている。

余が寤寐の境にかく逍遙して居ると、入口の唐紙がすうと開いた。あいた所へまぼろしの如く女の影がふうと現はれた。余は驚きもせぬ。恐れもせぬ。只心地よく眺めて居る。眺めると云ふては些《ち》と言葉が強過ぎる。余が閉ぢて居る瞼の裏に幻影の女が断りなく滑り込んで来たのである。まぼろしはそろり〱と部屋のなかに這入る。仙女の波をわたるが如く、畳の上には人らしい音も立てぬ。閉づる眼のなかから見る世の中だから確とは解らぬ。色の白い、髪の濃い、襟足の長い女である。近頃はやる、ぼかした写真を灯影にすかす様な気がする。

まぼろしは戸棚の前でとまる。戸棚があく。白い腕が袖をすべつて暗闇の中にほのめいた。戸棚が又しまる。畳の波がおのづから幻影を渡し返す。入口の唐紙がひとりでに閉たる。余が眠りは次第に濃《こま》やかになる。人に死して、まだ牛にも馬にも生れ変らない途中はこんなであらう。

いつ迄人と馬の相中に寐てゐたかわれは知らぬ。耳元にきゝつと女の笑ひ声がしたと思つたら眼がさめた。（『草枕』三）

この部分は「余」が初めて那美に出会う場面である。それを『草枕』は昼ではなくて夜に、しかも夜の約束する眠りの中に配置する。すると、那美もおのずと肉体をもった現実の那美ではなく、「近頃はやる、ぼかした寫眞を燈影にすかす」ような「幻影の女」にならざるをえない。このように昼を避け、生身の那美を避けるように工夫された漱石的エクリチュールはその固有の習性を忘れることなく、ふたたび『満韓』の舞台に姿を現わす。重複と反復のそしりを受けてもまったく気に留める気配もなく、漱石的エクリチュールは堂々としている。

余は一人長椅子の上に坐った。そうして永い日が傾き尽して、原の色が寒く変る迄ぽかんとしていた。すると静かな野の中でどうぞ、ちと御遊びに、私一人ですからと云う嬌かしい声がした。その音調は全くの東京ものである。余は突然立って、窓の外を眺めた。生憎窓には寒冷紗が張ってあった。手早く硝子を開けて首を外へ出すと、外はもう一面に夕暮れていて、蒼い煙が女の姿を包んで仕舞ったので誰だか分らなかった。(『満韓ところどころ』四四)

『草枕』の画工と同じように、漱石はここで自分のことを「余」と呼んでいる。「余」は『草枕』の「余」と同じように夕暮れ時に長椅子に坐っている。『草枕』の画工のように「寤寐の境」を逍遙してうとうとしているのではない。目は醒めている。耳も周囲の動静を察しようとするかのようにぴんと立っている。すると、はたしてその耳には「どうぞ、ちと御遊びに」という声が聞こえてくる。声の伝わってくる方角は「野の中」である。そこで「余」は突然立ちあがって、窓の外に首を出してその声の持ち主を確認しようとする。しかし、そのような「余」に対して、夕暮れは出し惜しみをしているのかそれとも意地悪をしているのか、その正体を見せようとしない。ただ「余」のかすかな欲望をくすぐるかのように夕暮れは「蒼い煙」をもって彼女の姿を包んでさし出す。

結び　旅人の意識と永続性の源泉

このように、旅人に長い間帰せられていた客観性は、たんに環境から超然としていることの結果、あるいは環境に愛着をもっていることの結果であるばかりでなく、運動を伴うさまざまな状況、運動が観察する者と観察されるものとの間に生み出す距離の一帰結でもある。(19)

旅人の様態である「両義性、矛盾性、流動性」という状況においては、「物」は安全性の不動の源泉、方向定位の際の灯台になってくれるかもしれないし、こうして一過性、一時性という状況を和らげてくれるかもしれない。しかし、移動の流れの中にもうひとつの永続性の源泉がある。沈思し、忍び足で近づき、眺めるために好きなときに立ち止まる旅人の意識そのものが、ワーズワースや他の数多くのいつもの旅をしている人々にとっては連続性の源泉なのであり、ただ旅に出ればそれが現実化される、青年期から老年期まで一貫して存在する主体の源泉なのかもしれない。(20)

旅には腐食作用がある。そのために、旅は既得したものの喪失でもあれば、新しいものの獲得でもある。それによって旅人は変容をこうむり、精神世界は清められて、いままでとは違った変容した自分——改造《リクリエーション》を経た新しい人間なる自分に出会うのである。しかし、漱石には喪失も獲得もなかったかのように、旅人としての漱石の意識は覚醒のままであり、その覚醒によって彼の観察する眼は変容をこうむることなく、依然として記憶のなかの心象風景に焦点を合わせたまま、外在するすべての観察されるものをその焦点の篩にかけて選択し、分類する。その意識は、旅という移動、運動のなかで出会う物たちが投げかけてくる表情の豊かさ、イメージの新鮮さにわくわくする意識ではない。それは未知の物を既知の物に置き換えて、落ち着きを取り戻し、安心しようとする意識である。(21)

したがって、そのような意識に培われたエクリチュールも見たままの物の表情、イメージをわくわくする筆致で伝えるものではない。フローベールやネルヴァルのエジプト紀行が伝えるイメージが読者を楽しませるために、すでに記憶のなかにあった古い心象風景から取ってきた奇矯性や郷愁に富んだものであったように、漱石のそれもかつてどこかで触れ、描いたことのある物のイメージであり、表情であり、風景である。『満韓』は漱石のエクリチュールが遺伝子レベルで操作された軌跡をとどめているテクストである。

ひとりの作家にとって、文体的衝動は作家自身のもっとも衝撃的な文学体験がその契機になっている場合がほとんどである。そのため、文体的衝動は一夕一朝にできあがらないのと同様に、それに嫌悪を覚えたからといって一夕一朝の間にすぐ脱ぎ捨てることのできるものではない。それを脱ぎ捨てるためには、それを身につけるために払った倍以上の努力と苦痛と焦燥と自暴自棄を味わなければならない。場合によっては、それは人につきまとう影のように一生その作家につい てまわり、最終的にはその作家から書く能力を完全に奪い去りかねない曲者でもある。よく言われているように、漱石は一作ごとに、何か新しいものを求めて、試行錯誤を繰り返した作家である。しかし、その文体の永劫回帰には差異が回帰してくることはなかったように思われる。なぜなら、それはたしかに反復する文体だが、しかし差異を知らない文体だからである。その意味で、バルトが文体を体液の変質、孤独な言語といったのは正しい。

〔注〕

（1）吉本隆明『漱石の巨きな旅』（NHK出版、二〇〇四年七月）一四七〜一四八頁。

（2）前掲書、一四三頁。

（3）ロラン・バルト『零度の文学』森本和夫訳（現代思潮社、一九七五年六月）一七〜一八頁。

（4）前掲書、一八頁。

（5）前掲書、一〇五〜一〇六頁。なお同書には下記のような指摘もある。「書くということは、生まれの権利により肉体的宿命によりわれわれのものになっている言語からは独立に、若干の慣習とか、暗黙の宗教とか、われわれが語りうるすべてのことをあらかじめ変え、自白されないものであるだけに、ますます活動的な意図をそれに負わせるところのざわめきとかをわれわれに課する境域のなかに入ることであるが、また一方、書くということは、寺院を建設する前にまずそれを破壊しようとすることであり、少なくとも、その敷居を越える前に、そのような場所の隷属状態、そこに閉じこもろうという決心が構成するであろうところの本来的な誤謬について自問することである。書くということは、結局、敷居を越えることをおのれに拒否することであり、「書く」ことをおのれに拒否することなのである」。一〇七〜一〇八頁。

（6）泊功「夏目漱石「満韓ところどころ」における差別表現と写生文」（『函館工業高等専門学校紀要』第四七号、二〇一二年九月）八二頁。

（7）ロラン・バルト著作集七『記号の国』石川美子訳（みすず書房、二〇〇四年一一月）一一九頁には、「俳句のつとめは、完全に理解できる言説をとおして、意味の免除をなしとげられるようにすることである（これは、西欧の芸術にはありえない矛盾だ。西欧芸術は、言説を理解できないものにすることによってしか、意味に逆らうことはできないからである）。したがって、俳句はわたしたちにとって奇抜なものに見えるのでもなければ、親しみのわくといったものでもない。俳句は、何にも似ていないし、すべてに似ているともいえる。理解しやすいので、俳句は単純で、身近で、ありふれていて、趣があり、繊細で、「詩的」なものだと、わたしたちは思ってしまう。ようするに、安心感をあたえる述語のすべてをもちいて俳句を語ることができるのだった。ところが、俳句には意味がないので、わたしたちに抵抗感をいだかせる。そして、たった今さずけた形容詞も結局は失って、あの意味の中断のなかへと入ることになる。それは、解釈――言葉がもっとも普通におこなっていること――を不可能にしてしまうので、わたしたちにとってはきわめて奇妙なものにみえる」とある。

（8）前掲書、一二五～一二六頁。
（9）芳賀徹『絵画の領分――近代日本比較文化史研究』（朝日新聞社、一九九〇年一〇月）三七七頁。
（10）蓮實重彦『夏目漱石論』（青土社、一九七八年五月）二〇三～〇四頁。
（11）前掲書、二〇三～二〇四頁。
（12）尹相仁『世紀末と漱石』（岩波書店、一九九四年二月）二四六頁。
（13）ジュリア・クリステヴァ『中国の女たち』丸山静他訳（せりか書房、一九八八年三月）一三八頁。
（14）前掲書、一三二～一三三頁。
（15）前掲書、一三三頁。
（16）J＝P・リシャール『詩と深さ』有田忠郎訳（思潮社、一九九五年二月）七四頁。

（17）前掲書、七四頁。
（18）前掲書、七四頁。
（19）エリック・リード『旅の思想史』伊藤誓訳（法政大学出版局、一九九三年一二月）九一頁。
（20）前掲書、九一頁。
（21）エドワード・W・サイード『オリエンタリズム』上、板垣雄三・杉田英明監修・今沢紀子訳（平凡社一九九三年六月）には「人は事物を、まったく新奇なものとまったく既知のものとの二種類に分かつ場合には、判断を停止する傾向がある。新しい中間的なカテゴリーが浮かび上がってきて、そのために我々ははじめて見る新しい事物を、既知の事物の変形にすぎないと考えることができるようになるからである。こうしたカテゴリーは、本質的に、新しい情報を受け取る手段であるというより、むしろ、すでに確立された事物の見方に対して脅威と見えるものを制御する手段である。精神が突如として、根本的に新しい生活の形態と思われるものに対処しなければならなくなった場合――ちょうど中世初期に、ヨーロッパの眼前にイスラムが現われたときのように――、その反応は総じて保守的であり、防御的なものとなる。イスラムは、以前に得た何らかの経験の、この場合はキリスト教の、胡散臭い焼き直しにすぎないと判断される。脅威は緩和され、なじみ深い価値が前面におし出され、しまいには精神が事物を「原型」か「焼き直し」かのいずれかに分けてみずからに適応させることによって、その重圧を軽減してしまう」とある。一三九～一四〇頁。

コラム 5

仏訳「満韓ところどころ」

吉本隆明の序文とオリヴィエ・ジャメ

濱田 明

『虞美人草』以外の漱石の主要な小説は、早くは『門』(一九二七年)、『こころ』(一九三九年)、そして一九七〇年代年以降に、『吾輩は猫である』『三四郎』は大手出版社ガリマール、『草枕』『二百十日』『行人』『明暗』はリヴァージュ、『門』『道草』はピキエ、『坊ちゃん』『坑夫』はセルパン・ア・プリュムといった小規模な出版社から仏訳されている。(1)

「満韓ところどころ」の仏訳は、出版、形式ともユニークである。高級バッグで有名なルイ・ヴィトンと文芸雑誌の「カンゼーヌ・リテレール」が共同企画する叢書「~と旅する」の一冊として一九九七年に出版された。旅と銘打っているのは、ルイ・ヴィトンが旅行用トランクから出発した会社だからだが、マルセル・プルースト、ヴァージニア・ウルフなど、世界的に著名な作家の旅行記が並んでいる。漱石の単行本の多くの装丁が慎ましく、数年後にポケット版として出版されているのに対して、この「~と旅する」は、多くの写真、図版が収められ、判型も大きい。

ただし「満韓ところどころ」だけで一冊となっている訳ではない。タイトルは『満韓ところどころ、付ロンドン作品』と訳せようか、前半に漱石の英国留学についての吉本隆明の序文とロンドン作品（「自転車日記」、「倫敦塔」、「カーライル博物館」、「手紙」と「日記」抄）、後半にまた吉本隆明の序文と「満韓ところどころ」を配した二部構成となっている。

叢書の編者モーリス・ナドーは、「今世紀のはじめの貪欲な英国と、日露戦争後、日の出ずる帝国によって苛酷に植民地化された満洲という二つの大きく異なった世界に日本の主要な作家のひとりが向けた視線を読者は見出すだろう」と告げる。[2] 前半部分で孤独感と西洋文明への劣等感を抱えてロンドンを彷徨う漱石と、植民地化された満洲で満鉄の総裁に案内される漱石が見た二つの世界が対照的に配置される構成となっている。

『満韓ところどころ、付ロンドン作品』（カンゼーヌ・リテレール＆ルイ・ヴィトン、1997年）

仏訳の序文のもとになった吉本隆明の日本語の文章は、二〇〇四年、新たに序章「二つの「旅」の意味」を加えて『漱石の巨きな旅』として出版される。[3]

まず吉本隆明の文章を紹介したい。漱石にとっての英国留学の意図を『文学論』の序文に求め、文学を解明するための苦闘であったとし、漱石の英国留学を、日記や断片、鏡子夫人への手紙、鏡子夫人の『漱石の思い出』などの引用を交えて考察する。仏訳収録作品の「倫敦塔」に三つの文体、すなわち「紀行記録の文体」、「美的な文体」、「空想的な美文を解体する文体」を見て取り、「カーライル博物館」は、紀行記録の文体と空想的な美文を解体する文体の二つの文体で構成されているとする。ここから吉本隆明の筆は、仏訳に収録されていない『漾虚集』の他の作品、「幻影の盾」「琴のそら音」「一夜」「薤露行」に及び、それらの文体を指摘し、「趣味の遺伝」については、註解が必要として、仏訳に収録されていないにもかかわらず一一頁にわたり論じている。

もっともこれらの分析を仏訳の読者が読むことはない。仏訳された序文は半分程度で、漱石の他の小説への引用や、「倫敦塔」の文体分析以降はほぼ全て省略されている。吉本は序文の執筆について、訳者末次エリザベートの依頼を受け、「きっと漱石の同国人としてのわたしの見方が欲しいということだろうと思い、ためらわずに自由に書かせてもらった」と書いている。仏訳本には確かに、「この版では読みやすさを考慮して、吉本隆明の序文の原文全体を収めてはいない」と断り書きがある。フランス人読者の便を考え、吉本隆明とは違う意味だが、自由に取捨選択した仏訳になっている。

「満韓ところどころ」の序文についても、吉本隆明の文章は同様に簡潔に仏訳されている。冒頭、満洲行きの経緯を漱石の日記の記述に求めた個所では引用された日記を全文訳しているが、続く漱石の「断片」の文章や、田山花袋の『蒲団』や自然主義文学への言及などは省略されている。もっとも、「満韓ところどころ」の文体が、『坊ちゃん』と同じ文体であること、漱石の旅行の隠されたモチーフのひとつが、旅順の二〇三高地の戦地を訪れることであったとの重要な指摘などはきちんと訳出されている。[4] ただ、『坊ちゃん』の主人公と「山嵐」の関係が、「満韓ところどころ」の漱石と是公の関わりに似ているといった、『坊ちゃん』を知る読者なら分かりやすい表現は仏訳では割愛されている。

『漱石の巨きな旅』では、文章の区切りに番号が付されているだけだが、「中村是公」「物語の調子」「旅行の隠された動機」などの小見出しが付けられるなど、末次エリザベートの仏訳はフランス人読者の読みやすさを考慮したものとなっている。

「満韓ところどころ」本文を翻訳したのはオリヴィエ・ジャメである。会話部分が直接話法で地の文と区別されており、漱石の文章より読みやすい程だ。吉本隆明が、『坊ちゃん』と同じで、生真面目な調子を避け、含み笑いを外に開いた文体と評した漱石の文章をフランス語で再現するのは困難であるが、オリヴィエ・ジャメは自然な流れのフランス語となるよう工夫し訳しており、注も詳しく、本文の理解を大いに助けるものとなっている。その訳業は高く評価できる。

ちなみにオリヴィエ・ジャメは翻訳と並行して「満韓ところどころ」に関する論文も執筆している。[5] 当時の満洲の情勢を踏まえつつ、「ジャーナリスティックな旅行記」「自伝的表現」「ロマンティックな傾向」といった要素を「満韓ところどころ」に読み解くことで、雑多な印象を与えるこの旅行記に大きな豊かさを認めている。「満韓ところどころ」三節の船の衝突や、四五節の奉天での馬車に轢かれた老人の描写などの文章にフランスの自然主義と同じ傾向を指摘し、三〇節の鶉料理を食べる箇所をモーパッサンの『脂肪の塊』と比較するといったオリヴィエ・ジャメの分析は、吉本隆明とは別に、フランス人にとっての「満韓ところどころ」への良き序文となろう。

このように、「満韓ところどころ」は、ルイ・ヴィトンの作家の旅を扱った叢書として、『満韓ところどころ、付ロンドン作品』という大英帝国と植民地満洲という対照的な空間の二部構成に組み込まれているとは言え、吉本隆明の序文を手際よくまとめた末次エリザベートと、漱石の文章を達意のフランス語に訳したオリヴィエ・ジャメの手によってフランスの読者に届けられている。漱石の他の作品の仏訳、また日本における「満韓ところどころ」の受容と比べても、仏訳「満韓ところどころ」は、幸運な形で読者と巡り会っていると言えよう。

〔注〕

（1）坂元昌樹・田中雄次他編『漱石と世界文学』思文閣出版、二〇〇九年所収の濱田明「フランスにおける漱石の受容について」を参照されたい。

（2）Natsume Sôseki, *Haltes en Mandchourie et en Corée; précédé de Textes londoniens*, préface de Takaaki Yoshimoto, traduit du japonais par Olivier Jamet et Elisabeth Suetsugu, la Quinzaine littéraire et Louis Vuitton, 1997.

（3）吉本隆明『漱石の巨きな旅』ＮＨＫ出版、二〇〇四年。

（4）日露戦争での日本の勝利は西洋、特にロシアと同盟関係にあったフランスに大きな衝撃をもたらした。日露戦争をめぐって書かれた東西の作家の文章が、*1905 autour de Tsushima*, par Alain Quella-Villéger et Dany Saevelli, Omnibus, 2005にまとまられているが、「満韓ところどころ」の漱石について、仏訳『私の個人主義』の訳者ルネ・セカッティと中村亮二が、植民地主義の正当性への疑義が漱石に全く見られないとしたのに対し、編者は、吉本隆明の旅順の攻略戦の個所がことのほか長く詳しい、との評に同意を示している。

（5）Olivier Jamet, «Documentaire historique, autobiographie et romantisme dans "Étapes en Mandchourie et en Corée" de Natsume Soseki»,『天理大学学報』四八巻一号一一五〜一四四頁、一九九六年。オリヴィエ・ジャメは、数多くの論文、翻訳を『天理大学学報』に発表しており、漱石についての最大のフランス人研究者と言える。漱石の講演「文芸の哲学的基礎」「道楽と職業」「現代日本の開化」「中味と形式」「文芸と道徳」「私の個人主義」の翻訳の出版もある。Natsume Sôseki, *Conférences sur le Japon de l'ère Meiji (1907-1914)*, traduit par Olivier Jamet, Hermann, 2013.

あとがき

本書『夏目漱石の見た中国――『満韓ところどころ』を読む』の刊行趣旨については、「まえがき」において西槇偉氏が既に懇切に触れておられるので、以下においては、本書刊行の基盤となった熊本大学での共同研究のモチーフについて記したい。

近現代の多様な水準での移動（一般的な移住や移民から亡命や難民まで）の機会の拡大は、同時に異なる文化間の様々な接触が生む課題の増大（社会的・文化的な価値観の衝突や対立）をも意味する。そのような異文化接触に伴う社会的・文化的な課題についての理解の必要性は現在も高まっており、国家から地域に至る各レベルで、多文化間の共生の可能性を再考する重要性も一層増している。

私たちの熊本大学には、近代世界における異文化接触を歴史的に考察する上で重要な二人の人物、ラフカディオ・ハーンと夏目漱石についての旧制第五高等学校以来の貴重な資料と研究上での蓄積が存在している。ギリシアに生まれて幼少でアイルランドに渡り、英国に次いで北米での生活を経て日本での定住と帰化に至ったラフカディオ・ハーンは、その生涯を通して、多様な社会と文化との接触を通して、その文化的言説を生んだ代表的個人である。また、作家としての活動を通して日本とその外部の間の社会的・文化的な差異について思索を続けた近代日本を代表する文学者・思想家としての漱石の生涯が、英国滞在の経験、そして本書で対象とした中国・朝鮮半島の旅行経験を含めて、異質な社会と文化との接触と対峙に特徴を持つことは言うまでもない。

ラフカディオ・ハーンと夏目漱石についての人文学における研究は、従来から多様な領域において進められて、既に膨大な蓄積を持っている。それらの先行研究から学ぶものは多いが、ハーンと漱石の両者の生み出した文学と思想は、近代の異文化接触の視点から再考することが可能である。ハーンと漱石の言説は、一九、二〇世紀の帝国と植民地によって特徴づけられる近代世界において、多くの個人が体験した移住や移民、さらに亡命や難民などの経験、換言するならば、越境（旧環境からの移行体験）と共生（新環境での適応努力）についての集団的な経験を、典型的に、かつ集中的に表現した歴史的な言説である点で、現在でも重要な示唆を含んでいるのである。

私たちは、そのような関心から出発して、「越境と共生の文化学」（科学研究費補助金　基盤研究（C）平成二八-三〇年度）という研究テーマでのハーンと漱石についての共同研究をこれまで進めてきた。夏目漱石『満韓ところどころ』に関する共同研究としての本書は、それらの共同研究の成果という性格を持っている。また、二〇一七年一二月には熊本大学において文学部附属漱石・八雲教育研究センターが新たに設立され、本書の執筆者も含めたメンバーが、同センターを新たな基盤としてハーンと漱石を中心とした共同研究を進めている。私たちは、今後もこの共同研究をさらに発展させていきたいという希望を持っている。

本書には、論集の企画にご賛同いただいた先生方からの貴重なご寄稿をいただいた。ご寄稿いただいたすべての皆様方に、深く感謝を申し上げたい。また、出版の労を取っていただいた集広舎の川端幸夫氏、そして編集をご担当いただいたスタジオカタチの玉川祐治氏には、誠にご尽力をいただいた。記して深くお礼を申し上げたい。

平成最後の早春に

坂元昌樹

関連年表

1909年	夏目漱石の満韓旅行および『満韓ところどころ』に関する事項	その他の関連事項
5月5日	午後、中村蓊（古峡）来訪、満洲、韓国へ旅行するという。中村是公等へ紹介状書く	
6月28日	中村蓊、満洲から帰り来訪。ハルビンまで行ったという。失敗談を聞く	
7月4日	中国人の威嚇事件で、西村誠三郎に牛込警察署に行ってもらう	
7月31日	中村是公来訪、満洲で新聞を創刊するから来ぬかと誘う	
8月1日		東京留学中の韓国皇太子、伊藤博文に随行され地方巡遊、水戸市に到着
8月4日		「韓太子巡啓」連載開始（『東京朝日新聞』）

8月6日	満鉄の東京支社へ、中村是公を訪ねる。その後、中村宅へ、風呂の後、待合やまとへ行く。久保田勝美など来合せる。講談を二席聞く。料理を取り寄せ、芸者も呼ぶ	日本政府は清国政府の承諾を得ずに安奉線改築を決行することを清国政府に通達
8月7日	中村是公から満洲の払子一本と煙草一箱もらう	
8月14日	『それから』脱稿する	
8月17日	伊藤幸次郎来訪。『満洲日日新聞』について話す	
8月18日	中村是公から満洲に行くかどうか最終問い合わせが来る。行くと郵便で返事を出す。満洲旅行のため、洋服屋を呼んで背広を誂える	
8月19日		奉天駐在日本総領事と清国東三省総督、奉天巡撫の間で安奉鉄道の件について覚書に調印
8月20日	烈しい胃カタル起こす	
8月27日	旅行は無理と医者に診断され、中村に電話で連絡する	鉄道院の参事と技師が7月22日から8月26日まで満韓鉄道を視察した談話が『東京朝日新聞』に掲載される（「満韓鉄道視察談」）
8月28日	中村是公、満洲に出発する	

9月2日	午後、東京新橋停車場発汽車に乗車	
9月3日	午前、大阪梅田停車場着。九時、大阪商船会社鉄嶺丸に乗船	
9月4日	鉄嶺丸、門司港に寄港	日本政府と清国政府の間で、「満洲懸案協約」「間島協約」が結ばれる。清国政府は満鉄による大石橋営口支線の営口への延長、撫順、煙台炭坑における日本の採掘権を承認など
9月5日	鉄嶺丸、朝鮮群島を抜け、黄海に入る	
9月6日	午後五時頃、大連港大桟橋着。満鉄秘書沼田政二郎に出迎えられ、ヤマト・ホテルの馬車で中村是公の家に赴く。中村が不在で、ヤマト・ホテルに戻る	
9月7日	中村是公が来る。馬車で一緒に市内を見物する	
9月8日	胃の調子が悪い。川村次郎、立花政樹、俣野義郎、橋本左五郎来る。午後、相生由太郎の案内で埠頭を見てから、相生宅を訪れる	
9月9日	午後、俣野義郎と外出する。従業員養成所・寄宿舎(化物屋敷)・勧工場・古道具屋・扇芳亭を見る。俣野の家に赴き、村井啓太郎と三人で会食	

9月10日	中村是公らに見送られ、橋本左五郎と汽車で旅順に向かう	
9月11日	二〇三高地、白玉山を見学。午後、海軍中佐河野左金太の案内で、港湾を回る	
9月12日	民政長官白仁武の官舎を訪れる。佐藤友熊の家で朝食にウズラの料理を供される。「手を分つ古き都や鶉鳴く」の句を書く。午前一一時二〇分発の汽車で大連に戻る	
9月13日	立花政樹、今井達雄、ヤマト・ホテルに訪ねてくる。夕食後、埠頭の講堂で講演する	老虎嘯「長白山行」連載開始（『東京朝日新聞』）
9月14日	中村是公の家を訪ね、夫人に別れの挨拶をする。南満洲鉄道株式会社に行き、重役や課長に礼を述べる。午前一一時、中村是公らに見送られ、大連停車場で乗車。午後三時三一分、熊岳城停車場着。昼食に鮎のフライが出る。手押軽便鉄道で熊岳河沿いの温泉に泊まる	『満洲日日新聞』「十二日夜の講演会」の見出しで一二日夜大連ロシア町従事員養成所教室で行われた漱石の講演会の様子（イラスト付き）を伝える
9月15日	朝、入浴。松山（黄旗山）の梨園に行く。海抜一〇〇メートル足らずの松山を登る。梨園主人の家を訪ねる。胃痛のため、昼食をとらず、午後温泉ホテルに戻り、食事をする。営口に向かうのを延期し、同ホテル泊	『満洲日日新聞』漱石の講演録「物の関係と三様の人間」を一面に掲載（一九日まで連載）。「白鳥博士満洲行　東洋史上の新発見」（上）（『東京朝日新聞』）、満鉄調査部の事業を主宰する白鳥氏の調査成果を報道

9月16日	朝、入浴。出発前に宿の女将に「黍遠し河原の風呂へかち渡る」の句を書く。午後四時二七分熊岳城停車場発の汽車で営口に赴く。八時五分営口に着く。杉原泰雄らに出迎えられ、清林館の馬車で宿に向かう	「白鳥博士満洲行　東洋史上の新発見」（下）『東京朝日新聞』）
9月17日	林屋仲太郎と馬車で営口市街を見物する。遼河をFerry boatで横切り、帰りはサンパンで戻る。売春窟を見る。午後、営口倶楽部で講演する。夕方、杉原泰雄らに見送られ湯崗子に向かい、九時に着く。金湯ホテルに泊まる	
9月18日	千山へ行く予定を取りやめ、ホテルで静養。橋本らは千山へ行く	営口の邦字紙『満洲新報』一七日開催の橋本と漱石の講演会を「倶楽部講演会」の見出しで紹介
9月19日	午前、橋本と一一時八分湯崗子停車場発奉天行き汽車に乗車。午後、三時四〇分奉天停車場に着く。瀋陽館の馬車で二〇分後同館に着く。後に、満鉄奉天公所に行き、堀三之助に逢い、夕食に招待される	
9月20日	北陵を見物する。帰途、馬車による人身事故の現場を通る。午後、宮殿を拝観。そのあと、芝居を見る	
9月21日	橋本左五郎と奉天発の汽車で撫順へ、九時二〇分着。炭坑事務所に松田武一郎を訪ねる。松田の案内で貯水池の土手に登	『満洲新報』に漱石の講演録後半が掲載される

	る。事務所で昼食。午後は坑内を見学。午後五時二〇分撫順発の列車で、八時頃奉天に戻る。中国人の食堂で夕食を食べてから、奉天停車場発の列車で哈爾浜に向かう
9月22日	午前五時、長春停車場（南満洲鉄道最北の駅）に着く。両替店で日本円を両替する。東清鉄道に乗り換え、五時三七分発の列車で哈爾浜に赴く。午後三時、哈爾浜に到着。宿の東洋館に行く。夏秋亀一の案内で、市街で外套を買う。松花江にかかる石橋を見る
9月23日	新市街を馬車で見物。東清鉄道庁、附属商業学校・参謀本部・日本帝国領事館・ロシア軍士官住宅を見物する。午前九時哈爾浜停車場発の列車で、長春に向かう。午後、六時一六分長春に着く。ヤマト・ホテル満室のため、その近くの三義旅館に行く
9月24日	大重某・藤井某の案内で、博打場を見て回る。北門から徒歩で城内に入る。午後、一二時三〇分長春発の列車に乗る
9月25日	午前一時過ぎ、奉天停車場に着く。瀋陽館に宿泊（推定）。和田維四郎の一行も宿泊中。奉天日本総領事館へ小池張造領事に逢う。満鉄公所へ行き、佐藤安之助から一〇〇円借りる。犬塚信太郎理事とその妹に逢う。瀋陽館に戻る。犬塚信太郎・島安次郎技師・大阪朝日新聞社通信員が訪ねてくる。外出し、筆と墨壺を、旅館で絽を買う

9月26日	午前七時五五分奉天停車場発、安奉軽便鉄道で、安東県に向かう。午後七時五〇分、草河口停車場に着き、日新館に泊まる	
9月27日	午前七時三〇分、草河口停車場を発つ。午後、「七時半安東県につく」（「漱石日記」）。月夜に鴨緑江をみる。元宝館に泊まる（推定）	
9月28日	午前、人力車で出かけるが、「中秋節」の前日で、大抵の店は休業。絹紬、シナ繻子を買う。正午、一二時二〇分、小蒸気船鴨緑江渡航船で対岸の新義州船着場につく。新義州停車場長に出迎えられる。午後、一時五〇分新義州停車場発平壌行列車に乗り、一一時過ぎ平壌停車場につく。鉄道旅館に泊まる	
9月29日	午前、鉄道工夫たちの住宅や、鉄道局員の集会場を見る。午後三時、大同門に登り、万寿台・箕子廟・大同江を望む。大同江に沿って歩き、乙密台に登る。玄武門・牡丹台・箕子廟・永明寺を訪ね、浮碧楼に憩う。楼下の渚より船に乗る。税関倉庫前の船着場で下船。賑町遊郭を抜け絵葉書を買う。七時、鉄道旅館に戻る。夕食時、白川正（平壌新報社主）来る	

9月30日	午前、小城斎に依頼された春潮の画に句を題す（負ふ草に夕立早く逼るなり）。午後、宮崎某に書を乞われ、「一貫」「至誠」「大漠孤煙直長河落日圓」を書く。午後、二時五一分平壌停車場発列車で京城に向かい、一〇時二〇分南大門停車場につく。天真楼旅館に泊まる	
10月1日	朝、鈴木穆（鈴木禎次の弟）・菊池武来て、世話してくれる。妻・鏡あてに「カワリナキカ」と電報を打つ。山本光三とともに、旅館裏の南山公園に登る。旅館に戻ると、鏡からの返信「ミナカワリナシゴブジカイツカヘル」が来ている。昼食後、市街を散策し、唐物屋で鞄・香水・襟など土産品を購入。鈴木穆の官邸での夕食時、坂出鳴海技師に逢う。一〇時二〇分に発つ橋本左五郎を、南大門停車場に見送る	松ヶ枝女「白城の一日」（上）（『東京朝日新聞』）、白鳥博士の調査に同行する女性の報告
10月2日	一二時五五分南大門停車場を出発し、一時二一分仁川につく。日本公園の天照皇大神宮から約二キロ離れた月尾島と小月尾島を遠望し、日露戦争でロシア艦の沈没した地点を望む。仁川倶楽部で夕食。夜、列車で南大門停車場に戻り、天真楼旅館に帰る。矢野義二郎来る	松ヶ枝女「白城の一日」（下）（『東京朝日新聞』）

10月3日	九時一〇分南大門停車場を矢野義二郎・坂出鳴海技師とともに出発し、一一時一八分開城につく。紅蔘製造所宮内府蔘政課の職員に迎えられる。停車場東北にあり、人参を管理する同蔘政課で休憩し、朝鮮人参の勘定場・洗場・烝場・乾場・苗場を見学する。ついで北方の満月台に残る高麗王宮旧跡やその背後の松嶽山・善竹橋を見物。午後四時五分開城停車場発列車で、六時五二分南大門停車場に着き、天真楼旅館に帰る	
10月4日	矢野義二郎の案内で、普信閣の鐘楼の鐘を見に行く。光化門・景福宮・大院宮も見る。午後も矢野の案内で、昌徳宮に行き、秘苑を見る。帰途、博物館を見る。菊池武一から招待され、京城日本倶楽部で会食。後に、天真楼旅館に帰る	
10月5日	関帝廟に行く。矢野義二郎に案内され、渋川玄耳、陶山武二郎とともに閔妃墓を見る。その後、園芸模範所を見る。その裏の漢江を見る。午後七時から、花月楼で官民有志による夏目漱石・渋川玄耳歓迎招待会開かれる	
10月6日	朝、陶山武二郎通訳官来る。二人で（推定）人力車に乗り、竜山に赴き、軍司令長官官舎を見る。度支部印刷局も見る。宿に戻り、待っていた矢野義二郎と三人で石坡亭に向かう。	

	白岳山を登り、北門に至り、門外に出る。下って、洗剣亭に至り、三地庵に寄り、大理石を断面にした仏像を見る。元に引き返して、石坡亭に至る。夜、山県五十雄を夕食に呼び、俳人の牛人も来る
10月7日	旅館を出て、鈴木穆の官邸に滞在する
10月8日	鈴木穆夫妻の案内で、朝鮮人経営の勧工場に行く。「それから会」の会員が来て、短歌を求められる。夜、謡を歌う
10月9日	官立漢城師範学校を見に行く。腹痛のため帰る。午後一時半ごろ、鈴木夫妻と昼食をとる。釈尾春芿来る。朝鮮の仏教、シャーマニズムについて話される
10月10日	昼食後、坂出鳴海技師と話す。四時過ぎ、南山に登る。鈴木鈴子に誘われ、荒井賢（韓国総督府参与官）の庭を見に行く。「それから会」のために、歌三首を作る
10月11日	朝、裏山を登る。一一時から一〇軒ほど挨拶して回る。夜、官立漢城師範学校長増戸某・渋川玄耳・山本某来る
10月12日	朝、市を見に行く。国枝博（朝鮮総督府）・坂出鳴海技師と菅田勇書記官来る。短冊を書く

10月13日	午前九時南大門停車場を出発。鈴木穆夫妻・矢野義二郎・菊池武一・国枝博・『ソウル・プレス』記者・通信記者宇都宮某・隈本繁吉などに見送られる。午後六時二五分草梁停車場に至る。釜山港に行き、七時の関釜接続船に乗る	
10月14日	午前八時、下関港に到着する。大阪朝日新聞社の五十崎夏次郎に出迎えられる	
10月18日	「満韓の文明　昨日帰朝せる漱石氏談」『東京朝日新聞』に掲載	
10月21日	『満韓ところどころ』『朝日新聞』で連載開始	
10月26日		伊藤博文、ハルビン駅で安重根により狙撃される
11月1日	『満韓ところどころ』連載第七回、第八回は一一月八日	
11月5日	『満洲日日新聞』「韓満所感」(上)を掲載、同(下)は翌日掲載される	玄耳「恐しい朝鮮」連載開始(『東京朝日新聞』六面)、一一月三〇日まで全二四回
11月25日	『朝日新聞』文芸欄開設、「『煤煙』序」を掲載、『満韓ところどころ』連載中断(一一月三〇日まで)	

12月1日	『満韓ところどころ』連載再開、第二五回、挿絵カットが入る	
12月6日		「合邦論の前途」（『東京朝日新聞』）
12月30日	『満韓ところどころ』連載最終回（第五一回）	

〔付記〕

本年表は、主に荒正人『増補改訂　漱石研究年表』（集英社、一九八四年六月）、「漱石日記」『漱石全集』（第二〇巻、岩波書店、一九九六年七月）、『満洲日日新聞』『東京朝日新聞』などを参照して作成した。

参考文献（発行年月順）

単著

❖田山花袋『第二軍従征日記』博文館、一九〇五年一月
❖徳富蘇峰『七十八日遊記』民友社、一九〇六年
❖南満洲鉄道株式会社編『南満洲鉄道旅行案内』同社発行、一九〇九年
❖南満洲鉄道株式会社編『南満洲鉄道案内』同社発行、一九〇九年一二月
❖金澤求也『南満洲写真大観』満洲日日新聞社、一九一一年二月
❖南満洲鉄道株式会社編『南満洲鉄道案内』同社発行、一九一二年一〇月
❖夏目漱石『満韓ところどころ』春陽堂、一九一五年八月
❖田山花袋『満鮮の行楽』大阪屋号書店、一九二四年一一月
❖形田ツネ編『満洲八景　熊岳城温泉』熊岳城温泉ホテル発行、一九二九年六月
❖与謝野寛、晶子『満蒙遊記』大阪屋号書店、一九三〇年五月
❖竹内実『日本人にとっての中国像』春秋社刊、一九六六年

❖ジェローム・チェン『袁世凱と近代中国』守川正道訳、岩波書店、一九八〇年
❖魯迅『魯迅全集』第二巻、人民文学出版社、一九八一年
❖芦谷信和ほか編『作家のアジア体験――近代日本文学の陰画』世界思想社、一九九二年七月
❖有馬学ほか編『近代日本の政治構造』吉川弘文館、一九九三年
❖青柳達雄『満鉄総裁中村是公と漱石』勉誠社、一九九六年一一月
❖川村湊『満洲鉄道まぼろし旅行』ネスコ、一九九八年九月
❖李元奇等編『大連旧影』人民美術出版社、一九九九年四月、二〇〇七年七月二版一刷
❖李相哲『満洲における日本人経営新聞の歴史』凱風社、二〇〇〇年五月
❖李元奇『旅順口大観』中国撮影出版社、二〇〇二年九月
❖吉本隆明『漱石の巨きな旅』日本放送出版協会、二〇〇四年七月
❖川崎キヌ子『満洲の歌と風土　与謝野寛・晶子合著『満蒙遊記』を訪ねて』おうふう、二〇〇六年三月
❖竹内実『中国歴史与社会評論』中国文聯出版社、二〇〇六年
❖小林愛雄、夏目漱石著、李煒、王成訳『近代日本人中国游記　中国印象記　満韓漫遊』中華書局、二〇〇七年四月
❖金正勲『漱石と朝鮮』中央大学出版部、二〇一〇年二月
❖黒川創『暗殺者たち』新潮社、二〇一三年五月
❖張頴ほか訳『中国漫游記』江蘇文芸出版社、二〇一四年
❖野村幸一郎『日本近代文学がアジアをどう描いてきたか』新典社選書、二〇一五年一一月

❖藤田昌志『明治・大正の日本論・中国論』勉誠出版、二〇一六年
❖秦源治ほか著『大連ところどころ』晃洋書房、二〇一八年六月二〇日
❖関口すみ子『漱石と戦争・植民地』東方出版、二〇一八年一二月

論文

❖中野重治「漱石以来」『アカハタ』一九五八年三月五日付
❖竹内実「漱石の「満韓ところどころ」」『北斗』四巻二号、中国文学会、一九五九年
❖相馬庸郎「漱石の紀行――『満韓ところどころ』論」『国文学　解釈と教材の研究』第一三巻三号、学燈社、一九六八年
❖尹相仁「満韓旅行」『夏目漱石事典』学燈社、一九九三年
❖柄谷行人、小森陽一「対談　夏目漱石の戦争」『海燕』福武書店、一九九三年
❖川村湊「「帝国」の漱石」『漱石研究』五号、翰林書房、一九九五年
❖吉田真「夏目漱石「満韓ところどころ」論」『成蹊人文研究』八号、成蹊大学、二〇〇〇年
❖大杉重男「アンチ漱石――固有名批判（十一）」『群像』第五六巻九号、講談社、二〇〇一年
❖波潟剛「北進の記憶――漱石の満韓旅行と『東京朝日新聞』」『明治から大正へ　メディアと文学』筑波大学近代文学研究会、二〇〇一年

❖小松裕「近代日本のレイシズム——民衆の中国（人）観を例に」『文学部論叢』78号、熊本大学文学部発行、二〇〇三年三月

❖原武哲「夏目漱石「満韓ところどころ」新注解　旧満洲の今昔写真を添えて」『敍説Ⅱ』10号、花書院、二〇〇六年一月

❖朴裕河「漱石と帝国主義」『ナショナル・アイデンティティとジェンダー　漱石・文学・近代』クレイン、二〇〇七年

❖森本隆子「漱石の中の中国——帝国システムと『満韓ところどころ』」『〈崇高〉と〈帝国〉の明治　夏目漱石論の射程』ひつじ書房、二〇一三年

❖大杉重男「「友」と「供」のポリティクス——夏目漱石の「満韓」表象における「友愛」の構造」『論樹』首都大学東京大学院人文科学研究科日本文学研究室、二〇一五年

❖朴裕河「満韓ところどころ」『漱石辞典』小森陽一ほか編、翰林書房、二〇一七年

❖木戸浦豊和「夏目漱石の「趣味《テースト》」の文学理論——価値判断の基盤としての「感情」」山口直孝編『漢文脈の漱石』翰林書房、二〇一八年三月

執筆者プロフィール（収録順）

平野順也（ひらの・じゅんや）
熊本大学准教授。修辞学。論著に『メディア・レトリック論――文化・政治・コミュニケーション』（ナカニシヤ出版、二〇一八年、共編著）など。

劉静華（りゅう・せいか）
熊本大学教授。比較文学、日本近代文学、中国近現代文学。論著に『円環構造の作品論――黄翔・高行健・劉震雲の場合』（澪標出版社、二〇一五年）、小説『ポプラの街から――中国と日本のはざまで』（共同通信社、一九八九年）など。

屋敷信晴（やしき・のぶはる）
熊本大学准教授。中国古典文学（六朝・唐代小説）。主な論文に「唐代小説と『真誥』」（『日本中国学会報』五三号、二〇〇一年）、「唐代龍類小説に於ける龍王像の変容――「龍の信義」と創作性をめぐって」（『中国中世文学研究』六三、六四合併号、二〇一四年）など。

金貞淑（キム・ジョンスク）
熊本大学非常勤講師。翻訳家。日本近代文学。共著に

西槇偉（にしまき・いさむ）
熊本大学教授。比較文学。論著に『中国文人画家の近代――豊子愷の西洋美術受容と日本』（思文閣出版、二〇〇五年）、『響きあうテキスト――豊子愷と漱石、ハーン』（研文出版、二〇一一年）、『ハーンのまなざし――文体・受容・共鳴』（熊本出版文化会館、二〇一二年、共編著）など。

坂元昌樹（さかもと・まさき）
熊本大学准教授。日本近代文学。論著として、『漱石と世界文学』（思文閣出版、二〇〇九年、共編著）、『漱石文学の水脈』（思文閣出版、二〇一〇年、共編著）、『越境する漱石文学』（思文閣出版、二〇一一年、共編著）、『蓮田善明論』（翰林書房、二〇一七年、共著）、『〈文学史〉の哲学』（翰林書房、二〇一九年）など。

『私の生、私の物語』（延梨出版社、一九九七年）、『世界有名作家の名随筆』（青造社、二〇〇六年）、『文学の力』（笠間書院、二〇一四年）。翻訳に『夏目漱石短編小説選集』（サンシンカク出版社、一九九六年）、『道草』（文学と意識社、一九九八年）、『硝子戸の中』（民音社、二〇〇〇年）、『倫敦塔・趣味の遺伝』（乙酉文化社、二〇〇四年）、『門』（ビチェ出版社、二〇一二年）、『明暗』（ボラッビ出版社、二〇一七年）など。

申福貞（しん・ふくてい）

瀋陽工業大学講師。日本近代文学。主な論考に「『燈籠』論――語りの問題をめぐって」（『国語国文学研究』四九号、熊本大学、二〇一四年）、「「斜陽」と戦後空間」（『東アジア日本語教育・日本文化研究』一九号、二〇一六年）、「戦時下の文学と「境界」の表象」（『熊本大学社会文化研究』第一六号、二〇一八年）など。

原武哲（はらたけ・さとる）

福岡女学院大学名誉教授。日本近代文学。著書に『夏目漱石と菅虎雄――布衣禅情を楽しむ心友』（教育出版センター、一九八八年）、『喪章を着けた千円札の漱石――伝記と考証』（笠間書院、二〇〇三年）。編著に『夏目漱石周辺人物事典』（笠間書院、二〇一四年）など。

李哲権（り・てっけん）

聖徳大学文学部准教授。比較文学。論文に「漱石とエクリチュール」（『日本研究』国際日本文化研究センター紀要、二七号、二〇〇三年）、「心をよむ難しさ――漱石の『こころ』を読む」（『日本研究』国際日本文化研究センター紀要、二八号、二〇〇四年）、「隠喩から流れ出るエクリチュール――老子の水の隠喩と漱石の書く行為」（『日本研究』国際日本文化研究センター紀要、四一号、二〇一〇年）など。

濱田明（はまだ・あきら）

熊本大学教授。フランス文学。著書『エクリチュールの冒険――新編フランス文学史』（共著・大阪大学出版会、二〇〇三年）、翻訳『フランス・ルネサンス文学集2――笑いと涙と』（共訳・白水社、二〇一六年）など。

夏目《なつめ》漱石《そうせき》の見《み》た中国《ちゅうごく》——『満韓《まんかん》ところどころ』を読《よ》む

平成31年（2019年）3月28日　第1刷発行

編著者……………………………… 西槇偉・坂元昌樹

発行者……………………………… 川端幸夫

発行……………………………… 集広舎
〒812-0035 福岡市博多区中呉服町5番23号
電話 092-271-3767　FAX 092-272-2946
https://shukousha.com/

装幀・造本……………………………… studio katati

印刷・製本……………………………… モリモト印刷株式会社

ISBN 978-4-904213-71-1 C0095